ANDALUCÍA NEGRA 2

CUSTODIO
ANDALUCÍA NEGRA 2

En un mar de plástico
Lo que calla la Tacita
Deseo y oscuridad en la Costa del Sol

temas de hoy

© Editorial Planeta, S. A., 2026
   temas de hoy, un sello editorial de Editorial Planeta, S. A.
   Avda. Diagonal, 662-664, 08034 Barcelona (España)
   www.planetadelibros.com

Primera edición: marzo de 2026
ISBN: 979-13-87869-73-1
Depósito legal: B. 462-2026
Composición: Realización Planeta
Impresión y encuadernación: Rotoprint
Printed in Spain - Impreso en España

ÍNDICE

PRÓLOGO

He visto a Custodio tres días en mi vida.

El primer día fue desde la distancia: el tío ahí tumbado en una bañera, elegido por merecidísima aclamación popular. Dijo que venía de Jaén y que, entre otras cosas, era escritor, pero de primeras parecía que lo decía un poco en opinión propia.

El segundo día que le vi descubrimos que poca gente merece llamarse escritor más que él. Aquel jueves el invitado del programa tuvo un problema y a última hora canceló la visita, así que rápido recordé lo que le había prometido a Custodio: había mostrado tanta pasión por sus libros, caía tan bien y proyectaba una energía tan bonita que le había dicho que pasaba a ser invitado suplente. Me pareció que tenía mucho más que contar. Así que vino desde Jaén a la carrera, entró al plató emocionado y contó que cuidaba de su familia, trabajaba en el campo y que por las noches escribía novelas. No lo dijo como quien busca aplauso, sino como quien te dice que cena a las nueve. A mí eso ya me cayó bien, porque no se suele hablar así en la tele.

Explicó que había empezado a escribir porque tenía la cabeza hasta los topes de historias, que se las imaginaba mientras vareaba, que los libros le habían salvado en trances bien difíciles de la vida, que escribía sin que nadie se lo pidiera, escribía porque no hacerlo sería peor.

Después pasó lo que pasa cuando se alinean algunos planetas: la gente le quiso mucho. Compraron sus novelas. Las leyeron. Y resulta que no eran un *souvenir* del programa, sino novelas en serio. Como él decía, con sangre, con sexo, con crimen, con personajes que no están pensados para caer bien y con una Andalucía que no parece sacada de un folleto turístico, sino de haberla pisado mucho.

La tercera vez que le vi llegó al programa como el escritor más vendido de España, pero con la misma actitud que cuando estaba solo en su casa escribiendo un libro entero en la aplicación de notas del móvil. Presentando esta reedición de sus primeras novelas, con una gran editorial, como él merece. Exhausto de viajar por todo el país devolviendo el cariño que le habían dado.

Supongo que la cuarta vez que vea a Custodio habrá escrito otras quince novelas, y sobre todo espero que haya podido descansar y disfrutar de su momento, y que ese momento se prolongue mucho tiempo.

Un auténtico fenómeno, y no solo editorial. Un escritor sobre el que se podría escribir un libro, cosa que pocas veces sucede.

DAVID BRONCANO

EN UN MAR DE PLÁSTICO

RAFA

Con los acordes de *Stairway to Heaven* de Led Zeppelin, pasé de los suaves brazos de Morfeo en su mundo de ensueño a la dura realidad.

Estoy de nuevo en Almería: el olor a mar, el ambiente húmedo... Mi ascenso a inspector ha sido más un castigo que otra cosa, habría preferido mil veces quedarme en Jaén en mi antiguo puesto.

Poco después de lo ocurrido en Jaén, recibí la llamada del jefe de la Policía Nacional de Andalucía, quien me comunicaba mi ascenso a inspector. Mi alegría duró apenas unos segundos, ya que me obligaban a volver a Almería para aceptar el puesto, habría preferido seguir en Jaén, o cualquier otro destino menos volver a mi tierra, hace ya unos años que salí huyendo de aquí y no deseaba revivir los fantasmas del pasado.

Después de remolonear un poco en la cama debajo de la manta —era lo mejor del invierno—, me levanté y me preparé para mi primer día en comisaría. «Qué ganas», pensé con desánimo. Me tomé un café y una tostada inmerso en mis pensamientos, por lo menos en los pocos días que llevaba en Almería no me había encontrado con nadie de mi antiguo pasado. «Con suerte se habrían ido de la ciudad y podría rehacer mi vida tranquilo.» Rumiando, acabé de desayunar y me dirigí al garaje, al abrir la puerta me volví a tropezar con aquel bulto envuelto, con ese toldo de vergüenza. Cuando me fui a Jaén le dije a mi madre que la vendiera, pero ella, en vez de eso, la tapó y la dejó allí. Cada vez que la veía, los fantasmas me atacaban de nuevo. Pensé en dejar mi coche en la calle, pero ayer cuando llegué estaba chispeando un poco y lo metí dentro. Me subí, puse el contacto y la música me volvió a mi mundo de realidad.

Con la voz rasgada de Yosi, de Los Suaves y su «Siempre igual», emprendí camino hacia la comisaría.

Joder, además de las pocas ganas que tengo de volver, el tiempo tan malo que hace, estaba parado en el semáforo, distraído. Cuando el paraguas de la chica que estaba pasando se levantó un poco y la pude ver... «No me jodas.» Allí estaba ella plantada, clavándome sus ojos verdes, no me lo podía creer. Justo en ese momento el semáforo se puso en verde, agarré fuerte el volante, aceleré e hice un pequeño giro para esquivarla y seguir mi camino. Esto iba a ser peor de lo que pensaba, Almería es una ciudad muy pequeña y ella seguía aquí.

Llegué a comisaría con la cabeza totalmente hecha polvo, los fantasmas se me arremolinaban. Yosi seguía cantando *Pobre jugador*. Nota mental: «Tengo que cambiar el disco, entre mi pasado, este tiempo y la música de Los Suaves podría hacer una locura».

Cuando entré, todos se me quedaron mirando como un extraño. Ya estoy acostumbrado por mi aspecto a llamar la atención, más de un metro noventa de altura, complexión fuerte y perilla, todo esto me da un aspecto duro, el cual solo es la fachada, detrás de la que me escondo. Caminé con decisión hacia el despacho del capitán y di unos golpes en la puerta.

—Adelante.

Abrí la puerta y eché una ojeada al despacho. Era bastante austero, algunos archivadores, olía a cerrado, mezclado con un ligero olor a marihuana, las banderas de Almería, Andalucía y España, un cuadro del rey... Se palpaba un ambiente de tensión, justo debajo de él estaba sentado un hombre ya entrado en años con gesto cabreado, que era quien había hablado.

—Siéntate, por favor. —En la silla de al lado había un joven con cresta y uniforme de policía. Olía a marihuana y me lo quedé mirando mientras me sentaba. «Yo que creía que Javi y yo dábamos la nota», pensé riéndome para mis adentros—. Soy el capitán Luis Fernández —dijo ofreciéndome la mano, que estreché con ganas—. Bienvenido a Almería, aunque creo que ya conoces la zona, te presento a mi hijo Daniel. —El chico me echó una mirada con desdén de arriba abajo y me hizo un gesto con la cabeza a manera de saludo—. Será tus ojos, pies y manos aquí, está todavía en prácticas. Espero que os llevéis bien.

Tras decir esto, el chico se levantó y salió del despacho dando un portazo, el capitán se me quedó mirando con cara de circunstancias y me dijo que le siguiera con un gesto de resignación.

Cuando salí del despacho, me presenté a mis compañeros y me pareció que nos íbamos a llevar bien. Después de los saludos protocolarios me dirigí a mi mesa para empezar a trabajar.

Cuando llegué a ella, menudo cuadro, allí estaba Dani retrepado en mi silla, con los pies encima de la mesa, y esa mirada perdonavidas con la que caminan muchos jóvenes de hoy día. Con él la relación iba a ser más difícil, por si no tenía ya bastante, tenía que hacer de niñera del hijo del capitán. Estaba pensando cómo decirle que ese era mi sitio, cuando el capitán salió corriendo de su oficina en busca mía.

—Rápido, tenéis que ir a Roquetas —consiguió decir atropelladamente—, han encontrado algo en el faro.

—Ahora mismo —solté con un suspiro.

«Salvado por la campana», pensé aliviado.

Salí en dirección a la calle en busca de mi coche, cuando, al abrir la puerta, Dani pasó como un rayo por mi lado, conducía un Seat Córdoba azul oscuro y se quedó mirándome, invitándome a subir, mientras la música que sonaba parecía que iba a reventar los cristales.

Al montarme, un fuerte olor a marihuana me dejó casi noqueado. El ambiente era cargante, se podía cortar con un cuchillo. «Lo que me esperaba.» Me dejé caer en el asiento. Cantaba Evaristo a toda hostia mientras salía quemando rueda de allí. Por lo menos la música que le gustaba no estaba mal, otra cosa iba a ser tratar con él.

—Llevaba años sin escuchar La Polla Records —le solté intentando entablar conversación él.

—No te creas que eres guay por conocer esta canción, no eres más que otro puto madero —dijo y me quede mirándolo, pensando en que iba a ser complicado.

—¿Es que tú no eres un madero igual? —le dije con sorna, intentando romper el hielo con él.

—Tú no sabes nada de mí —dijo retorciéndole el volumen a la radio.

Decidí dejarlo y me abstraje en mis pensamientos de nuevo, viendo el paisaje de mi juventud. Ante la negativa de Dani de abrirse, esto iba a ser muy difícil. Por lo menos el olor a tierra mojada comenzaba a imponerse al olor a marihuana del coche. Miré el mar y parecía mi cabeza, embravecido por el temporal. Me eché en el asiento mirando hacia el infinito mar de plástico que se abría paso por todo el paisaje.

Cuando al fin llegamos a Roquetas, Daniel empezó a callejear, conduciendo como un piloto de fórmula uno, a toda hostia, hasta llegar al faro construido en 1863, aquel que tanto había visitado con Ariadna, donde íbamos a meternos mano.

Sonaba Manolo Kabezabolo a todo lo que daba la radio, cuando paró el coche de un volantazo y frenó, haciendo rafting, para dejar el coche medio aparcado. Me bajé y me estabilicé un poco del mareo que llevaba encima por el paseíto. Se escuchaba al gentío y me dirigí al faro. El barullo de gente se arremolinaba de camino al lugar. Algunas personas se dieron la vuelta ante el espectáculo de nuestra llegada y nos miraron raro cuando Dani apareció con sus pintas, esa cresta punk y el uniforme de policía. Pasó a mi lado y nos encaminamos hacia la escena del suceso. Después de abrirnos paso ante la gente estupefacta, le enseñé a un compañero la placa y me dejó pasar. Levanté el cordón policial y al volverme para soltarlo algo llamó mi atención: una chica con la piel color chocolate, el pelo ensortijado y unos enigmáticos ojos azules, forcejeaba y discutía con alguien que no lograba ver. Cuando este se giró, el corazón me dio un vuelco. «No me jodas.» Mi mente se cortocircuitó y me quedé paralizado.

—Vamos ya —me urgió Dani.

En el faro, la penumbra reinaba. La brisa marina arrastraba consigo un manto de niebla, envolviéndolo todo.

El fuerte olor a humedad se mezclaba con el olor a muerte y entonces lo vi. Un hombre yacía inerte en el suelo, al lado del faro. Un charco de sangre, bastante grande, lo rodeaba. Había sido cosido a puñaladas.

Las sombras danzaban sobre el asfalto, mientras la escena del crimen permanecía imperturbable, como si el faro mismo guardara un oscuro secreto entre sus paredes centenarias. Un halo de misterio se extendía, esperando ser desentrañado y descifrar el secreto oculto.

Me puse manos a la obra y empecé a hacer fotos. Regañé a Dani para que se pusiera unos guantes antes de tocar nada, y empezamos a embolsar las pruebas. Un cuchillo ensangrentado, de los que suelen usar los temporeros para trabajar en los invernaderos, descansaba junto al cadáver, así que lo guardé con cuidado y seguimos investigando la escena.

Se habían ensañado con él. Aparte de haber sido brutalmente apuñalado por todo el abdomen, tenía la cara llena de golpes y ambas piernas en una posición antinatural. Entonces, miré hacia arriba.

PRIMERA VÍCTIMA

El miedo recorría mi cuerpo. Me había meado encima y mi olor corporal se mezclaba con el fuerte olor a mar. De fondo, resonaba el crepitar de las olas rompiendo contra las rocas. Estaba sentado en una silla, pero no podía moverme; sentía unas fuertes ligaduras en los pies y las manos, teniendo las extremidades totalmente inmovilizadas. Ante mí, tenía a aquel hombre con un casco en la cabeza, vestido de negro y con guantes de motero.

—Tus días de explotación llegan a su fin —dijo entre risas, mientras el sudor corría por mi frente.

—Yo lo que único que hago es generar empleo —le grité.

—Llamas generar empleo a largas jornadas de catorce horas, apenas cobrando tres euros la hora —escupió con rabia.

—Nuestro margen de ganancia es muy bajo —le dije entre lágrimas.

En ese momento se abalanzó sobre mí y sentí una fuerte punzada en el estómago, notando cómo el frío del acero me atravesaba. Un fuerte suspiro me subió por la garganta, mientras veía la sangre empezando a manchar mi camisa. Y entonces me sacudió la cabeza con un fuerte golpe, no había visto venir su puño, y un sabor metálico inundó mis sentidos. Me caí al suelo con violencia y la silla se hizo añicos. Entonces, no me lo pensé mucho.

Cuando se cansó, dejó caer el bate en el suelo, se acercó a mi cabeza lentamente, momento que aproveché haciendo de tripas corazón cogiéndole una pierna de la que tiré con fuerza. Logré desestabilizarlo y, mientras mi agresor estaba en el suelo, empecé a reptar en dirección a la barandilla, arrastrándome como podía, con un terrible dolor que me recorría todo el cuerpo. Conseguí agarrarme a la barandilla, pero una fuerte patada en la cabeza me dejó aturdido por unos instantes.

Luego, un terrible dolor en las piernas me hizo despertar, gritando, y allí estaba él, sentado encima de mis piernas. Cuando vio que recuperaba la conciencia, empezó a propinarme golpes con sus puños enguantados. Después de aguantar aquellas sacudidas estoicamente, conseguí ver que algo brillaba en una de sus manos mientras la levantaba con rabia. Y, entonces, aquel cuchillo que sostenía se volvió a clavar en mi abdomen, otra vez. Cada vez que el filo se clavaba en mí, un halo de vida, la mía, se iba yendo.

ABERASH

Al salir de la oficina sentí un golpe de calor. El sol pegaba fuerte, parecía como si quisiera cuartear mi oscura piel. Corrí cuanto pude con los tacones hasta llegar a mi coche. Puse el contacto y empezó a escupir un chorro de aire que, de primeras, me pegó una bofetada de calor. El ambiente se iba haciendo más frío mientras sonaba la melodiosa voz de Zayn junto a Sia. Tenía ganas de llegar a casa, la semana había sido muy larga y a esas horas Sipho[1] estaría esperándome para la comida familiar.

Atravesé toda la ciudad, escuchando Sia a todo volumen. Mientras conducía, el olor de la cocina callejera y los mercados inundaban las calles con fragancias especiadas y exóticas, y la gente caminaba conversando tranquilamente, sin mucha prisa.

Al llegar a mi urbanización, pude admirar la majestuosidad de la montaña Mesa hasta las serenas aguas del océano Atlántico. La vista me regalaba una paleta de colores y formas que me tenían enamorada. El aire salado del

(1) Nombre de origen zulú que significa regalo.

mar se mezclaba con la frescura de la montaña. No obstante, una extraña sensación me invadió el cuerpo. Algo me puso en alerta al llegar a casa: la verja del chalet había sido arrancada. Y, entonces, una furgoneta negra pasó a toda velocidad.

De repente, abrí los ojos. Mi cuerpo estaba empapado de sudor. Aquel terror me invadía de nuevo. Una y otra vez seguía soñando lo mismo. Si hubiera llegado un poco antes, solo un poco antes... Las lágrimas surcaban mi cara mientras sonaba la potente voz de la cantante Adele.

Con los ojos vidriosos cogí el móvil y lo miré, era Abdu.[2]

—Dime, Abdu, ¿qué pasa?

—Necesitamos tu ayuda rápido, han asesinado al señor Gutiérrez.

—¿Cómo? ¿Qué tienes tú que ver con él?

—Estoy en Roquetas con Hasua,[3] están todos muy afectados. Hay una multitud embravecida, los han culpado de todo, y han prendido fuego a sus chabolas. Hemos tenido que salir corriendo, pero algunos no han podido escapar.

—Voy a por vosotros, dime dónde estáis y os recojo —dije apresuradamente mientras salía a la calle.

Arranqué el coche con rapidez y cogí dirección a Roquetas a toda prisa al ritmo de Michael Jackson mientras amanecía. Estaba lloviendo y un fuerte olor a tierra mojada se mezclaba con el salado del mar, invadiendo el ambiente. Los nervios me corrían por el cuerpo, solo esperaba que todos estuvieran bien. El día que Abdu me

(2) «Servidor de dios» en árabe.
(3) Nombre hebreo que significa «Yahweh ha creado».

presentó a Hasua, estaba muy asustado. Todavía recuerdo su historia.

Había cruzado el llamado camino del infierno, en el desierto del Sahara, a su paso por el Níger. En Agadez conoció a Abdu. Los traficantes los dejaron tirados en el desierto al día siguiente de salir, cada día se convertía en un difícil equilibrio para conservar sus recursos. La sensación de sequedad en la boca y la piel era constante, y la sed se volvió una compañera incómoda. El sol abrasador durante el día contrastaba con las noches gélidas, generando cambios extremos de temperatura que desafiaban el cuerpo y la mente, sin contar los huesos que se iban encontrando por el camino, restos de personas que lo habían intentado antes que ellos. Según pasaban los días el grupo iba disminuyendo, dejando atrás a compañeros exhaustos. Después de varios días vagando por el desierto, ellos dos fueron los únicos supervivientes. Con gran ilusión por haber sobrevivido llegaron a una ciudad, pero su calvario no había hecho más que empezar. Se trataba de la violenta ciudad de la mafia Valley.

Escuchaba *Ghostbusters* de Ray Parker Jr., cuando llegué a la dirección que me habían dado. Allí estaban Abdu y Hasua esperando. El miedo se podía reflejar en sus rostros, miraban a todos sitios asustados. Me paré y se montaron corriendo en el coche. Los miré a ambos; podía notar el terror en sus ojos.

—¿Dónde están los demás? —les pregunté.

—La mayoría han escapado —consiguió decir Abdu atropelladamente.

—Cuéntame qué ha pasado.

Abdu era el único que podía hablar, Hasua se había dejado caer en el asiento trasero de mi coche.

—Estaba durmiendo cuando un olor a quemado, y un gran alboroto me despertó, todo estaba lleno de humo, no podía respirar, hacía mucho calor. Cuando salí a la calle, el terror se apoderó de mí, las chabolas estaban ardiendo, todos nuestros hermanos corrían despavoridos de las llamas, y de algunos jóvenes del pueblo, que iban armados con bates de béisbol. Entre tanta confusión vi a Hasua y conseguimos escapar de allí. Nos gritaban asesinos, decían que habíamos matado a nuestro patrón el señor Gutiérrez.

Al escucharle, tuve miedo. Solo nos faltaba eso, que los acusasen de asesinato, como si los ánimos contra los inmigrantes no estuvieran lo bastante caldeados. Aunque yo ya sabía quién podría estar detrás de los ataques al poblado, tenía que averiguar qué había pasado. Por lo que me contó Abdu, el asesinato había ocurrido en el faro, así que arranqué el coche y nos dirigimos hacia allí. Empezó a sonar Ed Sheeran con *Take it back*. Mientras íbamos en dirección al faro nadie dijo nada. Aparqué en la avenida principal y les dije que me esperasen.

No paraba de llover. Pasé a toda prisa por aquella calle llena de restaurantes y tiendas, notando el olor a pescado frito y a kebab. Mientras iba hacia el paseo marítimo, estaba calada hasta los huesos, tiritaba sin parar, pero la rabia por lo que habían hecho me hacía seguir. Después de lo que me ocurrió en el pasado, cuando llegué a España, me dediqué a luchar contra las injusticias con todas las armas que tenía a mano como abogada. Ya veía los barcos y el puerto, así que empecé a correr más y giré a la derecha según llegué al puerto deportivo. Corrí por el paseo marítimo. El agua del mar saltaba con gran fuerza, mientras movía violentamente las embarcaciones. A pesar del tiempo, una gran muchedumbre permanecía frente al faro.

Paré un poco para coger aire.

Cuando al fin llegué, al girar un poco la cabeza, lo vi. Ahí estaba, bien peinado, con su traje de Armani y alentando a la gente.

—¿Veis lo que hacen? Les damos un hogar, sustento, y han asesinado al pobre Gutiérrez que les daba trabajo.

La gente gritaba a la par. Pero yo no me lo pensé mucho: corrí hacia donde estaba y me encaré con él.

—Qué pasa, hijo de la gran puta —le escupí en la cara.

—Este es el respeto que nos tienen, encima que los acogemos con los brazos abiertos —me respondió mirándome, mientras la gente no paraba de gritar en mi contra y darle la razón.

—Tú sabes lo que has hecho, has mandado que quemen nuestro poblado —le espeté con gran rabia.

—Yo no me he movido de aquí —dijo inocentemente.

—Es verdad —gritaban algunos a su lado.

—Vete de aquí antes de que te detenga la Policía por alterar el orden y ya no puedas defender a tus amigos —dijo entre risas.

En ese momento, me encolericé más y justo cuando iba a por él, vi llegar a la Policía junto a Dani. Con él, iba otro agente más alto y fuerte que se me quedó mirando. Su mirada me dejó petrificada. La gente empezó a tirarme cosas así que tuve que salir corriendo de allí.

Cuando llegué al coche llevé a Abdu y Hasua a mi casa. Después de dejarlos allí, debía dirigirme a comisaría. Tenía que intentar solucionar esto, yo era la única que abogaba por ellos. Así que cogí mi coche y comencé a conducir al ritmo de *Pump it* de The Black Eyed Peas.

RAFA

Al salir de la escena del crimen, seguía lloviendo mientras el mar golpeaba embravecido el faro. El agua nos salpicaba violentamente, mientras yo intentaba luchar con mi estómago para no echar el contenido del desayuno. El aire fresco me vino bien para recomponerme, aunque, cuando nos dirigimos andando hacia el coche sin decir nada, alguien se puso delante de mí cortándome el paso.

—El hijo pródigo ha vuelto —me dijo él, vistiendo un traje de Armani y bien peinado, nada que ver con el mismo tipo del pasado.

—Me fui porque no quería saber nada más de vosotros, así que déjame pasar, Joaquín.

—Tú eras de los nuestros y nos dejaste tirado, espero que ahora sepas jugar bien tus cartas —me soltó echándome una mirada desafiante y cediéndome el paso.

Los fantasmas ya estaban abordándome.

Me subí en el coche y Dani se me quedó mirando.

—¿De qué conoces a esa escoria?

—No es asunto tuyo —le respondí con rabia.

—¿Cómo que no es asunto mío? No quiero que me

relacionen con mierdas así. Si eres como él, ya te está bajando del coche —dijo con decisión.

—Tranquilo, soy todo lo contrario a él —le dije para calmar la cosa.

Arrancó el coche y volvimos a comisaría. Por el camino empecé a darle vueltas a lo sucedido. Joaquín seguía aquí y parecía que seguía en sus trece de siempre y por la mañana me encontré de sopetón con Ariadna.

El pasado venía a por mí y tenía que afrontarlo como pudiera.

Llegamos a comisaría y allí estaba en la puerta la chica que había visto antes en el faro.

Dani se bajó del coche y fue directo a ella, se fueron a un lado para estar más resguardados. Ella parecía muy asustada mientras le contaba algo a él. Yo seguí mi camino, ya me enteraría de qué le estaba contando. Esa chica me había llamado mucho la atención, su mirada tan enigmática, esos labios carnosos... «Uf, no puedo pensar en eso ahora, bastantes problemas tengo ahora mismo», me dije.

Fui directo en busca de los compañeros de la Científica y les entregué el cuchillo. Era la única prueba que habíamos recopilado en la escena del crimen, solo esperaba que hubiera alguna huella en él. Debía investigar la identidad de la víctima, así que me senté en el ordenador y empecé a cotejar las imágenes del fallecido con los datos del ordenador. Enseguida saltó la coincidencia.

Pedro Gutiérrez, empresario agrícola dueño de más del 70 por ciento de los invernaderos de Roquetas, en poco tiempo había montado un imperio, con los invernaderos...

—A todo cerdo le llega su San Martín —soltó Dani llegando a mi mesa.

—¿A qué viene esa expresión ahora?

—Ese hijo de puta era amigo del cabrón de Joaquín Álvarez. Era un empresario explotador, que se aprovechaba de los sin papeles. Los tenía sin contrato y con jornadas de catorce horas, pero eso no te va a salir en el ordenador, ya que a nadie le importa —escupió con rabia.

—Cuéntame más sobre él, todo vendrá bien para la investigación.

—De él, poco más que lo que te he dicho, pero tu amigo que nos hemos encontrado jaleando a la gente, mandó quemar el poblado de chabolas de los inmigrantes de Roquetas de Mar.

—Y ¿por qué no han denunciado? —Ya sabía lo que le había contado la chica allí fuera.

—Ve y díselo a mi padre, a ver qué te dice —me desafió.

Según me lo soltó, salté como un resorte, directo al despacho del capitán. La expresión de Dani cambió a sorpresa, no esperaba mi reacción.

Di unos golpes en la puerta del despacho del capitán.

—Adelante —me invitó a entrar desde su silla. Yo me senté y se me quedó mirando—. ¿Qué os habéis encontrado? —preguntó con gesto de preocupación.

Le relaté todo lo que vimos en la escena del crimen al detalle, comentándole la turba que había fuera.

—Ándate con ojo con Joaquín —me avisó.

—Ya lo conozco del pasado —le respondí convencido.

—No creas. A diferencia del pasado, ahora se ha radicalizado y tiene el apoyo de una buena parte de la clase política, eso unido a su facilidad para convencer a las masas...

—¿A qué te refieres con lo del apoyo? —pregunté sorprendido.

—A que es el principal candidato del partido de la oposición.

—¡No me jodas! Perdón por la expresión...

—Estás perdonado —dijo entre risas.

—Eso le faltaba, que le dieran alas y poder. Esto no puede acabar bien...

—Por eso te digo que andes con pies de plomo, además de que se acercan las elecciones —insistió.

Tras escucharlo, suspiré. «La cosa está peor de lo que pensaba.»

Después de eso, le comenté lo que me había dicho Dani sin decirle de quién había venido la información. Respecto a eso teníamos las manos atadas, me aseguró.

Salí del despacho con sabor agridulce y sensación de impotencia.

En mi mesa, Dani me esperaba con una mirada interrogativa

—¿Qué te ha dicho mi viejo? —me preguntó nada más sentarme.

—Le he contado lo que nos hemos encontrado en el faro. Luego, cuando le he explicado lo del poblado de chabolas, me ha dicho que no hay nada que hacer.

—Ya sabía yo lo que te iba a decir... —dijo frustrado.

—Pero como es la hora de irnos y yo voy de paisano, nada nos impide ir a pasear por allí. —El gesto de su cara al soltarle esto era un poema.

—Vamos entonces —me contestó muy excitado.

—Cámbiate primero para no dar el cante y te espero en mi coche, que no tengo biodraminas para otro viaje en el tuyo —le dije entre risas.

Estaba sonando *Rainbow in the dark* cuando Dani llegó al coche. Mientras se acomodaba, se me quedó mirando.

—Uh, parece que eres más *heavy* que un bocadillo de piedras.

—Un respeto al dios del *heavy*.

—No suena mal, pero me gustaba más con Black Sabbath.

—Si al final nos vamos a entender y todo —le dije con una sonrisa socarrona.

Por lo menos había dejado de llover, y él estaba más tranquilo, mientras íbamos a nuestro destino deleité a Dani con algunos temazos como *Holy diver* o *Stand up and shout* cuando esta empezó a sonar.

—Hostia, si me vas a poner Extremoduro —gritó emocionado.

—Te equivocas, ellos copiaron el ritmo de este temazo para la canción *Puta*.

—Pues vaya, todos los días se aprende algo nuevo —dijo riéndose de mí.

Llegando ya a Roquetas, Dani me fue dirigiendo para llegar al poblado. Aparqué y lo seguí. A pesar de haber estado lloviendo, un fuerte olor a quemado se me iba metiendo por la nariz a medida que nos acercábamos.

Cuando al fin llegamos el paisaje era desolador. Un montón de amasijos carbonizados, todavía humeantes, e inmigrantes demacrados, intentando rescatar los restos que pudieran quedar de lo que habían sido sus pocas pertenencias. Tenía un nudo en la garganta, las lágrimas a punto de salir, cuando Dani me hizo un gesto para que me acercase a él. Estaba hablando con la chica de antes.

—Aberash, te presento a Rafa. Es de fiar.

Al verla un torrente de sensaciones se desataron en mi cuerpo, hacía tiempo que no sentía esta sensación. Desde que me fui de aquí.

—Encantado —le dije dándole dos besos en las mejillas, rozando su suave piel con mis labios.

—Igualmente —me respondió un poco avergonzada, solo esperaba no haberla intimidado con mi gesto.

Hechas las presentaciones nos estuvo contando lo que había pasado. Por lo visto, una pandilla de jóvenes la habían tomado con el poblado. Esta historia ya me la conocía y sabía dónde buscarlos, pero era mejor ir solo.

No quería que pensaran lo que no es.

ABERASH

Al ritmo de Amy Winehouse salí de comisaría, había vuelto a ver otra vez al compañero de Dani. Le tenía que decir que me lo presentara. Las dos veces que lo había visto había sentido esa sensación en la cabeza, había saltado una chispa que parecía prender de la llama que sentí en mi anterior vida.

Pero entonces no podía pensar en eso.

Parecía que el temporal había amainado, así que estando Abdu y Hasua en mi casa, tranquilos, decidí volver al poblado a ver si encontraba a alguien más que necesitara ayuda. Las nubes se estaban disipando y un sol imponente se abría paso, dando lugar a un arcoíris espectacular que invitaba a soñar.

Sonaban Red Hot Chilli Peppers cuando estaba ya en el poblado. La imagen era terrible, toda esta gente que había perdido su hogar por cuatro locos que le hacían caso a un fanático. Siempre pensé que aquello no iba a traer nada bueno.

Pasé parte de la tarde ayudándoles a buscar sus pertenencias, escuchando las historias de lo ocurrido. Dentro de mi cuerpo una tormenta de tristeza luchaba por salir, pero tenía que ser fuerte por todos. No me podía derrumbar. No serviría de nada. Justo en ese momento, metida en mis pensamientos, alguien llamó mi atención.

—Hola, Dani. Gracias por venir a ayudar —dije mirando de reojo a su compañero que estaba un poco más atrás.

—No he sido yo. Bueno, yo hubiera venido igualmente a ayudar, pero la idea fue de mi compañero. Lo voy a llamar para presentártelo.

Según se iba acercando, notaba cómo la sangre me fluía muy rápido. Lo veía venir hacia mí en cámara lenta, como en las películas.

Cuando me acercó sus labios y sentí su calidez en mis mejillas, toda mi cabeza se cortocircuitó. No podía pensar claro, tenía que centrarme si quería seguir ayudando, pero intuía que algo muy fuerte iba a pasar.

Les conté todo lo acontecido, tal y como me lo habían contado, y notaba como sus rostros se iban compungiendo. Al acabar de explicar la historia, Rafa nos dijo que tenía que hacer algo importante y Dani decidió quedarse un poco más.

Íbamos de vuelta escuchando The Cranberries, cuando decidí interrogar un poco a Dani sobre Rafa.

—Parece buena gente tu compañero. ¿Por qué no me lo presentaste antes? —No quería parecer muy desesperada.

—Me lo asignaron esta mañana de niñera —dijo entre risas.

—Ah, bueno —le respondí riéndome también.

—Todavía no lo conozco mucho. Solo sé lo que mi padre me contó: hizo méritos en Jaén al descubrir una oscura trama con la ayuda de otro detective, y como a mi padre le debían algún favor, el jefazo autonómico le dijo que lo mandara para aquí. No sé cuáles habrán sido sus intenciones; solo me dice que es un ejemplo a seguir.

—A lo mejor te quiere seguir animando a que sigas sus pasos, con alguien que pueda conectar más contigo.

—No sé, pero yo tenía claro mi futuro. Quería estudiar Ciencias Políticas y así quizá ayudar a despertar conciencias.

—Dani, si sigues adelante con tu carrera de policía, creo que podrás ayudar más a la gente.

—Puede ser, pero no me llama mucho la atención. Y menos que me lo impongan como me hizo mi padre.

Después de esto ya no dije más nada del tema. Más me valía cambiar un poco la conversación.

—¿Y qué opinas de lo que os he contado?

—¡Qué voy a opinar! Que el cabronazo de Joaquín y sus niñatos están detrás de todo. Por cierto, creo que Rafa y él se conocen, no sé de qué, pero cuando salimos de la escena, él le cortó el paso y se tutearon. Pero le plantó cara así que no creo que simpatice con él ni con sus ideas.

Eso sí que no me lo esperaba, que conocería a este personaje, pero con lo último que dijo Dani, me dejó más tranquila. Rafa los tenía bien puestos para enfrentarse a Joaquín.

Ya era de noche cuando dejé a Dani en comisaría, quedamos en vernos al día siguiente en la tetería al Ándalus, para ponernos al día sobre lo que fuera ocurriendo.

Cuando llegué, Abdu y Hasua ya se habían ido. Me dejaron un mensaje: se iban a alojar en Pulpí, con Kofi,[1] un amigo de ellos que también tenía una historia dura.

---

(1) «Nacido en viernes» en idioma *twi*, un idioma hablado en Ghana.

Kofi era de Ghana, vivía en Accra, la capital del país, cerca del distrito de Agbogbloshie. Trabajaba en el vertedero de Sikkens, buscando en la basura electrónica del primer mundo, compuesta por desechos industriales, recibiendo residuos tóxicos y químicos de toda Europa. Soñaba con que algún día vendría al país de los blancos, como lo llamaba él. Creía que esto era el paraíso. Después de un largo trayecto desde su tierra, cruzando fronteras escondido en camiones, cada vez que se quedaba sin dinero se tenía que afincar en una ciudad diferente y trabajar de lo que pudiera para poder seguir pagando a los mafiosos que organizaban el tráfico de migrantes. Después de muchos meses de penurias, acabó en Valley, la violenta ciudad de la mafia, donde los tres se conocieron. Los obligaron a trabajar, limpiando y sirviendo en prostíbulos de la zona, para poder pagarse su peaje para cruzar el estrecho, apenas les daban comida y agua, no sabían el tiempo que llevaban allí ni el que les quedaría.

Una noche, mientras dormían, los cogieron, les taparon la cabeza y los montaron en un coche. Se pasaron horas con la cabeza tapada y meándose encima.

Cené algo rápido y me acosté, estaba rendida, sabía que en cuanto cayera las pesadillas volverían a mí.

Allí estaba yo de pie, delante de la verja derrumbada de la casa de mis padres, el corazón me latía a mil, no podía pensar. Pasé como pude entre el amasijo de hierros, no hacía otra cosa que gritar el nombre de cada uno de mis seres queridos mientras corría en dirección a la entrada, con el corazón en la boca. Cuando al fin llegué a la escalinata de la entrada, me quede fría. Mi cuerpo no me respondía, las puertas de la casa estaban reventadas también, de la escalinata bajaba un río de sangre...

Hoy Alexia había decidido despertarme con t.A.T.u. Pegué un salto de la cama, empapada en sudor. Las pesadillas volvían una y otra vez. Pensé que nunca se acabarían.

Después de despejarme un poco, desayuné y puse la televisión. La noticia del asesinato de Gutiérrez estaba en todas las cadenas, empecé a hacer zapping hasta que vi que en Telecinco estaban conectando directamente con Almería, más concretamente con la sede del partido ultra de Joaquín que se estaba preparando para dar uno de sus discursos.

—Buenos días, gracias por darme esta oportunidad de hablar en directo y exponer un problema que llevamos tiempo viviendo en Almería. La escalada de violencia por parte de los inmigrantes cada vez es más alta. Es más, estoy casi seguro de que están detrás del asesinato de Pedro Gutiérrez, un honesto empresario agrícola que se ha hecho a sí mismo...

—Un segundo, Joaquín, tenemos a otra persona en directo que te quiere responder. Damos paso a Ignacio Sánchez, otro empresario agrícola de la zona que no opina lo mismo que tú.

«Ahí le han dado», pensé riéndome para mis adentros. Ignacio era el primo de Joaquín que, al contrario que él, apoyaba a los inmigrantes, les daba trabajo y los ayudaba a regularizar sus papeles.

—Buenos días, y gracias por permitirme entrar en directo para hacer la réplica. Querido primo —dijo refiriéndose a Joaquín—, hay una cosa que se llama presunción de inocencia a la que todos tenemos derecho.

—Todos no, primo. Esta gente viene sin papeles a nuestro país, nos roban el trabajo, se aprovechan de la sanidad gratuita y quieres que también se vayan de rositas, solo vienen aquí a delinquir.

—Los derechos de las personas son universales, no son propios de cada uno por vivir en un país o tener un color de piel diferente.

—Deja ya de defenderlos o tú serás el siguiente, ya verás.

Cuando Joaquín soltó esto enfurecido, los realizadores del programa cortaron la conexión. Se excusaron alegando problemas técnicos, pero la realidad era que al candidato perfecto se le estaba cayendo la careta.

Durante toda la mañana estuve dándole vueltas al tema del asesinato, en qué podría desembocar todo. Una sola pista, aunque fuera falsa, señalando a alguien de la comunidad sería la cerilla que Joaquín necesitaba para incendiarlo todo.

Sonó la alarma de mi móvil. ¡Se me había ido el santo al cielo! Había quedado en media hora con Dani en la tetería al Ándalus. Debía darme prisa. Me arreglé y salí de casa corriendo.

Sonaban The Cardigans, mientras iba al encuentro con Dani a ver si había averiguado algo.

Aparqué cerca de la catedral de Almería. Cuando pasé por su lado me quedé embobada mirándola, como siempre. Es un edificio majestuoso que combina estilos góticos, renacentistas y neoclásicos, con sus torres imponentes y una entrada decorada con detalles ornamentales.

Seguí mi camino por las calles empedradas mientras el

sol acariciaba mi rostro, escuchando el murmullo de la gente y acelerando el paso al ver que algunos me miraban raro. Cuando entré en la calle Real, el aroma a jazmín y azahar inundaba el aire, me recordaba a la calle del mercado de mi ciudad, eso sí, aquí se mezclaba con el olor tentador de las tapas de los bares cercanos. Me gustaba distraerme con los colores vibrantes de los edificios antiguos, y sentir la textura fresca de las paredes al tocarlas. El ambiente se llenaba con la melodía de una guitarra que tocaba un músico callejero y un suave aroma, aunque me quedé de piedra al llegar a la tetería.

Porque allí estaba Rafa, el compañero de Dani.

RAFA

Se movía encima de mí al ritmo de *Angel of death* de Slayer. Sus pechos bamboleaban en un baile, que me estaba volviendo loco de placer; mientras ella me cabalgaba, su vagina chorreante de placer exprimía mi falo, sus manos recorrían mi cuerpo sensualmente, centrándose en mi pecho; no paraba de moverse, ambos jadeábamos de placer, soltando sonoros gemidos. El olor a sexo y sudor invadía el ambiente. En un rápido movimiento me giré y cambiamos posiciones. Ahora me tocaba a mí, empecé a atacarla con fuertes embestidas, mientras ella se contoneaba como una serpiente loca de placer, cuando se arqueaba hacia mí, yo aprovechaba para atacar sus bonitos pechos con mi boca, que ella movía sensualmente, haciendo que mi miembro se pusiera más duro dentro de ella, yo entre tanto aumentaba mi baile de caderas atacándola con más fuerza. Podía notar que estaba totalmente mojada. Ella se movía cada vez más rápido, pidiéndome más, sus uñas se me clavaban en la espalda, mientras con las piernas abrazaba mi cintura, para poder sentirme más dentro de ella. En ese momento sentí el placer recorriendo mi cuerpo para centrarse en mi entrepierna, hasta que ambos nos corrimos y caímos exhaustos, quedándonos en la cama mirándonos a los ojos.

—Prométeme que siempre vamos a estar juntos —me dijo con esos ojos verdes que me atrapaban.

—Te lo juro, cariño mío —le dije a Ariadna mientras volvía a atacar su boca sensualmente y mi pene parecía que estaba volviendo a despertar.

Sonaba *You were just a waste of sperm* de Slayer cuando entré en el pub de mi juventud. La música me devolvió a la realidad que estaba viviendo, la decoración había cambiado mucho, había varias fotos colgadas de Hitler y Mussolini y banderas haciendo apología del nazismo. El ambiente estaba muy cargado, el local estaba lleno de varios jóvenes que lucían todos iguales, con tatuajes con simbología neonazi. Ariadna, que estaba detrás de la barra, me miró, queriéndome apuñalarme con sus ojos, nada más entré por la puerta. Estaba preciosa, como siempre. Sabía que me iba a doler volver a verla, pero si quería averiguar algo tenía que ir, me senté en la barra y se acercó a mí con desdén.

—De repente me ha venido un fuerte olor a mierda —soltó con cara de asco.

—Solo he venido a hacerte unas preguntas —le dije intentando enfriar el ambiente.

—Si quieres puedo empezar yo: ¿por qué me dejaste? —me escupió la pregunta.

—Ya te lo explicaré —le respondí intentando esquivar el tema.

—Pues ya te puedes ir yendo por donde has venido —me dijo dándose la vuelta.

Justo en ese momento, Joaquín salió de la trastienda detrás de la barra y la agarró con fuerza por las caderas mientras atacaba su boca, en un gesto de marcar territorio.

—¿Ya te vas? —me preguntó él con sorna.

—Aquí no se me ha perdido nada y lo que quería averiguar ya lo confirmé —le respondí dándome la vuelta.

—Ten cuidado, porque esta ciudad es más peligrosa que cuando te fuiste —me dijo antes de ponerse a cantar *Trooper* de Iron Maiden.

«Qué ignorantes son cantando este tema, de un grupo que es todo lo contrario a su ideología», pensé.

Me subí en el coche y la voz de Manuel Martínez, cantante de Medina Azara, me volvió a recordar mi propósito con su tema *Tierra de Libertad*.

Según llegué a casa, caí rendido en la cama. No paraba de darle vueltas a lo sucedido en mi pasado, a lo que estaba aconteciendo, y a cómo de feas se podían poner las cosas.

Me desperté con sabor amargo en la boca y la cabeza embotada de apenas haber descansado. Me arrastré al cuarto de baño y me miré en el espejo. Tenía unas ojeras que parecían bolsas. «Uf, qué mala cara.» Después de lavármela, me puse a prepararme el desayuno. El suave aroma del café mezclado con el del pan tostado me espabilaron un poco. Empecé a pensar en el día que me esperaba y en cómo abordaría la investigación.

Al entrar, noté un ambiente bastante tenso. Los compañeros no paraban de hablar entre ellos, algunos tenían cara de preocupación, pasaba algo raro. Llegué a mi mesa y vi a Dani retrepado en la silla también con cara de preocupación.

—Buenos días —lo saludé interrogante.

—Si tú lo dices... —me respondió preocupado.

—¿Qué pasa? Noto el ambiente muy raro, y tu cara no me dice nada bueno.

—Uf, tenemos un problema y gordo: ya han cotejado el cuchillo y han encontrado unas huellas.

—Eso es bueno —le respondí según me salió.

—Todo lo contrario —me dijo más abatido.

—¿Y eso? —pregunté sin saber qué pasaba.

—Porque al cotejar las huellas en la primera pasada por la base de delincuentes no dio ninguna coincidencia, volvieron a pasarla esta vez con los datos de la Policía Nacional escrutándolo con la de los DNI y nada tampoco.

—¿Qué me quieres decir con esto? —pregunté alarmado.

—Pues que todo apunta que la huellas son de alguien que no está registrado en el sistema, y como esto salga de aquí la gente culpará a los ilegales —me respondió echándose las manos a la cabeza.

En ese momento, sentí un golpe en mi mente. Esto se estaba poniendo muy feo, en ese momento alguien me tocó el hombro y me giré. Miré estupefacto, mi pasado seguía viniendo en busca mía, temía que esto pasara, pero no tan rápido. Frente a mí estaba Ignacio, el primo de Joaquín, otro de mis amigos de juventud. Al contrario que los demás, tenía una sonrisa amable, vestía con ropa de trabajo y se abalanzó sobre mí dándome un abrazo.

—¿Cómo estás, viejo amigo? —me preguntó mientras golpeaba mi espalda con cariño.

—Bastante mal por lo del asesinato —admití devolviéndole el abrazo.

—Ya, te comprendo, y volver aquí tampoco será fácil después de lo que pasó, pero bueno, aquí me tienes para lo que haga falta —me dijo volviendo a abrazarme esta vez más fuerte—. ¿Te has encontrado ya con alguien?

—Con tu primo Joaquín y con Ariadna. —Al responderle, su rostro se endureció.

—No me siento nada cómodo por cómo fueron las cosas en el pasado, he cambiado bastante, al contrario que Joaquín y Ariadna que, además de ser pareja, se han radicalizado. Yo entretanto me alejé de ellos. Cuando te fuiste me centré en el trabajo, hoy tengo varios invernaderos y doy trabajo a inmigrantes a los que ayudo a regularizarse.

Por lo menos no todo iba a ser malo, pensé.

Seguimos hablando un rato y me estuvo confirmando lo que sospechábamos de Pedro Gutiérrez, con aquello cobraba más fuerza la teoría de que el asesino fuera un ilegal, como parecía mostrar el arma del crimen, era una cosa que debíamos investigar e intentar que no saliera de comisaría, lo cual no sabía yo si iba a ser posible. También me estuvo hablando de la tensa relación que mantenía con su primo Joaquín a causa de sus ideas radicales y la campaña política de odio que estaba haciendo con las elecciones a la vista. Temía lo que podría pasar si su mensaje calaba en la gente, cosa que estaba consiguiendo, Dani y yo le expresamos nuestra preocupación con este tema, al rato se fue, tenía bastante trabajo me dijo, quedamos en vernos otro día.

Dani y yo estuvimos trabajando toda la mañana investigando posibles problemas que hubiera tenido la víctima, no dimos con nada, solo lo que ya sabíamos, que era un jefe explotador y que las huellas indicaban que quien empuñaba el arma del crimen no estaba en la base de datos nacional, pasamos el resto del día sin pena ni gloria, sin descubrir nada nuevo. Al final de la jornada decidimos volver a casa para descansar y cargar un poco las pilas, estaba ya en la calle a punto de subirme en el coche cuando Dani me dijo:

—Eh, ¿qué te parece si vamos a tomarnos un té para despejarnos un poco?

—Buena idea —me parecía buen plan para seguir tendiendo puentes con Dani.

—Nos vemos en una hora en la tetería al Ándalus.

—Venga, allí nos vemos.

Llegué a casa cantando Mago de Oz a pleno pulmón.

Me había duchado y arreglado rápido; ya estaba caminando hacia la tetería, admirando la fachada de la catedral de Almería que tantos recuerdos de mi juventud me traía, cuando salía por aquí con mi pandilla a quemar la noche, íbamos de pub en pub bebiendo cerveza y cantando las canciones de los Judas, los Maiden o Hellowen que sonaban en los locales de moda. Distraído pensando en aquella época llegué adonde había quedado con Dani. Me paré en la puerta a esperarlo.

Allí estaba esperando cuando vi a Aberash. El corazón me empezó a latir con fuerza, mi piel se erizó por la anticipación de que pasara por mi lado, el latido de mi corazón cada vez era más ensordecedor, mis ojos se iluminaron con una mezcla de nerviosismo y alegría al verla acercarse a mí, mientras el aroma del té y especias de la tetería se mezclaba con la suave brisa, creando una atmósfera embriagadora. Mis manos temblaban cada vez más según se iba acercando, sentía un nudo en la garganta y un cosquilleo en el estómago lleno de emociones y expectativas, cuando llegó justo a mi lado.

—Hola —me saludó dándome dos cálidos besos que me subieron de las mejillas al cerebro cortocircuitándome totalmente.

—Ho... la —conseguí decir.

—¿Y Dani? —me preguntó después del saludo.

—Supongo que estará al caer, he quedado aquí con él —le respondí con vergüenza y pensando que Dani nos había liado para quedar a solas.

—Vamos a entrar mientras —me dijo con toda confianza enganchándose de mi brazo y entrando dentro.

Yo me sentía en una nube.

En ese momento sonaba El Cuarteto de Nos mientras nos adentrábamos en otro mundo, en el que nos envolvió una atmósfera acogedora y llena de encanto. Las paredes estaban adornadas con azulejos coloridos y motivos árabes, creando un ambiente cálido y tradicional, que se iba mezclando con el aroma a especias y a té recién preparado. A medida que avanzamos, me fijé en los muebles, decorados con detalles típicos, como cojines con telas brillantes. Y nos acomodamos en una mesa baja para disfrutar del momento. La luz suave de las lámparas daba pie a compartir ese momento íntimo y relajado.

ABERASH

Sonaba Manu Chao mientras me perdía en el océano de sus ojos, viendo embobada cómo movía su sensual boca. El corazón se me iba a salir, y mi cerebro estaba atrapado por su aroma, junto con el de las especias y del té recién hecho.

Me estuvo contando su historia en Jaén, así que yo le conté todo lo acontecido desde que llegué a Almería desde Sudáfrica. No le confesé nada de lo que me pasó allí. Pero cuando le conté cómo defendía a las personas sin papeles y mis continuos enfrentamientos con Joaquín, la expresión de su rostro se endureció.

Algo me decía que tenía un pasado con él, pero solo nos conocíamos de un par de veces, así que pensé que ya me lo contaría.

Sonaban Los Rodríguez mientras nuestras miradas lo decían todo. Me rozó con su mano y una corriente eléctrica me subió por el brazo llegando hasta mi estómago, haciendo revolotear mariposas en él. Justo en ese instante, la guitarra de Tony Iommi nos devolvió a la realidad y él se quedó mirando su móvil.

—Sabes que te estamos esperando —dijo con guasa al teléfono—. ¿Cómo? —preguntó alzando un poco la voz y cambiando su gesto—. Sí, estoy con ella, vale —terminó de decir, mientras me miraba muy serio.

Se guardo el móvil lentamente en el bolsillo y volvió a mirarme, al tiempo que Sabina cantaba de fondo.

—Me acaba de llamar Dani. Estaba esperando que viniera él para que te contáramos los dos juntos lo que habíamos descubierto en la escena del crimen. —Según me soltó esto, se me erizó la piel, yo no podía reaccionar—. La única prueba era un cuchillo de los que usan los jornaleros. —En ese momento la cabeza me empezó a dar vueltas—. Esta mañana nos llamaron de la Científica, había unas huellas que no estaban en el sistema. —Mi estómago se convirtió en un remolino—. Lo que me acaba de contar Dani es que se ha hecho extraoficialmente con una copia de esas huellas y las ha cotejado con la base de datos de la Cruz Roja y le ha salido una coincidencia.

Mi boca salivaba excesivamente y en ese momento no pude aguantar más. Empecé a sentir náuseas, y a sudar, me levanté tan rápido que el cuerpo se me fue un poco, con un ligero mareo que me impedía centrar mi vista. Salí corriendo al baño, sintiendo cómo la garganta hacía fuerza. Abrí la puerta del baño de mujeres con gran fuerza, menos mal que no estaba ocupado, me dio el tiempo justo de echar el pestillo y correr hacia el váter y doblarme hacia delante. En ese momento mi garganta me empezó a arder, empecé a expulsar por la boca lo que había comido ese día, el vómito salía con fuerza, mientras la cabeza no dejaba de darme vueltas. Caí de rodillas y seguí expulsando lo poco que me que me quedaba, dejándome un sabor amargo en la boca. Me levanté como pude, apoyándome en la pared hasta que llegué al lavabo. Me enjuagué la boca y abrí la puerta. Tenía que volver a la mesa para que Rafa me terminara de contar de quién era las huellas. No me podía creer que fueran de un inmigrante. Cuando llegué a la mesa, vi que Rafa se había ido. La camarera se me acercó y me dijo que había pagado y se había ido con prisa. Me quedé allí sentada pensando que algo muy gordo habría pasado para que se fuera. Ya me enteraría, en ese momento tenía que volver a casa y descansar un poco.

Con Ed Sheeran de fondo, me quedaba dormida en un estado de confusión tremenda, el sopor y el cansancio habían podido conmigo.

Reaccioné como pude y atravesé el umbral de la puerta: allí estaba yo parada pisando la sangre del que provenía el hilo que bajaba de la escalinata. A mis pies estaba mi hermano Thabo,[1] totalmente inerte en un charco de sangre, con un agujero de bala en la cabeza y varios en el pecho. Un nudo me subió a la garganta, quería gritar, pero la voz no me salía, un silencio sepulcral invadía el ambiente. Había un olor a muerte en la casa y tenía un sabor rancio en la boca, mi cerebro no podía asimilar aquella brutal escena; levanté un poco la mirada del cadáver de mi hermano y vi que había alguien sentado en el sillón, a sus pies había otro charco de sangre y corrí hacia allí.

(1) *Felicidad* en setswana.

Ho Hey, la canción de The Lumineers, fue la que me sacó de la pesadilla que se me repetía noche tras noche.

Abrí los ojos y me puse a asimilar la situación, ¿qué tenía que hacer ahora? ¿Llamaba a Dani para informarme de qué había pasado? O ¿iba a casa de Kofi a ver cómo estaban mis amigos y les contaba cómo estaba la cosa? Lo primero que hice fue levantarme y hacerme un café, su suave aroma me revitalizó un poco el cuerpo; después de tomármelo bajé corriendo. Ya había tomado una decisión e iba a ver a mis amigos primero para ponerlos al día.

Se escuchaba Coldplay mientras conducía a casa de Kofi y en mi cabeza daba vueltas la historia que me habían contado de cómo llegaron a Almería.

Estuvieron largas horas en las que no veían nada, a causa del maloliente saco que llevaban puesto en la cabeza. Los traficantes hablaban entre ellos en un idioma que no conocían y el terror ya se había apoderado de su cuerpo.

De repente, el coche paró y los sacaron a empujones del vehículo. Les quitaron los sacos de la cabeza y mientras su vista se acostumbraba a la oscuridad que había en el lugar, los obligaron a arrodillarse. La temperatura era gélida. Poco a poco su vista se fue acostumbrando y vieron que estaban en un círculo, apretujados con más mujeres y niños, todos muy asustados. Los traficantes, que les apuntaban con armas, los dividieron en dos grupos. A Hasua le tocó el primer grupo que se adentró en la oscuridad, mientras Abdu y Kofi se quedaron temblando de frío, aterrorizados, pensando en qué les pasaría y por qué se habían llevado a los demás.

Una vez llegué a Pulpí, me dirigí al poblado donde vivía Kofi. Aparqué en la plaza de la Constitución, el corazón del pueblo, y desde de allí fui andando por sus calles, llenas de casas blancas. Las vías estrechas y adoquinadas que componían la hermosa arquitectura andaluza me llevaron hasta la Iglesia de San Miguel Arcángel, un icono histórico del pueblo, y desde ahí se veía el castillo de San Juan de los Terreros, el cual ofrecía unas vistas impresionantes. Seguí adelante callejeando, la gente me miraba y cuchicheaba al pasar cerca de mí. Cuando pasaba por los restaurantes me llegaba el olor típico de los platos de la zona, mariscos frescos, aceite de oliva, especias mediterráneas... Corrí tanto como pude hasta el humilde barrio donde se alojaba Kofi con varios compañeros. Cuando llegué y llamé a la puerta, Abdu me abrió. Me abrazó al verme y me invitó a pasar. Al entrar en la casa, me invadió un profundo olor a cacahuetes tostados y molidos, caldo de pollo, cebolla, ajo y tomate. En el salón había varias personas, entre ellos Kofi y Hasua, tomando fufú con sopa de cacahuete. Me ofrecieron un poco y me senté con ellos. El fufú es una masa tradicional de Ghana, tiene un sabor neutro ya que principalmente está hecho de yuca o plátano macho cocido y machacado hasta obtener consistencia. Juntos estos platos se combinan para crear una experiencia culinaria única y deliciosa.

Mientras comía, les conté lo que me había explicado Rafa. Hasua se quedó muy callado y pensativo.

Pasé toda la tarde con ellos, intentando animarlos tras lo ocurrido en Roquetas. Los ánimos de la gente estaban muy caldeados y la campaña política de Joaquín era la mecha que lo estaba prendiendo todo. Al rato, sonó mi teléfono. Era Dani. Tenía que ir rápido a comisaría. No me lo pensé mucho, así que me despedí de todos y les recomendé que fueran con cuidado. Salí pitando.

Tarareaba Bruno Mars mientras llegaba a mi destino.

Cuando aparqué en la calle, Joaquín e Ignacio estaban discutiendo muy acaloradamente. Caminé cerca de ellos intentando pasar desapercibida cuando una chica que estaba con ambos me llamó la atención.

—¿Dónde vas, sucia inmigrante? —Hice caso omiso y seguí adelante—. Es a ti negra de m... ¡Respóndeme!

En ese momento Ignacio se interpuso entre nosotras.

—No le hagas caso, Aberash, solo quiere provocarte —me defendió.

Le hice un gesto amistoso de gratitud y seguí mi camino.

Nada más entrar en comisaría, Dani me llamó y me llevó hasta una sala. Dentro estaba Rafa. Y los dos me invitaron a sentarme.

RAFA

Tenía el regusto del café todavía en la boca, cuando escuché el rechinar de la puerta al abrirse. Dani entró en la sala con su pose altiva de perdonavidas, seguido de Aberash, con su perfume embriagador, su belleza exótica y esos ojos enigmáticos. Ella se sentó delante de mí y mi mente se colapsó. Dani, sentado a mi lado, la miraba con cara de preocupación y empezó a hablar tratando de buscar las palabras exactas para contarle lo que sabíamos, que no era fácil.

—Esto que te vamos a decir no puede salir de aquí —dijo con voz preocupada.

—Ya, Rafa me contó lo del cuchillo, que tenía unas huellas sin identificar —atinó a responder con la cara descompuesta.

—Eso no es todo. —Entré en la conversación armándome de valor—. Justo cuando te iba a decir de quién era la coincidencia de las huellas fue cuando te fuiste al baño y tuve que irme corriendo. —Evité decir que me fui por temor a la reacción que podría tener cuando se lo dijera, pero no me quedaba otra—. Las huellas coinciden con las de Hasua —le solté.

Aberash se quedó petrificada.

En ese momento, la puerta se abrió con fuerza y entró Joaquín con su pose altiva y mirada de odio, seguido de Ariadna con una medio sonrisa malévola. El ambiente comenzó a estar demasiado cargado. Apreté los puños hasta sentir mis uñas clavándose en mi palma.

—¿Qué pasa aquí? —escupió con odio Joaquín.

—Nada que te concierna —le respondí clavándole la mirada.

—Cuida tus palabras, que estás hablando con el candidato a próximo alcalde.

—Eso no te da derecho a entrar aquí como te dé la gana —le dije mientras me levantaba y me ponía frente a él en actitud desafiante.

—¿Ahora te haces el valiente, mierdecilla? Si quieres te recuerdo cuando te fuiste de la ciudad con el rabo entre las piernas.

—Sal de aquí ahora mismo, si no quieres salir esposado —le reté, señalándole la salida.

Él me respondió retirándome el dedo con un manotazo y saliendo de allí indignado. Yo me quedé allí parado un segundo viendo como salían, no sin antes ver cómo Ariadna me echó una mirada gélida, la misma que me descomponía en el pasado, aunque ahora me afectaba de otra forma diferente. Sentía asco y odio. Ya solos los tres, me volví a sentar en mi silla al lado de Dani y me quedé mirando a Aberash, quien de repente empezó a hablar.

—Ya era hora de que viniera alguien más para que le parase los pies a ese capullo —dijo mirándome tiernamente.

Su respuesta me desmontó del todo, pero tenía que centrarme, si lo que habíamos descubierto trascendía se podría liar una muy gorda.

—Como te iba diciendo, las huellas coinciden con las de Hasua y —no sabía cómo decirle esto delicadamente— nos gustaría hablar con él antes de que esto trascendiera.

Se quedó pensativa y su actitud cambió.

—Aunque no tenga papeles tiene derechos —dijo adoptando una pose muy seria.

—No hay que ponerse así —soltó Dani intentando calmar el ambiente—. Solo queremos hablar con él para descartarlo, y te hemos avisado para intentar solucionar esto antes de que llegue la sangre al río.

—Voy a hablar con mi cliente y nos presentaremos en comisaría lo más pronto posible para declarar, pero os puedo asegurar que es inocente.

Tras decir esto, Aberash se levantó y salió de la sala.

Nos quedamos mirándonos con gesto abatido. Todo pintaba muy mal. Pero, entonces, un barullo en la calle llamó nuestra atención. Los dos salimos corriendo y, tras abrir la puerta de la comisaría, vi que Ariadna tenía cogida a Aberash por la espalda, rodeaba su cuello tratando de inmovilizarla y le retorcía un brazo con la mano, mientras Joaquín le gritaba a la cara.

—Habla, negra de m..., ¿quién es el asesino? Sé que te lo han dicho.

Yo corrí hacia Ariadna, la cogí con fuerza del cuello, lo que le obligó a soltar a Aberash y a girarse. Con un gesto rápido, me apartó el brazo con su mano.

—Que sea la última vez que me tocas —soltó con mirada asesina.

—Iros de aquí ahora mismo si no queréis que os detenga.

—Ya, claro, en vez de detener a los putos ilegales, detienes a los que fueron tus amigos —dijo acercando su boca a mi oído—. Por la forma en que me dejaste tirada dudo que significara algo para ti en el pasado, ¿verdad?

Tras aquellas palabras, no esperó que le respondiese. Se giró agarrando a Joaquín con fuerza y, comiéndole la boca, se fueron de allí.

—Muchas gracias por salvarme.

Sentí el tacto de los suaves y cálidos labios de Aberash dándome un beso muy cerca de los míos. «Joder, mi mente es un torbellino, pero creo que ya sé cuál iba a ser la medicina para ella», pensé poniéndome colorado.

—Voy a buscar a Hasua y vuelvo para hablar —me dijo mientras entraba en su coche empezando a sonar *Billy Jean*.

Después de aquel incidente, el día terminó de pasar sin pena ni gloria, así que cuando llegó la hora de salir de comisaría me fui decidido a descansar un poco. «A ver si mañana hablamos con Hasua y lo aclaramos todo.»

Solté las llaves en el recibidor y me dejé caer abatido en el sillón. Encendí la televisión y me quedé abstraído pensando en la investigación y en todo lo que se nos venía encima, cuando algo llamó mi atención. Joaquín volvía a salir por la tele.

—Nos acompaña el candidato a la alcaldía de Almería —presentaban efusivamente a Joaquín—, que tiene algo que decirnos sobre el caso del asesinato del popular empresario agrícola.

—Así es. Puedo confirmar, según fuentes policiales, que el principal sospechoso es un inmigrante ilegal. Encima que les damos trabajo y casa así nos lo pagan —dijo soltando su discurso del odio—. Invito a los ciudadanos a hacer una manifestación en su poblado, no podemos permitir que esto vuelva a pasar; es más, si en las próximas elecciones me votáis esto cambiará y mucho, limpiaremos la zona de ilegales, ya sabéis cuál es mi lema: *Los españoles primero.*

Apagué la televisión, ya no podía más con esto. «¿Cómo se habrá enterado? ¡Mierda!» El cabrón este estaba incendiando el ambiente. Fui a prepararme algo de cena, todavía enfadado, cuando mi móvil empezó a sonar.

—¿Dónde estás, tío? —me dijo Dani.

—En mi casa, ¿por?

—Prepárate, te recojo en cinco minutos.

Bajé corriendo. «¿Qué está pasando ahora?» Instantes después oí a Dani llegar de lejos con la música a toda hostia, se paró a mi lado.

—¿Qué pasa? —le pregunté al entrar.

—Se está liando gorda en Pulpí —me dijo muy acelerado.

—¿Y eso?

—No lo sé, Aberash me ha llamado muy alterada para que fuéramos rápido.

Mientras escuchaba *Mucha policía, poca diversión*, miré a Dani. «¿Un policía escuchando esto? Algo no me cuadra», pensé riéndome para mis adentros. A pesar de la actitud de Dani, tenía muy buen fondo y, si seguía con su carrera, podría llegar muy lejos, tenía que animarle a que siguiera.

Estábamos llegando cuando vimos una multitud agolpada con banderas españolas mezcladas con alguna bandera franquista y algunas esvásticas. Un neonazi se balanceaba en la puta cara de la gente, sonando a todo lo que daba.

Dani paró el coche y fuimos corriendo hacia el tumulto.

La mayoría eran jóvenes violentos que coreaban frases racistas. Luchamos por abrirnos paso entre ellos, olía a sudor, podía ver el odio en sus miradas, muchos iban armados con puños americanos, navajas y bates de béisbol. Se iba a liar una muy gorda. Mientras luchaba por avanzar llamé a comisaría pidiendo refuerzos. Cuando llegamos al final de la manifestación, Ariadna y Joaquín estaban al frente incitando a la gente.

—Aquí está el asesino de Gutiérrez, estas ratas lo tienen escondido, vamos a hacerlo salir de su madriguera. —Joaquín me vio y se me quedó mirando—. Ya que vosotros no hacéis vuestro trabajo, lo tendremos que hacer nosotros —dijo clavándome su mirada—, así que apártate de nuestro camino.

—Dispersaos ahora mismo si no queréis que os detengamos.

—Vosotros dos solos —rio con sorna Ariadna—. Creo que estamos en superioridad numérica —soltó alzando un brazo para hacer un gesto a la muchedumbre para que atacaran.

ABERASH

Aberash cantaba animada en el coche mientras recordaba la historia de Hasua.

Estuvo varias horas andando en la oscuridad, iban todos en fila, bien vigilados por los traficantes con sus armas. Le dolían los pies, temblaba de frío, no recordaba la última vez que había comido. De repente, el traficante que abría la expedición se paró, pasó un poco el pie por el suelo dejando al descubierto una especie de puerta de madera en el suelo. Este empezó a apuntarles con el arma y a gritarles, pero no entendían nada. Llegaron los otros traficantes desde atrás y empezaron a golpearles, les daban patadas en la espalda y el estómago, mientras el otro criminal no paraba de gritar, señalando al suelo. Un chico se levantó e intentó abrir la puerta, después le siguieron otros, a él también le siguieron los demás y cuando al fin lo consiguieron, un fuerte olor a cerrado les invadió. Los traficantes empezaron a apuntarles con sus armas para que entraran, cuando estuvieron todos dentro, cerraron. No sabe los días que estuvieron apilados en la oscuridad metidos en aquel agujero. De vez en cuando le llevaban algo de arroz blanco cocido y agua, perdió la noción del tiem-

po, allí, en la oscuridad, no paraba de pensar en sus amigos. ¿Qué habría sido de ellos? Se iban racionando la poca comida que les daban, ya que no sabían el tiempo que estarían allí.

Entrando en Pulpí abrí la ventana del coche y me invadió el aire fresco, con aroma a salado, mientras recordaba cuando Kofi me hablaba de las geodas que había allí, unas cavidades subterráneas llenas de cristales gigantes, que le hacían sentir en otro planeta. Me contaba entusiasmado de la historia de la geología de la mina que fue un importante centro de extracción de minerales como plomo, plata o hierro. Ensimismada en mis pensamientos, llegué a la barriada de Kofi. Fui corriendo a su casa para contarles lo que sabía y hablar con Hasua. Cuando llamé a la puerta, Abdu me abrió muy alterado y me invitó a pasar. En el salón estaban todos menos uno.

—¿Dónde está Hasua?

—No lo sabemos, estaba muy nervioso cuando te fuiste y salió a dar una vuelta —me respondió Abdu, inquieto.

«Mierda, esto le hace parecer más sospechoso.» Esperaría a ver si aparecía, no me quedaba otra. Pero las horas pasaban lentamente y Hasua no volvía, así que decidí llamar a Dani.

Justo en ese instante, oímos un tumulto en la calle, muchas voces y jaleo, así que decidí salir a ver qué pasaba. Cuando abrí la puerta me quedé de piedra, no podía reaccionar: una multitud de gente estaba concentrada allí al lado, parecían armados, Joaquín y Ariadna estaban al frente y alguien se estaba enfrentando a ellos. Eran Rafa y Dan. ¡Teníamos que ayudarlos! Entré de nuevo en la casa corriendo y empecé a pegar voces.

—¡Una multitud viene hacia nosotros! —anuncié.

—¡Debemos huir! —gritó Abdu muy alterado.

—Nada de eso, tenemos que plantarles cara. Rafa y Dani están solos contra ellos.

—Ellos no son de los nuestros, Aberash. Tenemos que correr —me dijo cogiéndome del brazo Abdu.

—Nada de eso, ellos son buenos —respondí.

—No te puedes fiar de los blancos y menos de Rafa —dijo Abdu, muy enigmático.

—Da igual lo que digas, yo voy a ayudarles. —Según solté esto, cogí una sartén que tenía a mano y salí corriendo.

Cuando aparecí al lado de Rafa, este se me quedó mirando y me cerró el paso para que no me acercara a Joaquín. Miré hacia atrás y algunos de los chicos me habían seguido empuñando lo primero que habían pillado en casa, Rafa empezó hablar.

—Iros de aquí ahora mismo si no queréis que os detengamos ya. Es la segunda vez que os lo digo.

—Parece que los monos han venido a vuestro rescate —rio con sorna Ariadna.

Al escucharla, no me lo pensé: agarré fuerte la sartén por el mango y la golpeé en las costillas. Ella cayó al suelo doblada de dolor, sujetándose el estómago, y entonces vi el puño de Joaquín directo hacia mí, cerré los ojos, pero cuando los abrí Rafa tenía a Joaquín cogido por el brazo. El político intentó zafarse, aunque Rafa lo tiró al suelo y empezaron a pelearse los dos. Ariadna se levantó, ya recuperada de mi golpe, y fue a por Rafa; pero yo fui más rápida: le hice la zancadilla y se cayó de boca. Mientras tanto, Dani y mis amigos se preparaban para entrar en acción contra los demás, que no paraban de gritar. Aquello iba a ser una batalla campal.

No obstante, justo cuando se iba a liar, empezaron a sonar sirenas de la Policía cada vez más cerca y la gente comenzó a dispersarse. Joaquín se levantó corriendo, tenía el traje hecho polvo, estaba despeinado y su cara parecía la de un niño que come moras y, lejos de mí, Rafa seguía retorciéndose en el suelo. Fui hacia él. Cuando llegó la Policía estábamos solo nosotros, sin los agresores. Rafa se incorporó, estaba muy malherido. Después de que contásemos a sus compañeros lo acontecido, Dani y yo acompañamos a Rafa hacia mi coche. Parecía que no tenía nada roto, pero, por si acaso, quise llevármelo a casa a curarlo.

Sonaba Bon Jovi cuando llegamos a mi casa. Rafa, que tenía la cara hecha polvo tras su pelea con Joaquín, empezó a cantarme *Bed of Roses*, con esa mirada penetrante que tenía, y, al ritmo de esta balada me dejé llevar abalanzándome sobre él. Nuestras bocas se fundieron, dando paso a un juego húmedo con nuestras lenguas. Parecía que ya estaba más recuperado, sabía que era muy precipitado, pero desde que lo había visto no pensaba en otra cosa y me había demostrado que era buena persona. Me bajé del coche, le abrí la puerta y se agarró a mí.

—Tengo que curarte primero —le advertí nada más subir.

—Tranquila, tus besos son la mejor cura —me dijo con una voz ronca que me desarmó totalmente.

No me lo pensé mucho y lo cogí suavemente de la mano para guiarlo a mi cama. Cuando llegamos, le quité la camiseta, dejando al descubierto ese cuerpo de Adonis que tenía, ataqué de nuevo su boca, mientras mis manos recorrían su espalda fornida, él me quitó la camiseta y el sujetador, dejando mis pechos al aire. Al roce de ellos con su piel, los pezones se me erizaron, lo tumbé suavemente en la cama y me senté a horcajadas sobre él, mientras me rozaba con su bulto, le ofrecía mis pechos para que los saboreara. ¡Qué locura! De repente me incorporé un poco y empecé a pasar mi lengua por su cuello, podía sentir su sabor. Mientras con mi mano le acariciaba la entrepierna, fui bajando con mi lengua por sus pezones jugueteando con ellos, hasta que los noté bien duros, aunque no era lo único. Seguí bajando por su ombligo hasta que llegué a su pantalón, con gran habilidad se lo bajé y le quité los calzoncillos, dejando su falo al aire que saltó como un resorte. Se lo cogí con las manos y empecé a masajearlo suavemente, para luego seguir el masaje sensualmente con mi lengua. Cuando ya no podía más, me hizo un gesto para moverse y me tumbó en la cama, era el momento de dejarme hacer. Cuando me tuvo tumbada en la cama empezó a besarme la boca y el cuello, mientras con sus manos me masajeaba mis pechos fue bajando con su boca a ellos y con la mano empezó a atacarme en la entrepierna. Con suavidad me quitó la falda y las braguitas y dejó mi sexo al aire, el cual empezó a devorar con su lengua, mientras me derretía de placer. Cuando parecía que me iba a correr, paró y se incorporó, poco a poco me fue penetrando con su miembro, con suaves movimientos que me hacían derretir de placer, cada vez iba acelerando más el ritmo, hasta que le apreté con fuerza las piernas detrás de la espalda y, con un rápido movimiento, lo dejé tumbado debajo de mí: entonces era mi momento, habían cambiado los roles. Empecé a moverme frenéticamente sobre él, a la vez que él no paraba de acariciar mi cuerpo. Seguimos en este loco baile hasta que nos corrimos los dos, quedándonos exhaustos.

La guitarra de Tony Iommi me sacó del paraíso, era la primera vez que había dormido bien desde que llegué a España, estaba abrazada a Rafa cuando se despertó sobresaltado por la llamada. Cogió el móvil.

—Dime —dijo con voz de sueño desperezándose—. No me jodas.

Se levantó de la cama corriendo y se vistió, tenía mucha prisa. ¿Qué habría pasado? Se acercó a mí cuando ya estaba vestido, atacó mi boca con su lengua y se me quedó mirando.

—Luego te llamo y hablamos, tengo que irme rápido.

Según dijo esto salió corriendo, yo me quedé allí sentada como una colegiala enamorada mirándolo irse. Seguí preguntándome por la razón de su marcha, aunque supe que luego me enteraría. Me levanté, me vestí, me arreglé un poco y me hice una taza de café. Qué bien me sentía entonces... aunque no me duró mucho.

Estaba saboreando el café cuando sonó mi teléfono. Era Hasua.

RAFA

Rafa cantaba Rata Blanca a viva voz, camino de Almería para recoger a Dani. Estaba en una nube. Después de la noche que había pasado con Aberash, me sentía totalmente pleno y feliz, hacía mucho tiempo que no me sentía así. Aunque el día era gris y el cielo estaba a punto de romperse. Cuando llegué, Dani ya me estaba esperando y se montó en el coche. Se escuchaba de fondo *La vida en un Beso*, de Warcry, y él se me quedó mirando.

—Uh, qué pasteloso estás hoy —me soltó riendo con sorna.

—Anda ya, no sabes apreciar la buena música —dije intentando excusarme, aunque pensé que me había pillado y me puse colorado.

—Yo es que soy algo más punk, ya sabes —me respondió aguantándose la risa—. Estas baladillas de WarCry no son para mí —repuso, riéndose—. Bueno, a lo que vamos. —Cambió el semblante poniéndose muy serio—. Tenemos que ir a Cabo de Gata, han llamado diciendo que hay otro cuerpo.

—Mierda... —Al decírmelo se me cambió el humor.

«Esto se está complicando.»

Durante el camino no hablamos nada. Por un lado, se veía el infinito mar, todo embravecido, y, por otro, el mar de plástico. El camino se hizo eterno pensando en qué nos íbamos a encontrar.

El aire salado del mar acariciaba mi rostro mientras conducía por carreteras serpenteantes, rodeados de montañas áridas y paisajes desérticos que me causaban una extraña sensación. El aroma a tierra mojada y a plantas autóctonas se unía al perfume fresco de la brisa marina. A medida que nos íbamos acercando a la playa de los Muertos, pensé con sorna que era un buen nombre para encontrar un cadáver. Ahí, el sonido de las olas rompía en la orilla desértica y sentí cómo me envolvía la belleza salvaje de sus aguas embravecidas.

Nos bajamos del coche y me quedé admirando la escena un momento, las nubes se habían disipado y el sol aportaba luz a los dorados acantilados, que se reflejaban en las aguas turquesas del Mediterráneo. La playa de los Muertos, conocida por su belleza y serenidad, está rodeada de altas formaciones rocosas que se sumergen en el mar.

La escena se volvió macabra cuando vi el cuerpo sin vida que yacía sobre la arena blanca, contrastando con la pureza del entorno. El sol iluminaba el escenario, creando un fuerte contraste entre la tragedia del descubrimiento y la tranquilidad de la playa.

Los pájaros marinos revoloteaban en el cielo, mientras las olas rompían suavemente en la orilla. El silencio fue interrumpido por el murmullo de los arbustos movidos por la brisa y el sonido distante de las olas golpeando la costa.

La escena se volvió aún más inquietante al notar la soledad del lugar; solo el paisaje agreste y el cuerpo solitario daban testimonio de lo ocurrido. El misterio y la intriga se entrelazaban en ese hermoso, pero sombrío escenario.

Dani ya estaba inspeccionando la escena, cuando me acerqué al cadáver. Tenía moratones en las muñecas y los tobillos por haber estado atado, la cara morada y una fea señal en el cuello. Aunque esperábamos la llegada del análisis forense, parecía que había muerto ahogado. Con cuidado, Dani le levantó la camiseta y nos quedamos impactados al ver un cuerpo tan blanco lleno de moratones.

Investigamos la escena para buscar alguna pista. Seguimos un rastro de huellas en la arena que nos llevaban hasta una cueva. Al entrar, una tenue luz se filtraba desde la entrada. El suelo de la cueva estaba salpicado de arena y agua, y vimos marcas de lucha dispersas por el suelo. En un rincón, una piedra grande tenía a su alrededor un charco que parecía sangre, todo rodeado de sombras danzantes. La brisa salada llevaba consigo un aire de misterio, mientras las rocas rugosas y las paredes húmedas daban la sensación de que algo oscuro había sucedido en ese lugar aparentemente tranquilo. De repente, algo en el suelo llamó mi atención: un trozo de cuerda. Lo pusimos en una bolsa con cuidado.

Tarareaba Stratovarius, pensando en Aberash.

—Algo me dice que estás un poco pillado —dijo entre risas Dani en el coche intentando cambiar el tema.

—Puede ser —me rendí.

—¿Quién es la afortunada? —pregunto con una sonrisa pícara.

—Se dice el pecado, no el pecador —le respondí con una risa floja intentando desviar el tema.

—Ya, ya, me parece que ya se quién es, seguro que es Aberash. He notado esas miradas que os echáis y cómo os ponéis nerviosos cuando os veis.

«Me ha cazado.»

—Puede ser —dije con un poco de vergüenza.

—Hostia, ahora lo pillo. Ayer te fuiste con ella y hoy has tardado mucho en recogerme.

No tenía escapatoria.

—Elemental, mi querido Watson —le solté riéndome.

—Me alegro un montón por los dos, hacéis muy buena pareja.

—No eches las campanas al vuelo todavía —le dije, recordando mi pasado.

Tenía que contárselo a Aberash, si no me podría mandar a la mierda, se lo contaría cuando nos viéramos.

—Ya os habéis liado esta noche. Te lo noto en la cara, así que tiempo al tiempo.

Cantaba Helloween a pleno pulmón, mientras Dani se meaba de risa y me hacía corazones con las manos; yo me empecé a reír también, necesitábamos de estos momentos para escapar de tanta muerte y odio.

Una vez llegamos a comisaría, entre corriendo y vi que alguien esperaba en mi mesa. Era Ignacio.

—¿Qué pasa tío? —le dije sentándome y viendo sus ojeras y la cara de cansancio—. Tienes mala cara.

—Últimamente tengo mucho curro. Estoy comprando más invernaderos y no paro de echarle horas.

—Mira, me viene bien que estés aquí. Acabamos de encontrar otro cadáver.

Según dije esto, se alteró un poco. Busqué la foto en mi móvil de la víctima y le enseñé la cara por si la reconocía.

—Es Juan Rodríguez —atinó a decir, poniéndosele la cara cada vez más blanca—. Es otro empresario agrícola —siguió con voz entrecortada—. Me estoy empezando a acojonar, tío.

—Tranquilo, lo pillaremos, por si acaso, tú gasta cuidado —le respondí intentando calmarlo.

Aunque eran ya dos los empresarios agrícolas asesinados, y era normal que tuviera miedo.

—Me voy, que tengo que preparar los invernaderos nuevos —dijo con prisa.

Tras su reconocimiento, ya teníamos la identidad del segundo cadáver. ¿Qué estaba pasando? ¿Por qué morían empresarios agrícolas? Y ¿dónde estaba Hasua? Teníamos sus huellas en la primera arma del crimen. Algo no me cuadraba. Estaba inmerso en mis pensamientos cuando, al momento, volvió Ignacio.

—Qué cabeza, se me había olvidado el casco —lo cogió y se fue otra vez.

Aquello me hizo volver al pasado, cuando escuchábamos *heavy* y rulábamos con nuestras motos en plan banda. «¡Qué recuerdos!» Tenía el pelo largo y me encantaba ir en moto con mi pandilla, sintiendo el aire en la cara, con la presión del cuerpo de Ariadna abrazándome, dándome su calidez, hasta que todo se torció aquella fatídica noche. «Mierda, todo vuelve a mi cabeza. Tengo que contárselo a Aberash. En cuanto la vea hablaré con ella.» Tenía que abrirme, no quería que se enterara por otras personas y hubiera algún malentendido.

Me pasé toda la mañana investigando a la víctima. Por lo visto poseía la mayoría de los invernaderos de la zona de Cabo de Gata. Dani me contó que tenía la misma fama que la otra víctima, la de ser un empresario explotador que buscaba a ilegales para trabajar y les pagaba una mierda por jornadas interminables. Al menos Ignacio podía estar tranquilo por esa parte. Por lo que sabíamos era de los que tenían todo en regla y era buen jefe. La única conexión que habíamos encontrado entra las dos víctimas era esa, y todo seguía apuntando a lo mismo. Me decidí a llamar a Aberash para contárselo y de paso quedar con ella. Saqué mi teléfono del bolsillo, cuando empezó a sonar.

—Diga.

—Inspector, le llamamos del instituto forense. Todo parece apuntar que la víctima murió por falta de oxígeno, por las marcas de su cuello parece que fue por ahogamiento.

—Muchas gracias, aunque eso ya lo había supuesto.

—Además de la paliza que recibió, hemos revisado las cuerdas que encontraron.

—¿Y?

—Hemos encontrado células epiteliales en ellas y las hemos cotejado, ahora le mando el informe por correo electrónico.

Me fui directo al mensaje que me acababa de llegar, abrí el informe y lo abrí.

«No me jodas...»

SEGUNDA VÍCTIMA

No podía ver nada, estaba totalmente inmovilizado, sentado sobre una superficie rocosa, la cabeza me daba vueltas. ¿Qué estaba pasando? Sentía el aire salado, estaba helado y la brisa marina me ponía la piel de gallina.

Al momento percibí que alguien se acercaba, podía notar sus pasos cada vez más cerca, también podía notar su olor y empecé a moverme como pude.

—Ha llegado tu momento —me dijo, quitándome la venda de los ojos.

Mis ojos se fueron acostumbrando a la poca luz del lugar, era de noche y estaba en una cueva; delante de mí tenía una figura oscura, estaba totalmente vestida de negro y con la cabeza tapada con un casco. Aquel tipo parecía el de la peli de *El Aparecido*. Sin decir ninguna palabra más, se acercó a mí y me dio un fuerte golpe en el estómago que me hizo caer al suelo sin aire. Me quedé tirado mientras intentaba reaccionar y él empezó a darme patadas en las costillas y el estómago, sentía cada golpe y comencé a escupir sangre. Atado como estaba no me podía defender, y así siguió un largo rato hasta que perdí el sentido.

Cuando desperté, muy dolorido, noté el sabor metálico de la sangre en mi boca. Me costaba abrir los ojos. La vista se acostumbró de nuevo a aquella oscuridad y volví a verlo delante de mí. Llevaba una bolsa en la mano. «Mierda...» Se abalanzó sobre mí y me la puso en la cabeza, apretando mi cuello con sus dedos enguantados. Noté cómo me iba quedando sin aire, tenía dificultad para respirar, sentía una opresión en el pecho y mucha ansiedad. Comencé a notarme mareado según iba faltándole oxígeno a mi cerebro.

Sentía cómo la vida se me iba.

ABERASH

—¿Dónde estás? —le pregunté alarmada.

—Estoy muy asustado —me respondió con voz temblorosa—. El cuchillo que encontró la Policía en la escena del crimen era mío —hizo una pausa que se me hizo eterna—, pero se me perdió hace unos días. ¡Yo no tengo nada que ver!

—Tranquilo —le dije intentando tranquilizarlo un poco—. Yo te ayudaré.

—Estoy en casa de un amigo, ahora mismo no te puedo decir dónde, pero tienes que ayudarme.

—Vale.

Cuando colgó, me quede pensando en cómo le podría ayudar. El pobre estaba muy asustado después de lo que había pasado para llegar a España.

Después de estar varias semanas escondidos en aquel agujero, pasando hambre y frío sin saber qué iba a ser de ellos, un día llegaron los traficantes y los sacaron de allí a punta de pistola. Era de noche, hacía frío, no se podía ver nada, estaba calado hasta los huesos, el estómago le rugía, apenas había comido, y tenía la boca seca como un zapato.

Tras una larga caminata por la selva volvieron al sitio donde les reunieron la otra vez. Allí estaban Abdu y Kofi, entre otros.

Los obligaron a subir a unas pateras, austeras y mal construidas, que se movían un montón por el fuerte oleaje. Los tres subieron en la misma. Antes de partir, el patrón estuvo discutiendo por radio con los traficantes en un idioma que no entendían. Al final, de mala cara, emprendió la marcha. La embarcación se movía violentamente, chocando con las olas; estaban todos chorreando por el agua que saltaba del mar; había una mujer que iba con un niño en brazos que no paraba de llorar, muerto de miedo y que no sabía nadar. Hasua temía lo que les pudiera pasar, la barcaza se movía violentamente, el rugido del viento y del mar chocando sobre la embarcación era aterrador. De repente, vino una ola gigante que les hizo volar, agarró a sus amigos abrazándose a ellos, cuando volvieron a caer pudieron ver los restos de la otra patera y sus pasajeros luchando por su vida, mientras la gente de la suya no paraba de gritar. El patrón les habló violentamente para que se callarán y les apuntó, amenazándolos con tirarlos al mar.

Después de ese incidente, el viaje prosiguió con el frío y el miedo metidos en el cuerpo. Estuvieron horas y horas luchando por sobrevivir en aquella embarcación hasta que, por fin, a lo lejos se vio la luz de un faro.

¿Qué debía hacer? Pensé que tenía que ver a Rafa para contarle lo de Hasua, o ir antes a hablar con Kofi y Abdu. Dudé por unos instantes hasta que cogí el teléfono.

—Dime —me respondió Rafa con esa voz sensual que tenía.

—Acabo de hablar con Hasua. —A ver cómo se lo contaba.

—¿Dónde está? —me preguntó alarmado.

—No lo sé, pero me ha dicho que el cuchillo se le perdió hace unos días.

—Vale, tenemos que hablar con él y contigo. Pásate por comisaría.

Me quedé bloqueada. ¿Habría habido otro asesinato? Y Hasua estaba desaparecido. Todo esto pintaba muy mal para él.

—Allí nos vemos —atiné a responderle.

Según le colgué, me quedé pensando. Tenía miedo porque las cosas se estaban complicando cada vez más. Bajé corriendo en busca de mi coche y conduje en dirección a comisaría.

Aberash cantaba al son Bruno Mars, recordando la mágica noche que había vivido con Rafa. Era la primera vez que no había tenido pesadillas desde entonces, desde aquel día, todavía lo recordaba como si fuera ayer, cuando todo mi mundo se desmoronó.

Mi cabeza estaba totalmente bloqueada después de ver el cadáver de mi hermano. Cuando avancé hasta el sofá, un río de sentimientos recorrió todo mi cuerpo, me vino una arcada y empecé a vomitar a la vez que las lágrimas empezaban a recorrer mi cara. Caí al suelo de rodillas y comencé a gritar qué había pasado. Allí estaba mi padre, con el cuello cortado. Mi padre se llamaba Lungelo,[1] un nombre zulú del que él siempre había hecho honor. No sé quién se habría

(1) Derecho o justicia.

atrevido a hacer tal masacre, estaba allí, tirada sin poder reaccionar delante de su cadáver con el cuello rajado, todo empapado de sangre, con mi hermano al lado, también asesinado, cosido a balazos. Esto era una pesadilla. Giré un poco la cabeza y la sensación de terror volvió a dominarme: unos zapatos de tacón sobresalían por el lado del sofá donde yacía mi padre muerto.

Las lágrimas me caían siempre que volvía a recordar ese fatídico día. Había venido a España intentado empezar de nuevo, para dejar tanta muerte atrás, y me choqué con un muro de odio que se estaba tiñendo de rojo muerte también. Todo esto me estaba pasando factura, pero Rafa parecía que iba a ser mi salvavidas. Pensaba en él.

Cuando llegué a la calle de la comisaría había una manifestación a las puertas de esta. Bajé del coche e intenté rodearlos, que no me vieran, cuando una voz me llamó la atención.

—Ahí está la que defiende a esos malditos asesinos. Le damos trabajo y así nos lo pagan —gritó Joaquín que estaba al frente de todos, alentándoles.

En ese momento, sus seguidores empezaron a gritar y a insultarme. Aceleré el paso y seguí hacia la entrada, pero cuando estaba a punto de entrar alguien se interpuso en mi camino.

—¿Dónde vas, mona? —me escupió Ariadna.

—A ti qué te importa —le respondí llenándome de valentía.

—No me respondas así, negra de mierda, no te creas que voy a pasar por alto lo que nos habéis hecho antes. Cuando Joaquín gane las elecciones os vais a enterar...

Entonces, se abrió la puerta de comisaría, saliendo Rafa

y retirando a Ariadna a un lado, franqueándome el paso. Ella le lanzó una mirada asesina.

—Qué cambiado has vuelto, antes no me empujabas así, bueno, solo en la cama.

Al escucharla, me quedé pensando. Rafa y la zorra esta habían estado juntos y no me había contado nada. ¿Qué más me escondía de su pasado? Quizá tendría que frenarme un poco con él. Acababa de descubrir algo de su pasado que no me gustaba.

Cuando entramos, Rafa intentó cogerme cariñosamente del brazo y lo esquivé. Su mirada cambió, me giré y vi a Dani en la sala de interrogatorios. Me dirigí hasta allí y me senté. Rafa cogió otra silla y se puso delante de mí. Su mirada era confusa.

—Bueno, Aberash, hemos estado hablando con Ignacio. Nos ha contado que Hasua llegó a su casa muy alterado esta madrugada. Por ahora, además de ser el único sospechoso que tenemos, no tiene coartada para el otro asesinato. La casa de Ignacio está en Cabo de Gata, dato que lo sitúa cerca de la nueva escena del crimen —me dijo muy serio, mientras yo estaba todavía intentando asimilar lo de Rafa y Ariadna.

—Eso no quiere decir nada, ¿o es que tu antigua novia te ha convencido para que entres en una de sus cruzadas? —le dije cargada de odio.

Según lo solté me arrepentí, su cara cambió totalmente. Quizá me había pasado un poco, le tenía que dejar que se explicara. En ese momento mi cabeza era un lío.

—Solo te estaba informando, como su abogada que eres —me repuso muy serio—. Ahora mismo, con las pruebas que hay, todo parece indicar lo que te he dicho. No he acusado a nadie, ni tengo que ver nada con esa escoria de la puerta. —Eso me reafirmó que Rafa no era mala persona, pero tenía algo oscuro en su pasado—. Solo queremos hablar con él y que nos diga dónde estuvo anoche, antes de ir a casa de Ignacio.

—Yo no sé dónde está —le respondí un poco más tranquila.

—Sigue en casa de Ignacio, solo queríamos avisarte antes de interrogarlo, para que estuvieras presente —me dijo más tranquilo.

Tras decir esto, Dani salió de la sala. Yo me estaba levantando para hacer lo mismo, cuando Rafa me pidió:

—Espera un poco, quiero hablar contigo —me comentó más comprensivamente.

—Dime —le dije mirándolo a los ojos tan bonitos que tenía.

—Esto que te voy a contar es muy duro, me avergüenzo mucho de mi pasado, cuando me fui de aquí huyendo de él, no quería mirar atrás. Volver aquí y encontrarme con la misma gente no me está haciendo nada bien, pero necesito abrirme a ti.

—Gracias —atiné a decirle con un nudo en la garganta.

—Hace ya mucho tiempo, cuando era joven y alocado, teníamos una banda de moteros. Joaquín e Ignacio formaban parte de ella. Éramos muy amigos, totalmente inseparables. Joaquín era nuestro líder, y bueno, Ariadna era mi novia, mi última noche aquí con ellos tuve que salir corriendo, dejándola tirada, todo comenzó cuando...

En ese momento, Dani entró alterado a la sala de interrogatorios.

—Rafa, ya están los resultados de las epiteliales de la cuerda —le dijo soltándole un informe encima de la mesa, mientras él se quedó mirándolo con cara de sorpresa.

RAFA

Estaba allí sentado, mirando aquel informe sin comprender nada. Algo debía de estar mal, el ambiente en la sala se estaba volviendo muy cargado y sentía la mirada de Aberash clavada en mí.

—¿Qué pasa, Rafa? ¿Qué pone ahí? —me preguntó alarmada.

—Ahora mismo no te puedo decir nada —le respondí mirando los resultados.

—¿Cómo que no me puedes decir nada? —me dijo alterada levantándose de la silla.

—Ni yo mismo lo entiendo, ahora mismo necesito poner las ideas en orden —dije y ella se me quedó mirando con una mueca interrogante.

A continuación, escuchamos gritos fuera de la sala; Joaquín había entrado en comisaría montando jaleo.

—¡Rápido! Tienes que irte antes de que se líe más, Aberash. Te llamo luego y te cuento. Confía en mí.

Ella salió de allí con prisas, las cosas entre nosotros no habían quedado muy allá, pero esto le tocaba de cerca al ser la abogada del principal sospechoso.

No obstante, según el informe todo cambiaba. Debíamos volver a cotejar las huellas con el banco de la Cruz Roja para ver de quién eran estas otras, ya que no pertenecían a Hasua.

Mientras pensaba en los siguientes pasos, Joaquín entró violentamente en la sala seguido de Ariadna.

—¿Qué le has estado contando a esa? —me escupió despectivamente.

—Eso no te interesa, es secreto profesional.

—Ya, seguro que estás ayudando a esos mierdas.

—No tengo por qué darte explicaciones, así que ya os estáis yendo por donde habéis venido.

—¡Esto no va a quedar así! Esos sucios inmigrantes han vuelto a asesinar a otra buena persona de nuestra comunidad y tu colaboras con ellos, que sepas que cuando gane las elecciones todo va a cambiar —me respondió con una sonrisa sarcástica mientras salían de la sala.

Al momento, entró Dani y se sentó delante de mí, mirándome con gesto preocupado.

—Esto es muy extraño, ya he mandado las huellas a mi contacto en la Cruz Roja. Esta vez no se enterará nadie, pero todo pinta muy mal.

—Ya. ¿Qué crees que estará pasando?

—Sinceramente, creo que Joaquín o Ariadna están detrás de todo, no veo a los inmigrantes matando a quien les da trabajo.

—¿Aunque sea mal pagado y con malas condiciones? —le dije.

—Ellos vienen aquí buscando una vida mejor, solo encuentran desprecio; aun así trabajan duro para mandar dinero a sus familias, no suelen meterse en follones y menos de este tipo, además Joaquín y Ariadna tiene un largo historial desde muy jóvenes.

—Qué me vas a contar a mí... —A la vez que dije esto recordé aquella fatídica noche cuando estaba con Ariadna tomando una cerveza y Joaquín llegó muy alterado al pub.

—¿Qué te pasa? —me preguntó sacándome de mis pensamientos.

—Nada. Vamos, tenemos trabajo que hacer, aunque Hasua esté descartado por esta segunda prueba, podemos ir a casa de Ignacio a hablar con él.

Sonaban Green Day a toda hostia en el coche de Dani. Esa canción me llevaba a recordar de nuevo aquel momento de mi juventud. ¿Cuántas estupideces hace uno de joven cuando cree que se va a comer el mundo?

Joaquín entró pegando gritos al pub, ese día estaba muy alterado, aunque desde que yo estaba con Ariadna, ya había notado que se distanciaba un poco.

—*Esos malditos inmigrantes se están convirtiendo en una plaga, nos están quitando el trabajo, no lo podemos permitir —gritaba mientras todos le jaleaban.*

Desde hacía algún tiempo se había vuelto muy violento, su padre era capataz en un invernadero, un día hubo un accidente y se vino abajo, su padre se quedó parapléjico y el dueño le echó la culpa a los inmigrantes, dijo que ellos habían provocado el derrumbamiento, cuando en verdad había sido debido a la mala calidad de los materiales del mismo, la gente se volvió un clamor contra los inmigrantes a pesar de que algunos también habían muerto en el accidente.

Desde entonces, no paraba de intentar incendiar los ánimos y a mí no me gustaba el cariz que estaba tomando todo.

—Ya estamos en Cabo de Gata —me avisó Dani sacándome de mis pensamientos.

El paisaje se presentaba árido y deslumbrante, donde el terreno se encontraba con el mar Mediterráneo. Sus acantilados escarpados y sus formaciones rocosas ofrecían un paisaje que parecía sacado de otro mundo.

Los tonos tierra y ocre predominaban en la vastedad del terreno, mientras que la brisa marina llevaba consigo el aroma salino y fresco. La vegetación escasa, compuesta principalmente por arbustos resistentes y cactus, se abría paso entre las rocas erosionadas por el viento y el tiempo.

El sol del mediodía, implacable, arrojaba su luz sobre la superficie deslumbrante, creando reflejos brillantes sobre el agua azulada. Las olas rompían con suavidad contra las formaciones rocosas, contribuyendo a la sensación de paz y aislamiento en este paisaje agreste.

Cuando nos bajamos del coche y fuimos a uno de los cortijos de Ignacio, la ausencia de sonidos humanos resaltaba la armonía natural del lugar: solo se escuchaban los susurros del viento, el batir de las olas y el ocasional graznido de alguna gaviota que sobrevolaba la costa.

Nos quedamos parados en la puerta del cortijo, teníamos que ver qué íbamos a preguntarle a Hasua y de qué manera. Tocamos el timbre y al momento la puerta se abrió e Ignacio vino a recibirnos.

—Siento decíroslo, pero os habéis pegado el viaje para nada —dijo ofreciéndonos el paso—. Cuando llegué a casa, Hasua ya se había ido.

«Esto le hace parecer todavía más culpable», pensé, aunque debíamos esperar las siguientes pruebas.

Ignacio nos invitó a sentarnos en un banco de madera que tenía al lado de la huerta.

—No veas qué pedazo de cortijo tienes —le dije, admirando la gran finca—. Últimamente te has montado en el dólar. —Reí.

—Bueno, ya te comenté que estoy ampliando mis terrenos y comprando más invernaderos —se excusó.

—Entonces... ¿dices que Hasua se fue?

—Sí, cuando llegué ya no estaba.

—Bueno, intentaremos localizarlo, te dejamos entonces —le dije dándole la mano y levantándonos para irnos.

Ya subidos en el coche, me quedé mirando a Dani.

—Esto se está complicando cada vez más.

—No creas, yo sigo pensando lo mismo: que son ese par de dos y que le quieren echar la culpa a los inmigrantes.

—Ahora mismo eso es circunstancial, Dani. Las pruebas apuntan a otra cosa.

En ese momento sonó su teléfono.

—Dime.

—...

—No me jodas, ¿lo has comprobado bien? —Su cara cambió totalmente.

Y entonces sonó mi teléfono. Era Aberash.

—Tenemos que vernos —me dijo con voz alterada.

ABERASH

Aberash cantaba al ritmo de Maroon 5 de camino a casa de Kofi.

Tenía que hablar con él, y contarle todo lo que sabía y ver cómo podíamos ayudar a Hasua.

La historia de Kofi era muy dura también.

Mientras se habían llevado a Hasua y a la mitad de la gente a punta de pistola, a nosotros nos dejaron allí sin saber qué iba a pasar en mitad de la oscuridad. De repente nos golpearon para obligarnos a levantarnos y nos llevaron al lado del mar, donde había un montón de maderas con las que debíamos construir una especie de armazón. Temía lo que era: la patera en la que íbamos a hacer nuestro viaje al país de los blancos. ¿Qué habría pasado con los demás?

Estuvimos varios días trabajando casi sin descanso, pasando mucho calor, con poca agua y apenas comida, pero al final acabamos el trabajo. Habíamos hecho dos embarcaciones lo bastante sólidas. Al acabar, llegaron los otros traficantes con los demás. Sentí alivio y alegría por Hasua y el resto.

Los tres juntos nos pusimos al día, hasta que ya entrada la noche empezó de nuevo el alboroto. Nos obligaron a arrastrar las pateras hasta el mar y nos montamos en ellas. Por suerte, los tres estábamos juntos y nos fuimos en la misma.

Después de un largo y arduo viaje, tiritando de frío y miedo —y más después de que la otra patera naufragara—, al fin vimos tierra. La luz de un faro se veía a lo lejos. El traficante que hacía las veces de patrón empezó a gritarnos algo que no entendíamos, algunos se pusieron más nerviosos, estábamos cada vez más cerca. Cuando oímos a lo lejos el ruido de unas sirenas, el patrón se alteró y empezó a apuntarnos con su rifle para que nos tiráramos de la patera. Todos tenían mucho miedo, la mayoría no sabía nadar y las sirenas sonaban más alto. Ya se empezaban a ver coches llegando a la playa. Abdu, Hasua y yo nos miramos, sabíamos que no podíamos seguir allí porque si nos pillaban en la playa seguramente nos devolverían a nuestro país por lo que nos habían contado. Así que no nos lo pensamos: saltamos al mar, pero para nuestra sorpresa el agua no cubría. Amparados por la oscuridad, fuimos hacia una playa que se veía un poco más apartada, donde sería más difícil que accedieran con los coches.

Nos separamos del grupo, ya que la mayoría fueron en línea recta hacia la playa donde ya les esperaba la Policía, nosotros lo vimos mientras nos alejábamos en dirección a una cala. Cuando al fin conseguimos llegar, caímos en la pequeña playa con calambres en todo el cuerpo, helados de frío y empapados. Yo me levanté como pude, y les indiqué que me siguieran a una pequeña cueva que había, donde nos esconderíamos hasta que pasara todo un poco. Ya estábamos en el país de los blancos.

Una lágrima corría por mi mejilla mientras recordaba aquel relato.

Cuando llegué a casa de Kofi, entré corriendo. No quería que nadie me viera. Corrí al salón, me senté en el sofá para serenarme un poco, mientras todos me miraban con ojos interrogantes. No se escuchaba un alma, la tensión se notaba en el ambiente así que me armé de valor.

—Chicos, tenemos un problema —solté muy preocupada, todos me seguían mirando muy atentos—. Además de que Hasua es el principal sospechoso del asesinato del señor Gutiérrez, ha habido un segundo asesinato, el señor Juan Rodríguez. No tiene coartada, pero al parecer cerca del escenario del crimen había un trozo de cuerda, de las que soléis usar para atar las tomateras, con huellas que no son de él.

Cuando dije esto último, Kofi me miró sorprendido y se puso un poco nervioso. En ese momento no le eché cuentas a ese cambio de actitud, saliendo de la habitación para tomar un poco el aire y llamar a Hasua.

—Hasua, saben que estás en casa de Ignacio; lo más seguro es que vayan a hablar contigo. —Él no podía responder, se le notaba que estaba asustado incluso por teléfono—. Además de la navaja que tenía tus huellas en la primera escena, dicen que no tienes coartada para el segundo asesinato.

—¿Ha habido otro muerto? —me preguntó muy alterado.

—Sí, en la playa de los Muertos, del Cabo de Gata, la víctima es Juan Rodríguez.

—¿Cómo? ¿El señor Juan? Mierda...

—¿Por qué? ¿Qué pasa?

—Pues que cuando Ignacio no tiene trabajo para nosotros, Kofi suele trabajar con él. Dice que es un explotador, les hace trabajar muchas horas por la mitad del sueldo.

«Joder», pensé.

Al escucharle decir esto me vino a la cabeza la reacción de Kofi, cuando le había contado todo. Colgué el teléfono y fui corriendo al salón.

Allí había un tremendo barullo. Después de lo que les había contado, estuve como una loca buscando a Kofi con la mirada. Se escuchaban hablar unos por encima de otros. Estaban muy nerviosos.

«Mierda.»

—¡Parad! —grité histérica.

Todos me miraron, perplejos, no se escuchaba respirar ni una mosca. El ambiente era pesado, se notaba la tensión.

—¿Dónde está Kofi?

Me observaban con caras interrogantes, nadie podía responder.

«Joder, se está liando todo un montón.»

También yo estaba muy nerviosa, no sabía qué hacer, así que hice lo único que se me ocurrió: llamar a Rafa.

Tardó poco rato en venir, iba acompañado de Dani. Cuando entraron en casa lo abracé y notó lo inquieta que estaba.

—Tranquila —me dijo, mirándome a los ojos—. Todo saldrá bien, cielo —me soltó, dándome un tierno beso.

Su reacción me desmontó totalmente, pero también me tranquilizó.

Ante esta muestra de cariño de Rafa, noté cómo Abdu nos miraba recelando un poco. No se fiaba mucho de la Policía y no sé por qué Rafa no le hacía mucha gracia; pero yo estaba segura de que era buena persona y lo iba a dar todo por estar con él. La noche que pasamos juntos, además de ser mágica, durmiendo entre sus fuertes brazos, fue la primera vez que no tuve pesadillas desde que me pasó *aquello*. Al pensarlo, aquel doloroso recuerdo me vino otra vez a la mente.

Fui arrastrándome por el suelo, el olor a muerte lo impregnaba todo. Avancé como podía, siguiendo las piernas a las que pertenecían esos tacones que conocía bien. Un sentimiento de asco, miedo, terror y tristeza me invadió a la vez, me vino otra arcada y no lo pude evitar, empecé a vomitar hasta que ya no tenía nada dentro, solo bilis. La garganta me ardía. Delante de mí estaba tendido el cadáver de mi madre, Lerato,[1] con la ropa rasgada. Solo conservaba los tacones, tenía toda la pinta de que habían intentado violarla. Me arrastré hasta ella para abrazarla, mis lágrimas caían sobre su cuerpo inerte mientras la abrazaba. Mi madre estaba en mitad de otro charco de sangre; por cómo tenía el cuerpo y la cara llena de moratones, se habían ensañado con ella, la habían golpeado hasta matarla. No podía pensar en nada, mi mente era un torbellino y en ese momento recordé que Sipho estaba en mi casa. Una nueva oleada de terror me recorrió el cuerpo.

—Ya tenemos los resultados de las epiteliales de la cuerda. —Según me soltó esto, Rafa me hizo volver a la rea-

---

(1) Significa *amor* y es un nombre muy popular en Sudáfrica.

lidad—. No sé si decirte de quién son, podría interferir en la investigación, pero tenemos que hablar con Kofi.

«Mierda, lo había supuesto.»

—No va a poder ser —respondí.

—¿Cómo que no va a poder ser?

—Por eso te llamé, cuando salí de comisaría vine aquí y les conté lo que sabía, en ese momento no me di cuenta, pero Kofi reaccionó raro cuando supo lo del nuevo asesinato. Salí un momento a llamar a Hasua, que me dijo que en algunas ocasiones había trabajado con él. En ese momento colgué y corrí a la habitación, ya no estaba.

—Uf, esto pinta mal, por lo que me estás contando y las huellas, todo indica que es sospechoso —dijo apesadumbrado Rafa—. Tenemos que encontrarlo rápido antes de que Joaquín se entere de todo y se líe la cosa más.

Según dijo esto, cogí el teléfono y lo llamé.

No me contestó.

«Mierda.»

Entonces llamé a Hasua y tampoco me cogía el teléfono. En ese momento, Rafa llamó mi atención.

—Nos acaban de llamar de comisaría. Se están montando disturbios. Por lo visto ha vuelto a trascender la información de las huellas del segundo asesinato. Tiene que haber un topo y la gente está muy alterada. Tenemos que encontrar a Kofi y a Hasua antes que la gente. Porque si no, se tomarán la justicia por su mano.

RAFA

Rafa cantaba a toda hostia Twisted Sister.

—Huevos con aceite —berreaba Dani, mientras no paraba de reír.

—Qué bueno, no había escuchado esta versión de la canción —dije riendo.

—¿Y tampoco has escuchado *Agua en el hoyo* de Bob Marley o *Un chinito pescando* de los Eagles?

—Yo soy más de *baby quiero queso roñoso* de los Dire Straits —solté, partiéndome de risa.

Nos venían bien estos momentos para descargarnos un poco de tanto drama y tanto asesinato. Íbamos a Almería capital porque por lo visto se estaba liando en uno de los barrios donde viven los inmigrantes. Condujimos por la rambla de Almería, una amplia avenida que atravesaba la ciudad hasta el puerto. Pasamos por el Cable Inglés, una antigua estructura de hierro que servía para cargar el mineral procedente de las minas. Un símbolo del pasado industrial de Almería y un monumento protegido.

Desde el puerto subimos por la calle Almanzor hasta llegar a la alcazaba, la mayor fortaleza árabe de España y una de las más impresionantes; desde allí teníamos unas fantásticas vistas panorámicas del mar, bajamos hasta la plaza de la Constitución, centro neurálgico de Almería y donde se encuentra el ayuntamiento, un edificio neoclásico con una bonita fachada. Desde allí pasamos por la catedral de la Encarnación, una singular construcción que combina elementos góticos, renacentistas y barrocos, dándole un aspecto de fortaleza, ya que fue construida para defenderse de los ataques de los piratas. Luego pasamos cerca de los refugios de la guerra civil, una red de túneles subterráneos que construyeron para proteger a la población de los bombardeos. Llegando a nuestro destino pasamos por la estación de ferrocarril, un edificio modernista de principios del siglo xx que tiene una fachada decorada con azulejos y esculturas.

Breakin the law, breaking the law, cantaba Judas Priest a pleno pulmón, mientras Dani cantaba la versión de Manolo Kabezabolo:

—Véndemelo, véndemelo —decía.

La verdad es que había conseguido tener muy buen rollo con él, con lo difícil que parecía al principio.

Estábamos llegando al barrio cuando vimos una imagen brutal: un montón de jóvenes perseguían a los inmigrantes con bates de béisbol, algunos estaban enzarzados en una batalla campal. Nos bajamos corriendo del coche, al momento llegaron refuerzos y no nos lo pensamos: corrimos hacia el mogollón para intentar dispersarlos, algunos salieron corriendo cuando nos vieron, otros seguían apaleando y pateando a los inmigrantes. Cuando conseguimos dispersarlos a todos, la imagen era desoladora: un montón de personas malheridas por el suelo, contenedores ardiendo, cristales rotos... Hay que ver lo rápido que corrían cuando nos veían si no estaba Joaquín, que era su líder. «Menos mal que me fui a Jaén, si no, a saber, cómo podría haber acabado.»

Después de socorrer a todos los heridos y esperar a que llegaran las ambulancias, nos fuimos a comisaría. Allí estaban Joaquín y Ariadna. ¿Cómo mierda hacían para enterarse de todo? Según entré, me abalancé hacia ellos.

—¿Os parece bonito todo lo que han liado vuestros perritos falderos? —les grité furioso.

—¿Tienes pruebas para acusarnos de algo? —me respondió muy altivo.

—Tú y yo sabemos que estás detrás de todo.

—¿Y si así fuera? Tú estás defendiendo a unos asesinos, la gente está muy cansada por vuestra permisividad; que sepas que todo va a cambiar después de las elecciones, si la gente no salta antes —me respondió pasando por mi lado y dándome un empujón.

«Qué tío más gilipollas, la que estaba liando.»

Quizá la teoría de que ellos estaban detrás de todo de Dani no era tan descabellada, todo esto le venía de perlas para incendiar los ánimos y ganar las elecciones, poniendo a la gente en contra de los inmigrantes.

Llegué a mi mesa y me senté en la silla, todo eso me estaba sobrepasando. La escena que acabábamos de vivir me trajo malos recuerdos del pasado.

Aquella fatídica noche en el pub, cuando Joaquín llego tan alterado, empezó a incendiar a la gente. Ariadna también le jaleaba y yo simplemente me dejaba llevar, era mi novia y ellos mis amigos de toda la vida. El camarero puso Welcome to the Jungle *a toda hostia, la gente empezó a coger bates de béisbol, cadenas, puños americanos, incluso botellas rotas. Se iba a liar gorda. Todos salimos del pub siguiendo a Joaquín y cogimos nuestras motos.*

«Mierda, tengo que contárselo a Aberash antes de que se entere por otros.» Tenía una tormenta en mi cabeza, mi pasado volvía a por mí una y otra vez, aquellos eran mis fantasmas y tenía que luchar contra ellos.

También teníamos que dar con Hasua y Kofi cuanto antes. De lo contrario, no iban a acabar bien. En ese momento, Dani llegó corriendo a la mesa.

—Rápido, Rafa, nos tenemos que ir ya a Pulpí.

Me incorporé dando un salto, allí habíamos dejado a Aberash, en casa de Kofi. «¡Mierda!», pensé antes de salir corriendo.

Esta vez íbamos en el coche de Dani, él sabía dónde teníamos que ir, no me había dicho nada más.

Junto a Johnny Rotten, Davi vociferaba *Anarchy in the UK*, de Sex Pistols.

Iba a toda hostia, como siempre. Recuerdo cómo era yo cuando tenía su edad, aunque él tenía muchos más valores que yo. Pero le faltaba mucho por aprender todavía, si siguiera podría ser un buen policía y ayudar a la gente, tenía que convencerle. Sabía que iba obligado por su padre, pero un investigador como él podría hacer mucho bien en el futuro.

Llegamos a Pulpí y abrí la ventana para ventilar un poco el coche, que olía a marihuana que echaba para atrás. Cualquiera que viera a dos policías llegando con ese olor...

Uf, por suerte, la brisa mediterránea me embriagó mientras admiraba los paisajes y a medida que nos adentrábamos en una atmósfera tranquila, con calles pintorescas y colores que reflejaban la autenticidad del lugar. Y entonces Dani pegó un frenazo, iba cantando *I wanna be sedated* de Los Ramones y se bajó corriendo. Lo seguí hasta estar al lado de la geoda de Pulpí, una maravilla natural que te deja boquiabierto con su cristalización única.

Cuando entramos, el aire se impregnó de un aroma tenso, mezcla de mar y misterio. El silencio fue interrumpido por los susurros del viento, llevando consigo una sensación de intriga. El escenario revelaba sombras inquietantes mientras los sonidos ocasionales de las olas, chocando con la costa, añadían un toque de inquietud. Cada detalle parecía resonar en la atmósfera, desde el crujir de las hojas bajo mis pies hasta el eco de la investigación en curso.

A medida que explorábamos la escena, nos seguía invadiendo la misma sensación. Empezaron a verse luces parpadeantes en los cristales, iluminando de forma intermitente un rincón más oscuro. El sonido distante de las sirenas se mezclaba con el murmullo incesante del mar, creando una sinfonía desconcertante. El aroma metálico del lugar chocaba con la brisa salina, creando una amalgama peculiar que intensificaba la atmósfera de misterio. Cada detalle contribuía a la escena, haciéndome sentir parte de un intrigante rompecabezas por resolver.

De repente pisé algo pegajoso y le puse el brazo en el pecho a Dani para que no avanzara más; encendí la linterna y delante mí tenía una imagen brutal, había un hombre tirado en mitad de un charco de sangre, estaba en una posición totalmente antinatural, con todas las articulaciones desencajadas y, al parecer, lo habían apuñalado varias veces. Investigué un poco más el lugar hasta que encontramos un trozo de geoda manchado de sangre. Podíamos tener ya el arma del crimen.

Seguimos investigando el lugar, pero no había nada más, aunque cuando me acerqué de nuevo al cadáver me di cuenta de que tenía algo en la boca y que antes no había visto: parecía un pañuelo. Pero no me atreví a tocarlo.

Decidí esperar a que llegara la Científica para que lo extrajeran y lo cotejaran para ver si tenía muestras de ADN.

Nosotros ya podíamos volver a comisaría, teníamos que atrapar al asesino porque todo se nos estaba yendo de las manos. No dijimos nada durante todo el camino, el ambiente estaba muy enrarecido. No era nada fácil vivir rodeado de tanta muerte y violencia.

Cuando al fin llegamos, me senté en mi silla y me dejé caer. Todo esto me estaba sobrepasando, Dani se sentó delante de mí sin decir nada. Estuvimos así un rato hasta que llegó Ignacio.

—Me he enterado del nuevo asesinato.

«Joder, qué rápido corren las noticias aquí», pensé saliendo de mi ensimismamiento.

—¿Por casualidad no sabrás la identidad de la víctima? Todavía no lo hemos cotejado.

—Lo más probable es que sea Sergio Fernández, el mayor terrateniente de la zona. Hace poco, hablé con él para comprarle sus invernaderos, pero no quería vender. —Tras decir esto, se quedó callado.

En ese momento, llamaron de la Científica y nos confirmaron lo que nos había contado Ignacio, es normal que los conociera a todos, era otro de los terratenientes más grandes de la provincia y como la cosa siguiera así sería el único.

Nos dijeron que también habían cotejado las huellas del pañuelo y que había una coincidencia.

Después de esto, Ignacio se fue, excusándose porque tenía mucho trabajo ampliando sus invernaderos.

TERCERA VÍCTIMA

Desperté bastante aturdido. No podía hablar y me costaba respirar porque tenía una bola de tela en la boca. Apenas podía ver nada, estaba rodeado de oscuridad, solo se escuchaba el batir de las olas contra la playa. Estaba sentado en un frío suelo, algo se me clavaba en la espalda, como pequeñas piedras puntiagudas. Solo podía sentir el olor salino del mar, cuando escuché el eco de unos pasos y vi una luz que se iba reflejando en las paredes acristaladas.

Ya sabía dónde estaba.

«¿Qué hago en la geoda?»

Además de atado e inmovilizado, no podía gritar. Lo que tenía en la boca me impedía articular palabra y cada vez los pasos resonaban más cerca.

Y, entonces, una sombra se paró delante de mí.

—Veo que ya está despierto, Sergio.

Me conocía. «¿Quién es?» El terror se había apoderado de todo mi cuerpo. Después de los últimos asesinatos estaba muy asustado. Cuando Ignacio vino a comprarme los invernaderos estuve a punto de ceder, pero eran la herencia de mi padre, tenía que haber vendido e irme de aquí;

algo me decía que de esta ya no me iba a escapar. Pensaba en ello cuando sentí un fuerte golpe en el brazo, un calambre de dolor me recorrió todo el cuerpo. «Mierda, me ha roto el brazo.» Me había golpeado con el bate que sostenía en la mano.

—Tus días de explotador terminan aquí —me dijo a la vez que me golpeaba el otro brazo.

«Joder, qué dolor.»

Un grito ahogado recorrió mi garganta intentando salir. Acto seguido, se ensañó con mis piernas.

Joder, ¡qué le había hecho yo!

Cuando hubo acabado se acercó a mí y me desató, me dijo algo al oído que me heló la sangre y, en ese momento, algo afilado atravesó mi abdomen. Empecé a sentir correr mi sangre caliente, mientras aquel perturbado me apuñaló hasta que perdí el sentido.

ABERASH

Me levanté como pude. Toda mi ropa estaba manchada de sangre. Solo podía pensar en Sipho, empecé a gritar su nombre llamándolo, pero no obtuve respuesta. Mi vista estaba nublada por tantas lágrimas... Apenas se escuchaba el sonido de mi voz llamándolo desesperadamente, el olor ácido de sangre y muerte lo tenía metido en la mente. De repente, vi una mancha de sangre en la cristalera que daba a la piscina. Salí corriendo y conforme traspasé la cristalera caí de rodillas en el césped, me tapé la cara y empecé a gritar. No me podía estar pasando esto, tenía que ser una pesadilla. Me acerqué arrastrándome a la piscina y cogí la mano fría de Sipho. Estaba en la piscina flotando boca abajo y yo no podía parar de llorar, tenía un nudo en la garganta. Todo mi mundo se había desmoronado.

La suave voz de la cantante Adele me sacó de mi pesadilla, mis ojos estaban llenos de lágrimas, mientras la música seguía sonando de fondo, sentía por dentro una sensación de vacío tremenda, que solo conseguía llenar cuando estaba con Rafa. Pensar en él me dio un subidón en el cuerpo. Me levanté y me preparé un café. Lo llamaría para ver si sabía algo de Kofi y Hasua. Pensando en ello sonó mi teléfono. Era él. Se me puso una sonrisa tonta de adolescente en la cara a la vez que sentía revolotear mariposas en mi estómago.

—Dime, guapo. —Esto último me salió solo.

—Verás, Aberash, tengo que hablar contigo. —Su voz sonaba fría y muy distante.

—Vale, en un momento voy a comisaría —le dije asustada.

Nos despedimos rápidamente. El tono de su voz no me había gustado nada.

Mi cabeza era un torbellino. Rafa me gustaba mucho, pero no podía olvidar que era policía y que estaba investigando una serie de asesinatos y que mis amigos eran los principales sospechosos.

«Qué lío, dios mío.»

Cuando llegué a comisaría entré muy preocupada. Rafa y Dani me esperaban en la sala de siempre. Entré directa y me senté delante de ellos. Sus caras eran muy serias, la tensión se notaba en el ambiente y yo empecé a asustarme todavía más.

—¿Qué pasa? —les pregunté de los nervios.

—Ha habido un nuevo asesinato. —Según respondió me quedé de piedra—. Esta vez ha sido en Pulpí y la víctima tenía un pañuelo en la boca.

—¿Habéis cotejado las huellas?

—Sí, pronto sabrás de quién son. El acusado está a punto de llegar y te ha pedido a ti como abogada defensora.

En ese momento el mundo se me cayó encima por todo lo que estaba pasando.

Los minutos de espera se hicieron eternos. En la sala, nadie decía nada, no sabía quién podía ser el nuevo culpable y la espera me estaba matando. Cuando la puerta se abrió, me giré. No me lo podía creer. Allí estaba Abdu, de pie, con la cara muy seria. Me dedicó una mirada de pena y, sin mediar palabra, se sentó a mi lado. Entonces Rafa empezó a hablar.

—¿Conocías a Sergio Fernández? —preguntó muy serio mirando a Abdu.

—Sí —respondió asustado.

—¿Dónde estabas ayer por la noche?

—Y eso qué importa —respondió indignado.

—Me puedes responder, por favor —le dijo Rafa más sereno.

—Me niego a que me carguéis un asesinato como a mis amigos.

—¿Ya te has enterado de que han asesinado a Sergio Fernández?

—No se habla de otra cosa en Pulpí —gritó muy alterado—. Y en la Policía solo buscáis hacerle el juego a los putos racistas como Joaquín, echándonos el muerto a los inmigrantes. Me niego a entrar en vuestro juego.

—Solo te ha hecho la pregunta por tu bien —le dijo Dani más tranquilo—. Solo queremos descartarte como sospechoso y seguir con la investigación.

Cuando soltó esto, fue como si un jarro de agua fría cayera sobre mí, ahora Abdu. «¿Qué clase de pruebas tienen contra él? Esto se está poniendo muy mal.» Sentí que tenía que aconsejarle bien y acabar con ello cuanto antes.

—Abdu, por favor. Por tu bien, responde a la pregunta.

—No puedo, traicionaría a mis hermanos. ¿Puedo hablar contigo un poco en privado?

—Vale, salimos un rato —dijo Rafa, levantándose seguido de Dani.

Sin ellos delante, Abdu empezó a hablar. Me contó que había estado con Hasua y Kofi, que sabía dónde estaban escondidos, pero que les había prometido que no se lo diría a nadie. Me quedé pensando. Los otros dos culpables eran los únicos que lo podían exculpar a él, y entonces le pregunté si había alguien más. Le cambió la cara. Me dijo que sí, pero que no me lo podía decir. Me asusté. Todo resultaba muy sospechoso y pensé que si habían ido a por él era porque tenían pruebas. Todo estaba siendo muy jodido.

Al poco tiempo, Rafa y Dani volvieron a entrar soltando una bolsa de pruebas en la mesa antes de sentarse.

—¿Reconoces este pañuelo, Abdu? —dijo Rafa de inmediato.

—Es mío, pero lo perdí hace unos días —respondió muy asustado.

—Qué extraño: lo encontramos en la boca de la víctima. —Según soltó esto Abdu se movió incómodamente en la silla—. Te seré muy sincero, ahora mismo eres el principal sospechoso de la muerte de Sergio Fernández y no solo eso, hasta que no encontremos al chivato dentro del departamento, creo que estarás más seguro aquí.

—¿Cómo que aquí? ¿Me estáis deteniendo? —preguntó muy alterado.

—Ahora mismo es lo mejor que podemos hacer.

—Claro, como no tenéis huevos de encontrar al asesino,

nos echáis las culpas a nosotros, que sepas que sé cosas sobre tu pasado. —Al decir esto, el semblante de Rafa cambió totalmente por un rostro lleno de terror.

Pero no le respondió. Otro policía entró y se llevó a Abdu al calabozo. Yo me quedé sin saber que hacer.

—Espera, Aberash —me dijo Rafa con una súplica en su cara.

—Después hablamos —le dije, antes de salir corriendo detrás de Abdu.

¿Qué sería eso que le había insinuado a Rafa? Sabía que escondía algo. Le pedí por favor a Dani que me dejara verlo y me dio cinco minutos. Así que me acompañó hasta los calabozos y me dejó delante de él.

Cogí tiernamente la mano de Abdu entre los barrotes e intenté transmitirle fuerza, la que yo no tenía en ese momento.

—Tranquilo, Abdu; Rafa y Dani encontrarán al asesino.

—¿Para qué? Si ya nos tienen a nosotros para echarnos el muerto.

—No son así, ellos son buenos.

—Ya, seguro, eso es lo que hace para embaucarte y encerrarnos a nosotros.

—¿Qué dices? —le pregunté sin entender nada.

—Hay algo que debí contarte hace tiempo, desde que vi a Rafa merodeándote, él no es trigo limpio.

—¿A qué te refieres con eso? —pregunté sin entender nada.

—Hace unos años, cuando apenas era un recién llegado y vivía en Almería en una comunidad muy numerosa, una noche mientras dormíamos un jaleo de motos nos despertó. Allí estaba Joaquín con toda su banda, Rafa entre ellos, armados con bates, cadenas y todo lo que pillaron, nos sacaron a todos de las casas y nos pusieron contra la pared. Después, empezaron a golpearnos indiscriminadamente.

No podía creer lo que me estaba contando, así que este era el pasado de Rafa, lo que tanto escondía... No podía entender cómo me había podido fiar de él. Sentí que todo mi mundo se tambaleaba. Y, en ese momento, apareció Rafa.

—Lo siento, Aberash, la visita ha terminado. Mañana podrás verlo otra vez—me dijo intentando cogerme del brazo para que le siguiera.

—Tranquilo, sé dónde está la salida —le dije inquisitivamente saliendo de allí sin apenas mirarlo.

—Espera, Aberash, tenemos que hablar.

—Yo no tengo nada que hablar contigo, ya hablaré con Dani como abogada de mi cliente —le respondí cortante.

Me fui de comisaría. Cuando me senté en mi coche, empecé a llorar.

«Mierda, ahora que creía que iba a poder construir algo bonito...», me lamenté.

No iba a volver a confiar en ningún hombre.

RAFA

Escuchaba Rata Blanca mientras iba hacia casa. Las lágrimas corrían por mi cara, tenía un nudo en la garganta, todo se había ido a la mierda. Había escuchado cómo Abdu le contaba mi pasado a Aberash.

«Mierda, esto me pasa por ser un cobarde. Se lo tenía que haber dicho yo.»

Y, entonces, regresó a mi mente.

Esa noche se me repite una y otra vez, cómo me dejé llevar por la euforia y por los que se suponían que eran mis amigos. Cuando llegamos al barrio de los inmigrantes y vi que los empezaban a sacar de sus casas, yo me quedé más atrás, no esperaba que llegaran a tanto. Hasta ese momento solo habían sido palabras, pero aquel día habían cruzado el límite. Yo me quedé allí mirando cómo apaleaban a esta pobre gente por su color de piel, pero desde entonces algo cambió en mi cabeza. Cuando llegué a casa no conseguí dormir, le estuve dando muchas vueltas y al final decidí cambiar de aires y alejarme de este ambiente. Estuve a punto de contárselo a Ariadna, pero dudé, no sabía si ella estaría de acuerdo, era una de las que más jaleaba a Joaquín;

además, en mi mente se repetía una y otra vez la imagen de ella ensañándose con ellos aquella noche.

Por la mañana, cuando me levanté, decidí mandarlo todo a la mierda. Les dije a mis padres que me iba, cogí mi coche sin rumbo. Después de varias horas conduciendo sin sentido, estaba en Jaén. El encanto de esta ciudad me llamó la atención, era como un pueblo grande, así que me afinqué allí y trabajé duro para sacarme las oposiciones a la Policía.

Después de tantos años, cuando recibí aquella llamada para volver temía que mi pasado me atrapara. Esto era lo que más temía, pero no esperaba que fuera de esta forma. «Menuda mierda, ahora que me había encontrado a mí mismo y me estaba enamorando de una persona maravillosa...», pensé.

Mi pasado había vuelto a por mí.

Debía tener la cabeza fría y pensar bien, quizá Dani tuviera razón y Joaquín y Ariadna estuvieran detrás de todo, pero, no sé, me parecía muy retorcido hasta para ellos, y todas las pruebas apuntaban a lo mismo. Aun así, algo no me cuadraba en todo esto, tenía que buscar una conexión entre las víctimas y los sospechosos. Y entonces, me di cuenta. ¿Cómo había podido estar tan ciego? ¡Si ya tenía la conexión! Di un volantazo y fui quemando rueda a comisaría.

Solo esperaba que no fuera tarde.

ABDU

Intentaba dormir en mi celda cuando oí unos golpes.

—Despierta, han pagado tu fianza.

—¿Cómo?

—Vamos, fuera de aquí —me dijo el policía, invitándome a salir—. Te esperan en la calle.

¿Quién habría pagado para sacarme de allí? Apenas confiaba en nadie en Almería y, además, no me habían dicho nada sobre una fianza. «Pero, bueno, soy libre. Ya me enteraré de quién es mi benefactor.» Estaba abstraído en mis pensamientos cuando salí y lo encontré de pie al lado de su coche, quién iba a ser si no. Él era la mejor persona que había conocido desde que llegué a España, todavía recuerdo cuando lo conocí.

No sabíamos las horas que llevábamos asustados en aquella cueva, estábamos muertos de hambre y frío y no nos atrevíamos a salir; no conocíamos el idioma, ni tampoco sabíamos de quién nos podíamos fiar. Hasta que no sé cómo un hombre llegó, nos llevó a su casa y nos dio trabajo. Bendito salvador...

Me subí en su coche, no sin antes agradecerle su ayuda.

—Y ahora vamos con Hasua y Kofi —me dijo.

JOAQUÍN

El coche que iba delante dio un volantazo tremendo y pasó por mi lado quemando rueda.

Me di cuenta de que era Rafa.

«¿Dónde va? Tengo que seguirle, quizá vaya a por alguno de esos sucios inmigrantes asesinos», me dije.

No me lo pensé.

Hice un cambio de sentido y le seguí muy de cerca.

DANI

Explorando el laberinto, para ejecutar al anticristo, abriéndose camino con hierro y fuego, hasta tocar las puertas del averno.

Escuchaba Def Con Dos a toda hostia, mientras me fumaba un porro de camino a casa. Había sido un día muy ajetreado. Bueno, una semana, más bien. Desde que conocí a Rafa mi forma de ver las cosas estaba cambiando un poco, quizá no fuera tan malo seguir siendo policía, podría llegar a ser de los buenos, como él, y hacer mucho bien a los demás. Me daba mucha pena que Aberash se hubiera peleado con él, iba a hablar con ella, solo hacíamos nuestro trabajo y, lamentablemente, todas las pistas indicaban a sus amigos.

Llegué a su casa y me invitó a pasar, tenía la cara hinchada de tanto llorar. Me senté a su lado y la abracé.

—Sabes el cariño que te tengo —le dije, sincero—. Pero que no teníamos alternativa, todo apuntaba a Abdu.

—Ya, lo supongo, pero él no es un asesino.

—Verás como Rafa lo resuelve todo...

—No me hables de él, no quiero saber nada de esta persona.

—¿Por qué? ¿Qué te ha hecho?

Entonces, Aberash me contó la historia que Abdu le había contado, y yo me quedé mirándola.

—Mi padre ya me había contado esa historia. Por eso al principio era tan frío con él, hasta que lo conocí de verdad. Creo que ha cambiado, en serio.

—Las personas como él no cambian.

—Te equivocas al juzgarlo. Deberías hablar con él, todos tenemos derecho a la redención.

Mis palabras hicieron que la mirada de Aberash cambiase, iba a decirme algo cuando sonó mi móvil. Era Rafa.

—¡Rápido, Dani! He puesto el localizador de mi teléfono, sígueme, tengo al asesino, acaba de sacar a Abdu de comisaría.

Por unos instantes me quedé sin reaccionar, pero luego no dudé.

—¡Vamos, Aberash! Rafa lo va a solucionar todo. ¡Te lo dije!

RAFA

Al ritmo de Ilegales comencé mi camino de vuelta. ¡Cómo había estado tan ciego! Lo vi en la puerta de comisaría, pero en vez de acercarme a él, esperé. Al poco tiempo, Abdu salió de allí, seguramente tendría sobornado a algún compañero que le ayudaba, no lo dudé mucho y lo seguí.

Comencé la persecución, ya había avisado a Dani. Aberash estaba con él. «Solo espero que todo esto se solucione y poder estar bien con ella», pensaba abstraído, cuando me di cuenta por donde íbamos. La carretera se había convertido en un sinuoso camino cada vez más oscuro. Las luces de la ciudad se desvanecían gradualmente, sumergiéndonos en la noche, con solo los faros del coche iluminando una ruta cada vez más vacía. La tensión crecía cada vez más, mientras iba por una carretera en penumbras, persiguiendo sombras.

Por fin salió de la autovía en Tabernas. ¿Dónde iría?, me pregunté. Dejé un poco de distancia entre ambos, cuando, justo antes de seguir por la carretera de Tabernas, su vehículo giró bruscamente y se dirigió hacia una de las partes del parque temático de Mini Hollywood, en concreto hacia el poblado del oeste. Decidí separarme más, apagué la música y las luces, aunque debido al camino era un suicidio para los bajos de mi coche, pero no quería que me viera llegar.

Cuando alcancé el poblado, salí del coche. Había movimiento en el *gallows*[1] e intenté acercarme agazapado sin que me viera.

Hasta que una mano se posó en uno de mis hombros.

(1) Estructura de madera del viejo oeste de Estados Unidos donde ahorcaban a la gente.

JOAQUÍN

Allí estaba Rafa escondido. Le cogí del hombro y él me hizo un gesto para que me agachara como él y me callara. Me quedé mirando la escena que teníamos delante: un hombre vestido de vaquero y con la cara tapada con un pañuelo ataba en la horca a otro. La víctima llevaba un saco en la cabeza. Pero no era la única. Al lado había otros dos también con la cabeza cubierta y una soga al cuello.

«¿Quién es este perturbado?»

—Ahí tienes a tu asesino —me dijo Rafa entre susurros.

—Vamos a por él —le respondí.

—Tenemos que ser rápidos y silenciosos.

Haciéndome un gesto para que le siguiera, avanzamos hacia delante, agachados, intentando escondernos en la oscuridad, cuando una nueva figura, esta vez una mujer, golpeó a Rafa en la cabeza y se me quedó mirando.

—No sé qué mierda haces aquí, Joaquín. Todo esto lo estábamos haciendo por nosotros, vas a estropearlo todo —me dijo.

Y, entonces, sin esperar respuesta, comenzó a golpearme en la cabeza.

ABERASH

Loco psicópata desquiciado mental, llámame como quieras, eso me da igual...

Sonaba Narco con gran estruendo en el coche de Dani, mientras le iba indicando la localización del móvil de Rafa. Me dije a mí misma que cuando todo esto acabara tendría que hablar con él. Lo que estaba haciendo para resolverlo todo y exculpar a mis amigos demostraba que era una buena persona.

Cuando entramos en un camino de tierra le dije a Dani que quitara la música y las luces, no quería que nos escucharan ni que nos vieran llegar. No sabíamos lo que nos íbamos a encontrar. Estábamos cerca cuando vi que las luces de otro vehículo venían hacia nosotros a gran velocidad. Dani paró el coche a un lado para dejarlo pasar y no delatarnos.

Me fijé en que Ariadna iba al volante, parecía que no nos había visto porque al rebasarnos vi que algo cayó por la ventanilla de su coche mientras huía. Le pedí a Dani la linterna y me acerqué a ver qué era. Después de buscar un rato, lo encontramos, era un móvil almeja de los antiguos. Dani lo guardó. Teníamos que seguir.

Cuando llegamos a nuestro destino nos escondimos, permanecimos agazapados en la oscuridad. Entonces, vimos una escena que me heló la sangre. Había cinco personas con una soga al cuello y un saco en la cabeza. Por la ropa pude saber quiénes eran: Kofi, Hasua, Abdu, Rafa y Joaquín. Al lado de ellos, había otra persona con un sombrero de vaquero y la cara tapada. Se acercó a cada uno de ellos y les quitó el saco de la cabeza. Pudimos ver sus caras de angustia y terror. Y, segundos después, él se bajó el pañuelo, dejando su rostro al descubierto.

Me quedé de piedra. No me lo esperaba.

¿Qué conexión tenía con todo esto?

¿Por qué él?

RAFA

Cuando desperté no podía ver nada.

«Mierda, no había pensado que habría alguien más», pensé.

Aquello me había pillado por sorpresa y no vi quién me golpeó. Tras volver en mí, se hizo la luz. De repente, me quitó ese asqueroso saco de la cabeza y poco a poco mis ojos se fueron acostumbrando a la luz, empecé a respirar con rabia mientras lo miraba a la cara al quitarse el pañuelo.

—¿Por qué lo has hecho? —grité lleno de ira—. Al fin, me di cuenta de la conexión, pero no entiendo los motivos.

—No os teníais que haber metido en esto, no iba con vosotros. Ya te di unos sospechosos, pero tuve que hacer tu trabajo; además de que a ti te beneficiaba, Joaquín —dijo, mirándolo con rabia—. Ahora tendréis que morir. No puedo dejar cabos sueltos.

—Eres un mierda y un hipócrita —le escupió Joaquín.

—Querido primo, nada de eso. ¡Te estaba haciendo un favor! Hablé con Ariadna: yo mataba a los cabrones que no me querían vender sus invernaderos, para luego comprarlos más baratos y dejaba pruebas contra los inmigrantes, cosa que le daba impulso a tu campaña política. Si no lo hubierais jodido todo tú serías el nuevo alcalde de Almería, y Rafa el condecorado jefe de Homicidios que atrapó a los asesinos. ¡Pero lo habéis jodido todo! —gritó—. Así que ahora vais a morir.

Tras aquellas palabras, rio con sorna, acercándose a la palanca para accionar el mecanismo que pondría fin a nuestras vidas.

ABERASH

Después de escuchar la historia de Ignacio, no me lo pensé dos veces. Tenía que actuar rápido. Cogí una piedra que había en el suelo y corrí hacia él. Cuando estaba a una buena distancia de él para no fallar, le lancé la piedra, esperando impactar en su cabeza. Estaba a punto de activar el mecanismo de espaldas a nosotros, así que no lo vio venir. La piedra le impactó de lleno en la nuca y cayó desmayado. Y, entonces, corrí en busca de Rafa para abrazarlo y pedirle perdón por todo.

RAFA

—Y esto fue lo que nos pasó en Almería —les contaba a mis amigos, mientras nos miraban con cara de asombro.

—Joder, no veas qué movida —me dijo Javi mientras pedía otra cerveza—. ¿Y qué fue de Dani?

—Después de todo esto decidió seguir su carrera y hacerse policía, fue destinado a Cádiz para seguir su formación.

—¿Y con Ariadna qué paso? —preguntó Alba muy emocionada.

—Se esfumó —respondió Aberash—. Después de encerrar a Ignacio, Joaquín se retiró de las elecciones y se dedicó a ayudar a los inmigrantes que llegan a Almería, que le salvaran la vida le tocó la patata, y cambio drásticamente.

—¿Y el móvil que tiró Ariadna y recuperasteis? —preguntó Juan.

—Nada, un callejón sin salida, solo tenía mensajes con números que no conseguimos descifrar.

—Lo mejor es que después de todo triunfó el amor —repuso Silvia abrazándose a Javi que se puso colorado.

—Por el amor, que lo puede todo —dijo Alba levantando su cerveza para brindar.

—Por el amor.

Y brindamos todos al unísono.

EPÍLOGO

Estaba tumbado en la cama, observando cómo su cuerpo desnudo se movía suavemente mientras dormía, con una respiración calmada. Me había contado parte de su pasado, me habló de la investigación que llevaba a cabo sobre el asesinato de su familia, y yo estaba decidido a ayudarle a esclarecerlo todo cuando la guitarra de Tony Iommi, sonó en mi móvil sacándome de mis pensamientos. Era Dani.

—¿Qué pasa tío? ¿Cómo vas?

—Pues, joder, no veas qué movida me ha pasado en Cádiz. Bueno, a lo que voy, ya sé lo que significan los números del móvil de Ariadna.

En ese momento, di un salto de la cama y me puse de pie.

—¡No me jodas!

—Y no solo eso, Rafa. Es algo muy gordo y tiene que ver con lo que me ha pasado en Cádiz. He pedido el traslado a Málaga porque parece que es donde está el centro de todo, pero necesito tu ayuda.

—Eso no lo dudes. Voy a hablar con tu padre ahora mismo para que me destinen allí.

Continuará...

LO QUE CALLA LA TACITA

DANI

Apuré la última calada y bebí un trago de cerveza. Acto seguido me dejé caer en la arena. A la vez que cerré los ojos, el sonido del murmullo de las olas rompiendo en la orilla me hacía estar en paz. Un sonido mezclado con el canto de las gaviotas y, la arena fina y suave haciendo de colchón, amoldado a mi cuerpo, con una sensación de masaje. La brisa marina era constante y agradable, acariciaba mi piel mientras me refrescaba cuando, en ese momento, una voz me sacó de mi ensimismamiento.

—Buenos días —dijo a la vez que carraspeaba.

Abrí los ojos y vi un hombre entrado en años con bigote y peinado de los ochenta, con los primeros botones de la camisa desabrochados, dejando ver un prominente pecho de lobo y apestando a Varón Dandy.

Me incorporé sentándome en la arena y le respondí.

—Buenos días, ¿qué quieres? —le pregunté con mi actitud de superioridad.

—Me puedes enseñar lo que llevas en la mochila —me respondió enseñándome una placa de Policía.

«De verdad, menos mal que ya no me queda nada y me

acabo de fumar el último, pero verás qué gracia le va a hacer cuando me vea en comisaría», pensé.

Le iba a vacilar un poco.

—¿Qué derecho tienes a registrarme? —le pregunté levantándome para encararme con él.

—El derecho de mis cojones; así que, venga, vacía la mochila, rapidito.

Según dijo esto me calmé un poco porque luego lo tendría que ver en comisaría y no quería empezar con mal pie. Por eso decidí vaciar la mochila mientras sonaba en mi móvil Eskorbuto.

—¿Puedes quitar la música? —me dijo ya algo más cabreado.

Yo no respondí y paré la música. Luego vacié la mochila en la arena dejando caer un paquete de tabaco, un mechero Clipper, un libro de papel OCB, una lata de cerveza y un chivato vacío. En el momento, él se agachó a cogerlo y se lo acercó a la nariz.

—Huele, huele que no queda —le dije con sorna.

—Encima, gracioso. Tranquilo, ya te pillaré otra vez —dijo cabreado dándose la vuelta.

Me quedé allí sentado pensando, «verás qué gracia le iba a hacer cuando me viera presentarme en comisaría». Cuando se fue, volví a darle a la música. Sonaban Skalariak con su ritmo inconfundible. Cuando volví a tumbarme y a cerrar los ojos sentí cómo el morado me iba subiendo en aquella cama de arena que me hacía sentir tan bien.

Al rato, alguien volvió a llamar mi atención.

—Hola —sonó la dulce voz de una chica con acento mexicano.

Abrí los ojos y me quedé mirando a la chica que tenía delante de mí: una preciosa chica con el pelo moreno muy largo y ondulado, de piel también morena y unos enigmáticos ojos negros que me atraparon como una tela de araña, con un cuerpo perfecto.

—Hola —acerté a decir sonrojándome a la vez que me incorporaba.

—Me llamo María Juana. ¿Y vos? —«Bonito nombre», pensé—. Me acerqué por las rolas[1] que tienes puesta; me encanta el punk, además de los narcocorridos, y no conozco mucha gente en la ciudad.

—Encantado, yo soy Dani —le respondí levantándome y poniéndome a su altura.

Le iba a ofrecer la mano, pero ella me dio dos besos y yo noté su cálida piel rozando la mía. En ese momento sentí algo en el estómago que no había sentido nunca. «¿Qué me está pasando?», pensé.

—¿Fumas? —me preguntó ofreciéndome lo que tenía en la mano que olía deliciosamente.

—Claro, muchas gracias —le respondí aceptándolo y acercándomelo a la boca. Cuando le di una calada, el humo llegó a mi garganta a la vez que su suave aroma entró por mi nariz. «Qué rico está el hachís»—. Está muy bueno —acerté a decir soltando el humo mientras le miraba a los ojos.

—Sí, aquí en Cádiz hay buena calidad.

—Yo vengo de Almería, donde también hay costo muy bueno, pero como este no.

(1) La música.

—¿Eres nuevo en la ciudad?

—Sí, acabo de llegar.

—Ya decía yo... Me hubiera sonado un chamaquito tan guapo como tú. —Según soltó esto me puse colorado como una gamba—. Si quieres te puedo enseñar la ciudad, y si necesitas comprar algo de fumar solo tienes que decírmelo. —Me cogió el móvil y, mientras tarareaba la canción, grabó su número en el teléfono.

—Gracias, tú también eres preciosa. —Esto último me salió solo.

«Me parece a mí que le tendría que pedir consejos a Rafa», me dije. Esa chica me había dejado muy pillado.

Después de eso nos sentamos en la arena mirándonos a los ojos y empezamos a hablar de nimiedades. El día se nos pasó volando entre charlas, buena música y algo de fumar. Cuando nos despedimos, me quedé mirándola mientras se alejaba. Pensé que no iba a estar tan mal mi estancia en Cádiz.

Arranqué el coche. Cantaba Evaristo con Manolo Kabezabolo a la vez que cogía dirección al piso que tenía alquilado. Debía descansar un poco y estar fresco para el día siguiente, ya que me estrenaba en comisaría. No sabía qué me iba a encontrar. Cádiz no es Almería y después de lo que viví no creía que nada me sorprendiese. Tras lo ocurrido allí y conocer a Rafa, me lo pensé. Entonces me dije que no estaría mal seguir con mi carrera de policía para intentar ayudar, y que yo sería uno de los buenos.

Luego, quién sabe, me podría especializar en Homicidios. La experiencia con Rafa me gustó mucho y también descubrimos una trama e hicimos mucho bien, salvando a Abdu, Hasua y Kofi, y rebajando los ánimos tan caldeados entre los habitantes de la ciudad. Por lo que me había contado Aberash, Joaquín había cambiado radicalmente, aunque de Ariadna no habíamos vuelto a saber nada más.

«Mejor, esa tía era puro odio.»

Llegué a casa y me tiré en la cama. El morado que llevaba encima me iba a hacer descansar como un niño pequeño. No me podía quitar de la mente a María Juana. «Yo, que nunca me he pillado por una tía, ahora voy y me enamoro a primera vista», pensé. No sabía cómo actuar, pero, poco a poco, el tiempo diría. Por lo menos tenía su número y una excusa para llamarla si no me quedaba nada de fumar, me convencí. Seguía pensando en ella, pero los párpados cada vez me pesaban más y terminé cayendo en los brazos de Morfeo. Dormí del tirón.

Sonaba Kortatu cuando me despertó la alarma de mi teléfono anunciando un nuevo día. Salté de la cama a ritmo de ska.

Después de tomar café y una tostada, cogí el coche y me dirigí a comisaría disfrutando de la ciudad.

Pasé por el puente de la Pepa, que ofrece unas vistas espectaculares de la bahía de Cádiz. Al cruzarlo, el viento es más fuerte, creando un sonido más potente mientras se avanza.

El aire mantenía el coche fresco, abrí las ventanillas para sentir la brisa salina del mar, que, al pasar por aquella zona, se mezclaba con el aroma de la comida de restaurantes y cafeterías.

Después de conducir por la avenida Andalucía, en pleno centro de Cádiz, giré a la calle San Francisco que da a comisaría.

Nada más aparqué el coche, me quedé mirando el edificio. Tenía varios pisos, con una fachada de color claro que combinaba elementos de vidrio y metal, dándole un aspecto contemporáneo. En la entrada principal había un letrero que indicaba *Comisaría de Policía* con el escudo y estaba flanqueada por columnas y una rampa de acceso para personas con movilidad reducida.

En el exterior sonaba el tráfico de la avenida, pero también oía las conversaciones de la gente que entraba y salía del edificio mientras me iba acercando a la puerta.

Pasé la mano por la pared de la entrada, notando la textura lisa y fría debido a los materiales de construcción modernos. Las barandillas y columnas de metal tenían una sensación firme y robusta.

Llegó el momento: empujé la puerta y accedí al edificio. Al entrar, todos se me quedaron mirando por mis pintas. Y, entonces, vi a lo lejos al policía que me registró en la playa. Busqué con la mirada el despacho del capitán, después de encontrarlo fui hacia allí. Pero, justo antes de llegar, un hombre bajo y con barriga salió de este, dirigiéndose a mí.

—Bueno días, Dani. Soy Juan Martínez, el capitán —me dijo ofreciéndome la mano—. Tu padre me ha hablado muy bien de ti.

—Buenos días, encantado —le respondí estrechándole la mano.

—Te voy a presentar a quien será tu instructor. ¡Paco! —gritó.

Al momento, giré la cabeza para ver quién era.

«¡No me jodas!»

El policía que me cacheó en la playa se acercó a nosotros.

—Te presento a Dani, tu nuevo compañero —dijo el capitán.

—Encantado —respondió apretándome fuertemente la mano y escaneándome de arriba abajo.

—Igualmente —acerté a decir.

PACO

No me esperaba que me pusieran de compañero al nuevo y mucho menos que fuera el chico de la playa. «Vamos a ir dando la nota por todos sitios, y encima con ese perfume a porro que me lleva encima», pensé resignado.

Después de que nos presentaran, fui a mi mesa a revisar los informes del caso que estaba estudiando en ese momento. Aunque yo estaba especializado en Homicidios, hacía un poquito de todo, ya que, aparte de algún ajuste de cuentas entre bandas, últimamente había pocos asesinatos en la zona. Por entonces estaba centrado en la llegada de algunos presuntos miembros del cartel de Sinaloa que estaban empezando a dejarse ver por Cádiz. Cuando levanté la mirada del informe, Dani estaba de pie delante de mi mesa, observándome con atención. Me estaba poniendo nervioso, así que decidí que saliéramos de comisaría. Quería romper un poco el hielo, aunque presentí que iba a ser un poco difícil. No sé si por él, o por mí.

—Bueno, chaval. ¿Qué te parece si damos una vuelta por la ciudad y te enseño la zona?

—Vale —respondió escuetamente.

Una vez fuera, nos dirigimos al aparcamiento de la comisaría y subimos a mi coche. Arranqué y sonó el Fary mientras Dani me miraba con sus ojos como platos.

Cuando escuché una parte especialmente emocionante de *Apatrullando la ciudad*, un sentimiento de nostalgia recorrió mi cuerpo, y se me hizo un nudo en la garganta. Me estaba acordando de lo que pasó ese fatídico día, así que subí el volumen y empecé a cantar para evitar echarme a llorar.

—*Apatrullando la ciudad, apatrullando la ciudad, por la noche con su coche apatrulla la ciudad...* —Dani no dejaba de mirarme, sorprendido—. ¿Y por qué elegiste Cádiz? —le pregunté para aliviar la tensión.

—No sé —me contestó un poco dubitativo buscando una respuesta rápida, como si no la supiera yo ya. «Por el hachís, seguro»—. Me gusta la zona.

—¿Sabes que soy amigo de tu padre? Fuimos juntos a la academia —le dije intentando buscar un nexo en común.

—Pues muy bien por vosotros —escupió con actitud pasota.

Me lo estaba poniendo complicado.

Después del amago de conversación, el silencio se instauró en el coche. Seguimos dando una vuelta en coche por la ciudad, llevándole por algunas de las zonas más conflictivas, y le hablé de los clanes que había. Al mencionar el clan de los Castaña, el recuerdo volvió de nuevo a mi cabeza. Joder, aquellas imágenes me volvían una y otra vez. Seguía pensando que cuando todo ocurrió debía haberme ido de la zona, pero yo intenté hacerme el fuerte.

Desde entonces no llegué a superarlo, fui arrastrándome por la vida como pude, esperando algún día poder ajustar cuentas con el malnacido del Nene.

Sonaban Los Moles mientras conducía y los recuerdos casi me hicieron llorar. Di una calada al cigarro que tenía entre los dedos y dejé volar mi mente al pasado. Allí estaba yo en el sillón del hospital, agarrando a mi mujer de la mano, mientras notaba cómo poco a poco se le iba la vida. La congoja recorría mi cuerpo. Al pensar qué sería mi vida sin ella, el mundo se me venía encima. Recordaba cuando con catorce años me armé de valor y le pedí salir, ella había sido mi único amor. Nuestro hijo, mientras tanto, estaba sentado enfrente de los dos, con la mirada vacía. Él siempre había sido más de su madre, no sabía qué nos depararía el futuro, pero no pintaba nada bueno por las expectativas que nos habían dado los médicos. Le diagnosticaron un cáncer de huesos y tras cada sesión de quimioterapia, veíamos que no había mejoría y la vida se iba apagando.

Pero no quise compartir nada de esto con Dani.

Necesitaba despejarme un poco, así que paré en una de las bodegas de toda la vida a las que suelo ir. Quería conversar un poco más con mi nuevo compañero, que me echaba un ojo de vez cuando, tratando de disimular. Cuando nos bajamos del coche y entré en la taberna, me tranquilicé un poco gracias el ambiente que se respiraba en el lugar. Era una taberna de las que resisten el paso del tiempo, con la pared forrada con varios barriles de vino de la zona. Dani miraba extrañado a su alrededor cuando me acerqué a la barra para pedirle la bebida al camarero.

—Manolo, un par de palos cortados.

El camarero me hizo el típico gesto con la cabeza de «Ya voy», con parsimonia cogió dos vasos y se acercó a uno de los barriles, abrió el grifo y empezó a salir esa mezcla de amontillado. Luego, soltó los vasos delante nuestra.

—Apúntalos en la tableta —le dije con gracia.

Él sacó una tiza he hizo dos rayas en la barra delante nuestra. Yo cogí mi vaso y me embriagué de su olor, Dani imitó el gesto y brindamos.

—Por tu llegada a Cádiz —le dije, a lo que él asintió.

Ambos vaciamos el vaso de un trago.

Después de aquello, poco a poco el ambiente se volvió más distendido y el chaval fue cogiendo un poco de confianza.

Hasta que salió con la excusa de que tenía algo que hacer y allí me quedé yo con mi palo cortado ahogando mis penas.

MARÍA JUANA

Volví a llenar mi vaso con la botella de tequila, mientras expulsaba el embriagador humo del hachís. De fondo sonaba la canción *El secuestro* de El Navegante y venían recuerdos de mi pasado a la mente.

Ese día hacía un calor sofocante en El Rosario. Yo iba feliz con mi madre al mercado, cuando un taxi paró a nuestra altura. De él se bajaron dos hombres que nos cogieron a mi madre y a mí a la fuerza para meternos en él, nos taparon la cabeza y nos ataron las manos. El calor era sofocante, apenas podía respirar con aquel saco, los minutos se hacían eternos en aquella oscuridad.

De repente, el coche paró y nos sacaron a la fuerza. Entonces, uno de estos hombres me quitó el saco de la cabeza. Por fin, podía respirar, aunque la luz me hacía daño en los ojos. Mientras me iba acostumbrando de nuevo a la luz, intenté identificar dónde estaba. Era una especie de nave abandonada, que olía a humedad y estaba bastante sucia. A mi lado se encontraba mi madre de rodillas, intentando soltarse de sus ataduras, a la vez que gritaba pidiendo ayuda. Delante de nosotros tres hom-

bres no paraban de reír y entonces sonó el celular de uno de ellos.

—Diga, mi patrón —respondió el más rechoncho de los tres poniéndose más serio—, tenemos una chamaquita muy linda y a su hija, creo que nos vendrán bien para los planes que tiene en mente —soltó volviendo a reír—. Acá le esperamos entonces, ¿nos podemos divertir mientras con la chamaquita? —preguntó con una mirada lobuna.

Después de colgar le dijo algo a sus compañeros y estos empezaron a reírse. A continuación, todos ellos se desabrocharon los pantalones y se acercaron a mi madre. Podía notar el miedo en sus ojos mientras no paraba de gritar.

Y, de repente, sonó una canción de Kojón Prieto y los Huajolotes que me sacó de mi ensoñación, era mi tono de llamada. Cogí el celular y lo miré: era Dani. Sentí mariposas en el estómago.

—Hola, ¿qué tal, María Juana?

—¿Qué pasó, güey? Aquí estaba en casa echando unos tragos de tequila, qué bien que me llamaste.

—Verás... —Me encantó escuchar su voz—. Te llamaba por si querías salir a tomar algo y enseñarme la ciudad —sonó tímidamente.

—Híjole, claro que sí —le respondí despejándome un poco—. ¿Cuándo te viene bien?

—¿Qué te parece en una hora o así?

—Dale pues. Pásame tu ubicación del celular y te recojo.

Tenía que darme prisa para arreglarme, y despejarme un poco del globo que llevaba encima. Recibí un wasap mientras me duchaba. Cuando salí lo miré, era él. Me había pasado su ubicación. «Ya sé dónde vive», pensé mientras el calor empezaba a recorrer mi cuerpo. Cuando me peinaba el pasado volvió a mí por un momento. Recordé cómo mi madre me peinaba de pequeña, haciéndome unas bonitas trenzas antes de aquel fatídico día en que todo cambió... No sé si para mal o para bien.

Me dirigía a la dirección que me había pasado Dani cantando Vantroi y estaba muy nerviosa. Desde que vine de Sinaloa no había tenido ninguna cita, el chamaquito era bastante lindo, pero apenas sabía nada de él. Quería conocerlo más a fondo. Permanecí enfrascada en mis pensamientos, mientras recorría la bonita ciudad en dirección a su casa.

Mientras conducía por las calles de Cádiz sentía una mezcla de emociones encontradas. El cielo estaba teñido de tonos anaranjados por el atardecer, y el aire olía a mar y a sal. Las callejuelas estrechas adoquinadas que iba dejando de lado me recordaban a mi hogar en México, pero también me traían recuerdos de mi turbulento pasado, casi presente.

Pasé por edificios encalados y balcones llenos de flores que me encantan. Cada esquina, cada giro intensificaba mi nerviosismo y mi excitación, sentía el volante bajo las manos, frías y firmes, pero mis dedos llevaban, con un ligero temblor, el ritmo de la música.

Hay momentos en los que me permito sonreír, como ante la expectativa de una cita, pero rápidamente me reprimo, recordándome a mí misma los motivos por los que me vine de México. «Un traspiés y acabaría con un tiro en la sien y no me apetece meter a nadie en mis movidas», me dije a mí misma.

El aroma de un puesto de churros al pasar cerca hizo que cerrase los ojos un segundo, evocando memorias infantiles de tiempos más inocentes. La tensión en mi cuerpo aumentaba a medida que me acercaba al lugar del encuentro, todavía sentía una chispa de esperanza y anhelo que no podía ignorar.

Ya estaba ahí. Antes de bajar del coche, respiré profundamente, intentando calmar mi corazón acelerado.

Dani ya estaba esperándome en la puerta del bloque de pisos. Cuando me vio, vino hacia el coche con andares de vacilón. Tenía un cuerpo bien definido, una mirada tan enigmática... y llevaba una cresta que gritaba rebeldía.

—Hostia, llevo un montón sin escuchar Vantroi —me dijo a modo de saludo, mientras se subía en el coche.

«Parece que va un poco achispado también», pensé riéndome para mis adentros.

—Son una de mis bandas favoritas, no solo porque son mexicanos, también por la fusión de punk y rancheras en algunas de sus canciones —le respondí mientras subía un poco el volumen cuando empezó a sonar *El mion* de Vantroi con Ska-p y Deskontrol—. ¿Qué quieres hacer? —le pregunté algo nerviosa, expectante por lo que podía tener pensado.

—No sé, me puedes enseñar un poco la ciudad, o tomarnos algo. —Acto seguido sacó su pitillera y se encendió un porro que olía a gloria.

—Qué bien huele esa mierda...

—Es de lo poco que me queda de lo que me traje de Almería; pronto me tocará buscar algo por aquí.

—En eso te puedo ayudar yo —le respondí con una mueca de sonrisa en la cara—. Tengo muy buenos contactos en la ciudad. —Híjole, esta última frase se me escapó, pero Dani parecía de fiar.

Dimos una vuelta mientras nos los fumábamos, entre risas y buena música le fui enseñando un poco la ciudad, los bares clásicos de Cádiz donde comer *pescaíto* frito, o tortillas de camarones, pero yo aparqué cerca de una de las partes que más me gustan, donde hay varios puestos de comida, en especial uno de comida mexicana que es de los mejores. «Tanto fumar tengo un agujero en el estómago», pensé riendo para mis adentros.

—¿Vamos a comer algo? —le dije cogiéndome de su brazo.

—Buena idea, tengo más hambre que un perro chico —me dijo entre risas, poniéndose colorado al sentir el contacto de mi piel con la suya.

Fuimos andando agarrados en dirección a los puestos de comida, quizá pensara que me había cogido mucha confianza, pero yo soy así de lanzada.

Había un gran bullicio, el aroma de la comida hizo que empezaran a rugir sus tripas y los dos nos reímos con muchas ganas. Fuimos pasando por los puestos mientras salivaba con los ricos olores, allí, además de los platos típicos de Cádiz, también había comida de varias partes del mundo. Fui directa al puesto de tacos.

—¿Te gusta la comida mexicana? —le pregunté mirándole a sus bonitos ojos.

—Sí, está buena.

—Pues vas a probar la de uno de los mejores puestos

de la ciudad —dije arrimándome más a él para sentir el olor a su colonia que me tenía embriagada.

—Me fío de tu criterio —me respondió, con la voz algo nerviosa por la cercanía.

«Qué mono es este güey, híjole.»

Después de un buen rato haciendo cola por fin era nuestro turno.

—¿Qué te apetece?

—Lo dejo a tu elección.

Pedí un par de tacos de *pulled pork*, con guacamole, lechuga y tomate, el suyo, con poco picante. «Su estómago no debe de estar tan entrenado como el mío», pensé, divertida.

—¿Bebida? —le pregunté mientras le daba el taco.

Al rozarse nuestras manos sentí un hormigueo que me recorrió todo el cuerpo.

—Qué pregunta —me respondió riendo con sorna—. Cerveza, cómo no.

—Dos bien fresquitas entonces —le respondí riendo también.

Ya con los tacos y las cervezas fuimos a buscar un lugar tranquilo, lo llevé a una playa cercana que me encantaba. Una vez llegamos saqué de mi bolso un mantel de tela que había traído de casa. Allí, los dos sentados a la luz de la luna y con el suave rugido del mar, cenamos y charlamos animados notando cómo nuestras miradas se buscaban sin parar.

Cuando nos acabamos los tacos, saqué una botella de tequila del bolso.

—¿Te hacen unos tragos?

—Tequila, qué bueno, pues claro.

Inicié el ritual con un buen trago y nos fuimos pasando la botella. El ambiente se iba caldeando, la tensión entre nosotros era cada vez más fuerte. «A la mierda, voy a dar el paso.» Me abalancé a por él en busca de esos labios, tan carnosos, que me provocaban. Ardía en deseos de probarlos. Y entonces empezaron a sonar los Sex Pistols, jodiendo el momento, el sonido provenía del teléfono en su bolsillo.

—¿Dime? —según respondió se quedó petrificado—. Vale, recógeme, te mando mi ubicación.

Después de colgar se levantó y se quedó pensativo.

—¿Qué pasa, Dani?

—Era mi compañero, me llamó por una urgencia.

—¿Compañero? ¿De qué trabajas? Parece algo grave, te quedaste muy pensativo.

—Ahora mismo estoy en prácticas en la Policía. —Me soltó la bomba y se me hizo un nudo en el estómago—. Mi compañero es el que me registró en la playa el día que nos conocimos, es de la brigada de Homicidios.

«Un policía punky, quién lo hubiera dicho, esto me hace plantearme algunas cosas», me dije.

Al rato, su compañero vino a recogerlo, él se despidió con prisa y prometiéndome que me llamaría para repetir la cita. Sentía tener que irse.

Después de que se marchase, me quedé pensando, sentada en la playa. Aquella llamada nos había interrumpido en el momento justo.

«Así que trabaja en la brigada de Homicidios, muy interesante...»

DANI

Los Chichos sonaban en el coche de Paco. Ya acomodado, me echó una ojeada de arriba abajo y se quedó mirándome con semblante serio.

—Te parecerá bonico cómo estás —me escupió a la vez que arrancaba la marcha.

—Tú no eres nadie para decirme nada, tampoco es que vayas mejor que yo —le respondí con rabia.

—Soy tu superior, chaval, eso para empezar y como amigo que soy de tu padre te doy un consejo: las drogas no llevan a ningún sitio, solo traen la ruina —sentenció.

—Qué sabrás tú... —le recriminé—. El vino es mejor ¿no? —solté.

—Para empezar, tengo unos pocos más años que tú. Sé dónde lleva todo esto —me dijo con una pose más triste, quizá recordando a alguien.

No quise seguir con el tema, así que pasé de él. De repente, paró al lado de una parada de autobús, que estaba llena de yonquis que parecían zombis.

—¿Ves a todos estos? ¿Sabes lo que hacen aquí? Yo te lo voy a explicar: están esperando al autobús que los lleve a San Lucas para comprar rebujito a seis euros, ya que aquí en Cádiz es más caro. Algunos hasta hacen negocio revendiéndolo aquí, ¿ese es el futuro que quieres?

—Que te crees que, porque fume porros, me voy a meter otra cosa. Ahora me darás el discurso manido de que una cosa lleva a la otra. No necesito tus consejos —sentencié.

La conversación quedó ahí y me centré en el paisaje. Al salir de Cádiz se veían las murallas históricas haciendo contraste con el océano Atlántico. Conforme la vista cambiaba a paisajes de campos y viñedos, las casas blancas salpicaban el paisaje a la luz de la luna.

Al rato, Paco me volvió a hablar, algo más tranquilo. Me contó que uno de los encantos de Cádiz son sus pueblos blancos, cuyo nombre provenía de las casas que, antiguamente, estaban pintadas con cal. La mayoría estaban situados en colinas o zonas montañosas, con unas vistas impresionantes. Al escucharlo me estaba imaginando visitándolos cogido de la mano de María Juana.

«No sé qué tiene esta chica, pero me está dando fuerte.»

Abrí la ventanilla para que me diera un poco el aire, que se me pasara un poco el cebollón. *Te estoy amando locamente,* sonaban Las Grecas en el coche; menudo contraste con el murmullo del viento que entraba por la ventanilla, trayendo el aroma salado de Cádiz mezclado con olor a tierra y vegetación.

Después de media hora que se me hizo eterna, escuchando los grandes éxitos de Los Chichos, Los Chunguitos o Borbom 4, estábamos llegando a Chiclana.

Las luces de la ciudad empezaban a brillar. Las farolas de las calles y los edificios blancos daban una sensación acogedora y tranquila. Sin embargo, en el coche el ambiente se podía cortar con un cuchillo, aunque no sabía exactamente qué nos íbamos a encontrar, Paco me advirtió de que íbamos a la escena de un crimen y de que podía ser algo fuerte para mí. Y, en ese momento, todos los recuerdos de lo ocurrido en Almería me vinieron a la mente.

El reflejo de las luces sobre el río creaba un efecto mágico, casi de cuento de hadas. Los bares y restaurantes estaban llenos de vida, con las luces cálidas y la gente divirtiéndose en las terrazas de los mismos, ajenos a lo que había pasado allí.

Después de recorrer el paseo, aparcó al lado del puerto deportivo y me hizo ademán para que le siguiera. Llegamos a un muelle donde esperaban algunos efectivos de la Policía y la Guardia Civil.

—Buenas noches, soy Paco Rodríguez, detective de la comisaría de Cádiz —le dijo al que parecía que estaba al mando.

Se subió en una embarcación neumática, lo seguí y el compañero arrancó los motores. Empecé a notar un frío tremendo, cada vez nos alejábamos más del puerto, iluminado con las farolas creando reflejos dorados en el agua oscura. El sonido del agua golpeando contra el casco se unía al rugido del motor y el olor a salitre era más intenso mezclado con el aroma fresco del mar. Por el camino nadie decía nada. Sentí la vibración del motor, como si estuviera bajo mis pies, y las ráfagas de aire. La lancha se balanceaba dando una sensación de libertad.

La silueta de una isla con un castillo se divisaba a lo lejos, parecía una sombra misteriosa en medio del mar.

Paco me dijo que era el Castillo Sancti Petri. Entonces empecé a percibir un olor a algas y a agua salobre.

Al acercarnos, se veía aquella fortificación envuelta en la penumbra, apenas iluminada por la luna y las estrellas. Su silueta se recortaba contra el cielo nocturno y las sombras creaban un ambiente enigmático y fascinante. Al desembarcar, las luces de nuestras linternas se unieron a las de los compañeros que ya estaban en la zona. Nos dirigimos hacia el castillo y el compañero que custodiaba la entrada nos hizo un gesto para que le siguiéramos. Nos recibió la inmensidad y antigüedad del lugar. Los muros de piedra, que habían resistido al paso del tiempo y las inclemencias me hacían sentir pequeño ante tanta majestuosidad.

Cada rincón contaba una historia. Las salas, ahora desiertas, alguna vez estuvieron llenas de vida. Su estructura laberíntica, con pasillos estrechos y escaleras empinadas, invitaban a explorar el lugar. Nadie abría la boca, el silencio era sepulcral, hasta que al fin llegamos a una de las habitaciones más grandes, iluminada con cuatro focos uno en cada esquina del suelo. El cordón policial rodeaba la estancia. En el centro de la habitación la escena era grotesca: un cadáver sin cabeza estaba tirado en mitad de un charco de sangre. El ambiente estaba muy caldeado, ya que el calor se mezclaba con el olor que desprendía el cuerpo.

Paco pasó el cordón policial, yo le seguí y me quedé mirándolo; después de otear la escena buscando algún rastro de lo que había pasado allí, se puso unos guantes de látex y empezó a inspeccionar de cerca el cadáver; le registró todos los bolsillos, supuse que buscando documentación o algo que nos dijera quién era la víctima; le tomó las huellas dactilares y algo llamó su atención al lado del cuerpo: un pañuelo rojo que embolsó con cuidado.

Luego, se dirigió al compañero que nos había acompañado al lugar.

—A simple vista, parece que no hay pistas de su identidad. Le he tomado las huellas para cotejarlas con la base de datos. A ver si encontramos algo y a ver si el pañuelo nos dice algo del asesino.

Acabada la conversación, desandamos en total silencio el camino que habíamos hecho antes hasta el coche. Al llegar a comisaría, hablaríamos de lo sucedido. Cuando nos subimos al coche se encendió un cigarro negro y puso el contacto. Cantaban Los Chichos mientras reemprendía la marcha a Cádiz.

En el camino de vuelta, además de deleitarme con temas como *La niña de la palmera* de Los Delinqüentes —estas ya tenían otro rollo, pensé con guasa—, me habló de que, por el cariño que le tenía a mi padre, él quería lo mejor para mí y que el hachís y la marihuana no traían nada bueno. Yo no le respondí, estaba harto de escuchar siempre la misma historia de mis mayores, yo no hacía mal a nadie fumándome algún porro que otro, yo me siento feliz cuando fumo y me ayuda evadirme de la realidad. No me iba a convencer, pero se le notaba algún sentimiento triste en su mirada cuando me lo decía. Algo escondía en el fondo, y le hacía daño, de eso estaba seguro.

Al fin, llegamos a comisaría, Paco se bajó del coche y fue directo al despacho del capitán, después de contarle lo que nos habíamos encontrado en la escena del crimen y la imposibilidad de identificar a la víctima en el sitio, nos dijo que dejáramos las huellas en el laboratorio para que las cotejaran y que nos fuéramos a dormir. «Vaya primer día más intenso», pensé.

Después de dejarme en mi piso, subí a la habitación y miré el teléfono, me había escrito María Juana. *¿Estás bien, güey? Con la prisa que te fuiste... ¿Pasó algo grave?* Le di un par de vueltas al mensaje, necesitaba desahogarme después de lo que nos habíamos encontrado en el castillo; no quería volver a revivir la locura que pasé en Almería, pero sentí que podía confiar en ella, así que le mandé un wasap. *Estás despierta*, y me respondió al momento, así que decidí llamarla.

—Hola, María Juana, estoy un poco agobiado.

—Híjole, ¿qué pasó?

—No sé si puedo contarte mucho, pero estoy hecho polvo por lo que hemos encontrado.

—Está bien, tranquilo.

Ella me consoló mucho y más cuando le dije que me traía malos recuerdos de mi pasado, pero no quise seguir hablando.

Al final quedamos para tomar algo al día siguiente y seguir conociéndonos un poco más. Me encendí un porro, puse música y me tumbé en la cama.

—*Tú y yo enganchados, tú yo enganchados...* —cantando al ritmo de El Último Ke Zierre, volví a pensar en ella.

Apenas la conocía de nada, pero tenía algo que me hechizaba y, al ritmo de El Último Ke Zierre, volví a pensar en ella.

Al día siguiente, me desperté con un dolor de cabeza tremendo por la resaca. Me arrastré al salir de la cama en busca de un ibuprofeno que me tomé con un café, me vestí y cogí el coche en dirección a la comisaría.

Al llegar, y tras cantar EUKZ a pleno pulmón en el coche, fui directo a la mesa de Paco. Estaba sentado pensativo, con la mirada perdida.

—Buenos días, ¿hay alguna novedad?

—Esto es muy gordo —dijo suspirando.

—¿Y eso? ¿Qué pasa? —Me alarmó.

—Ya han identificado el cadáver, y si no nos damos prisa, se puede liar una muy gorda en todo Cádiz.

PACO

Apuraba la cerveza de un trago. Me acababan de llamar del laboratorio. Ya teníamos a la víctima: era el Kanka, la mano derecha del Ronaldo. «Me las tendré que volver a ver con el Nene», pensé. Nada más salir a la calle me apoyé en la pared de la entrada de la taberna y encendí un cigarro. Al expulsar el humo me quedé hipnotizado mirándolo, escuchando la música que salía del bar. Era José el Ciego.

Y mi mente volvió a viajar al pasado.

Hacía ya un mes desde la muerte de mi mujer. Desde entonces había entrado en un abismo muy oscuro, pero por mi hijo tenía que resistir e intentar salir adelante. Al morir su madre se cerró en banda y hablaba conmigo lo justo; no había día que no me llamaran del colegio, si no era porque había bajado considerablemente su rendimiento, era porque se había peleado con algún compañero.

La situación me estaba superando.

Recordé cuando, sentado delante de él y mirándolo con la cara seria, él me devolvió un gesto desafiante.

—Hijo mío, tenemos que apoyarnos y estar juntos en

esto para superarlo; al final saldremos adelante —le dije, intentando transmitirle un poco de cariño.

—No quiero saber nada de ti. —Esas palabras se me clavaron como un puñal—. En cuanto cumpla dieciséis años dejaré el colegio y me iré de casa, mientras tanto... ¡pasa de mí! —me dijo, gritando mientras se levantaba tirando la silla al suelo.

Luego, subió las escaleras como un torbellino y cerró la puerta de su habitación con un portazo.

Lo estaba perdiendo, la situación estaba terminando conmigo y, por si no era bastante con quedarme sin el amor de mi vida, mi hijo de quince años estaba en una edad muy difícil, y no estaba cogiendo precisamente un camino de rosas.

Incluso, estando en comisaría, me avisaron del instituto porque lo habían pillado fumando hachís. Lo expulsaron una semana. Aquello no tenía buena pinta, se estaba empezando a rebelar y yo no sabía cómo reaccionar.

El tiempo pasó sin que la situación mejorase, mi hijo estaba cada vez más distante. En el instituto las cosas seguían mal y él salía hasta altas horas de la noche.

Pero lo peor estaba por llegar.

Estaba tomando mi café matutino en el bar de Pepe antes de ir a comisaría cuando alguien me cogió del hombro.

—¿Cómo estás, Paco? —me preguntó Manolo, un amigo guardia civil de la unidad antidroga.

—Voy —le respondí arrastrando cada letra.

—¿Me puedo sentar?

—Claro —le dije señalando con la mirada al taburete vacío que había al lado.

—No sé cómo decirte esto. —La expresión de su cara cambió—. Sabes que hace tiempo que estamos detrás del Nene y su clan, ¿verdad?

—Sí —le respondí sin saber por dónde iban los tiros.

—Pues resulta que ayer teníamos información sobre un desembarco y nos dirigimos a la zona; cuando estábamos cerca varios chavales con sus motos empezaron a hacer el loco por el paseo, montando bulla entre la gente que iba por allí. No nos quedó otra que seguirlos para evitar que la cosa se fuera de mano. Cuando conseguimos alcanzarlos, tu hijo era uno de ellos.

—Mierda, este niño me trae de cabeza, desde la muerte de mi mujer me está costando la vida levantar cabeza y encima el niño tiene una edad complicada —le solté pensando en cómo encararía a mi hijo en casa.

Miedo me daba aquel momento.

—La cosa no es solo esa, Paco. —Me miraba a los ojos, nervioso, sin parar de mover la cucharilla en su café—. Tenemos sospechas de que los críos entre los que estaba tu hijo hacían de aguadores[1] para el Nene.

Aquello me cayó como un jarro de agua fría.

—Muchas gracias por avisarme —atiné a decir.

La losa que tenía encima me estaba ahogando.

Pero, a la vez, como policía, fui capaz de reaccionar. Había llegado la hora de enfrentarme al cabrón del Nene.

---

(1) En la jerga del narcotráfico son los que se dedican a vigilar la zona por si hay fuerzas de seguridad cuando hay alguna descarga de hachís.

MARÍA JUANA

Al ritmo de Los Tigres del Norte tomaba mi café con chorreoncito de tequila, o como lo solía llamar yo, mi café con premio y me fumaba un porro de hachís recién traído de Marruecos.

A pesar de sentirme bien, no pude evitar volver a mi pasado. Me costaba olvidar.

Los muy salvajes violaron a mi madre delante de mí y después nos dejaron allí tiradas solas unas pocas horas. Fue horrible. Conseguí dormirme, abrazada a ella, que no dejaba de llorar, cuando el portón de la nave se abrió de nuevo y vi entrar cuatro figuras que se pararon delante nuestra.

—¿Qué le parecen, patrón?

—Muy bien, estas chamaquitas son perfectas para nuestros planes, alimentadlas para que nos sirvan bien, en tres días estará listo todo.

—Así se hará, patrón —dijo el que parecía el jefe de los tres.

Una vez se hubo ido su patrón, al que apenas pude reconocer porque permaneció en las sombras, nos trajeron comida y agua. No sabíamos lo que nos esperaba, ni para qué nos querían. Vivimos aquellos tres días en la incertidumbre, aterradas. A mi madre volvieron a violarla. Esta vez lo hicieron por turnos según les apetecía. Al tercer día, con la poca luz que entraba por uno de los ventanales trataba de controlar el paso del tiempo, nos desataron, nos cubrieron la cabeza y, a punta de pistola, nos volvieron a montar en un coche.

Aquella vez el paseo se hizo más corto. Cuando nos quitaron los sacos, vimos que nos encontrábamos en una casa donde había un laboratorio casero, y un montón de paquetes. A mi madre la obligaron a tragarse varias bolas. Yo no sabía qué eran, ahora ya sé que se trataban de huevos de coca. Después nos llevaron a un sitio en el que no había estado nunca, había un montón de trasiego, gente entrando y saliendo y varios edificios muy grandes. De repente oí un fuerte ruido y un avión pasó volando encima de mí, fue la primera vez que vi uno. Estábamos en el Aeropuerto nacional de Mazatlán. Teníamos a los tres hombres pegados a nosotras. Uno de ellos llevaba a mi madre del brazo y le dijo algo al oído, justo después de esto a ella le cambió la cara. Nos dirigimos a una larga cola. Solo se quedó el hombre que tenía a mi madre cogida del brazo. Cuando llegamos al final de la cola había dos hombres de uniforme que nos invitaron a pasar por debajo de un arco, el hombre y mi madre iban delante cogidos del brazo y yo iba detrás cogida del pantalón de mi madre. Los policías se quedaron mirándonos y después de un buen rato nos dejaron pasar. Mi madre soltó un suspiro de alivio. Desde allí nos dirigimos a un mostrador, donde una mujer bien vestida me dio una piruleta.

El sonido de mi celular me sacó del ensoñamiento. Era Dani y otra vez volví a sentir mariposas en el estómago. No sabía si cogerlo, desde que supe que era policía le di muchas vueltas a tema, pero pensé que me vendría bien.

—¿Qué pasó, güey? ¿Cómo estás?

—Bien, te llamaba por si querías quedar esta noche para seguir la cita de ayer.

—Estaría bien, cuando estés en casa me avisas y te recojo.

—Vale.

Su llamada me alivió.

Era ya casi mediodía, así que me puse a preparar la comida de muy buen humor después de hablar con él. Sentía algo fuerte por él desde el primer momento que lo vi. «Que sea policía puede ser un punto a mi favor», pensé. Me sentía en una nube, pensé mientras cortaba verduras para la comida. Qué bien me sentía cocinando, olía muy rico.

Dani me mandó un wasap para que lo recogiera sobre las nueve, así que fui directa a ducharme y arreglarme.

Cada vez que pensaba en él me sentía llena de felicidad, notaba calor por todo mi cuerpo. Al final, como una estela, terminé de arreglarme. Eran ya las ocho y media. Salí corriendo a por el coche con el corazón desbocado.

Escuchaba La Polla Récords cuando fui a recogerlo, él se montó en el coche y empezó a cantar conmigo. Después de esto, empezamos a reír.

Yo me acerqué a él y le di dos besos, sintiendo el calor de sus mejillas.

Para esa cita tenía otro plan en mente. Estuvimos cenando, tomando algunas cervezas y raciones de chipirones, chopitos o tortillitas de camarón, de lo más típico de Cádiz, y estábamos muy a gusto hablando de cosas triviales y riendo como dos adolescentes —«que es lo que somos, prácticamente», pensé con guasa—. Pero también tenía curiosidad por saber lo que había pasado la noche anterior, así que le pregunté.

—Bueno, y ¿cuál era la urgencia por la que te tuviste que ir ayer?

—No debería contarte nada, ahora mismo lo estamos investigando. —Y se quedó pensando, pero se dejó llevar—. Aunque creo que no pasa nada si te cuento algo.

Y fue mucho más que algo lo que me contó. Me estuvo describiendo la escena del crimen, cosa que a mí no me asustó mucho, ya que estaba acostumbrada a estas escenas debido a mi pasado. La víctima era Juan Gómez, más conocido como el Kanka. Era la mano derecha del Ronaldo, el líder de uno de los clanes más fuertes que se dedicaban al contrabando de hachís. La Policía creía que esto podría desembocar en una guerra con los Castaña, el otro gran clan de la provincia. Estaban muy preocupados por cómo podría desembocar todo. Me explicó quiénes eran los líderes de los clanes, aunque era información que ya conocía. Cualquiera en Cádiz los conocía y temía. Lo que no sabía es que habían encontrado un pañuelo en la escena del crimen.

Después de cenar, nos dirigimos dando un paseo a la calle Isabel la Católica, donde estaba uno de los pubs que más me gustan de la ciudad, además de por su variedad de cervezas, por la buena música que ponían. Paseamos cogidos del brazo, muy acaramelados y pensé que esa noche iba a ser mío. Al abrir la puerta del pub el ambiente nos engulló. Sonaba Marea. Fuimos a por unas cervezas y empezamos a bailar cantando a pleno pulmón.

Yo me iba rozando con él cada vez más, hasta que no aguanté y me lancé a por sus labios. Al sentir el contacto, él abrió su boca de inmediato y empezamos un loco juego con nuestras lenguas. Mientras notaba una especie de fuego por todo el cuerpo, aproveché y con mis manos recorrí todo el suyo. Él se animó y me siguió con el mismo juego. Nos tocábamos a la vez que nos comíamos la boca como si no hubiera un mañana.

Entre besos, caricias, cerveza y buena música, echamos buena parte de la noche, hasta que me acerqué a su oído.

—¿Quieres que vayamos a mi casa, y nos tomamos allí la última con un porro de hachís que vas a flipar?

—Claro que sí —me dijo con brillo en sus ojos y volviendo a atacar mi boca con muchas ganas.

La cosa se fue calentando y ya no podía aguantar más. Lo cogí de la mano y lo llevé a mi habitación. Empecé a meterle mano por debajo de la camiseta acariciando su pecho y sus abdominales mientras no parábamos de besarnos. Se la quité sensualmente y fui bajando con mi lengua por su cuello, entreteniéndome en sus pezones, mientras seguía con este juego, mis manos fueron a su entrepierna notando la dureza de la misma, con un hábil movimiento desabroché el pantalón y se lo bajé junto a los calzoncillos. Su miembro saltó como un resorte. Acto seguido me incorporé un poco y ataqué su boca de nuevo, mientras mi mano empezó a masajearle suavemente su falo, lo tenía todo para mí. Él, mientras tanto, no perdió el tiempo tampoco: me quitó la camiseta y el sujetador, dejando mis firmes senos al aire, que no tardó en atacar con su lengua, jugueteando con mis pezones, mientras con sus manos ya me había quitado la minifalda y su mano jugueteaba debajo de mi tanga. Estaba muy excitada. No me lo pensé y lo empujé suavemente hacia la cama. Él se quedó allí tumbado, con su mástil todo erecto, y yo me fui acercando muy sensualmente a él, subiendo por sus piernas hasta que cogí su miembro y empecé a masajearlo. Me acerqué con mis labios y lo recorrí con mi lengua, poco a poco lo fui introduciendo en mi boca y seguí con un suave juego mientras se moría de placer.

Luego, me hizo un gesto para girar su cuerpo, estando mi clítoris a la altura de su boca para recorrerlo con su lengua mientras yo seguía a lo mismo que estaba antes. La temperatura en la habitación se había disparado.

Sin que él lo esperase, me incorporé instantes después y me senté a horcajadas sobre él, notando cómo su miembro entraba dentro de mí. Qué locura. Los movimientos eran cada vez más rápidos, la conexión que teníamos era espectacular, las sacudidas eran frenéticas, el placer recorría cada célula de nuestro cuerpo, hasta que al final nos corrimos en un derroche de placer. Caímos exhaustos en la cama, quedándonos abrazados.

—Ha sido el mejor polvo de mi vida —le dije al oído.

Lo besé dulcemente en los labios, mientras me apretaba contra él, abrazándolo. Estaba en el séptimo cielo.

DANI

«Tengo un dolor de cabeza tremendo, anoche me pasé más de la cuenta bebiendo y fumando», me dije con un suspiro, aunque eso era lo de menos. «Me siento en una nube pensando en María Juana, nunca me había sentido así», ahora entendía a Rafa y Aberash, pensé con nostalgia.

Escuchaba Barricada ensimismado pensando en ella cuando llegué a comisaría. Estaba de muy buen humor, pero no me duraría mucho.

Me bajé del coche y me dirigí a la entrada, desde donde ya se escuchaba bastante el jaleo que había dentro. Cuando empujé la puerta me quedé de piedra.

Un tío de complexión fuerte, moreno de piel, con barba bien cuidada, repeinado, que llevaba varios anillos de oro y un chándal del Real Madrid, le pegaba voces a Paco. Estaba como loco.

—¿Por qué no vais ya a por ese cabrón del Nene? —gritaba con rabia—. Tú sabes igual que yo que él mató al Kanka.

—Tranquilízate, estamos todavía investigando, ahora mismo no tenemos ningún sospechoso.

—Te estoy diciendo que ha sido él. Vosotros veréis. Si

no lo detenéis, yo iré a por él, y me da igual a quién... —En ese momento un hombre trajeado que estaba a su lado le dijo que se callara, que no siguiera hablando.

—Como bien dice mi cliente, estamos seguros de que él fue el asesino. Esperamos que esto se resuelva lo más rápido posible —soltó muy educadamente el que parecía su abogado.

—No me toques los cojones, Juan —soltó Paco muy ofuscado—, pillaremos al asesino. Yo le tengo tantas ganas al Nene como vosotros, pero no por eso voy a ser menos imparcial. Aunque no es que vosotros seáis mucho mejores que él... —En ese momento, el del chándal, que supuse que era el Ronaldo, se fue a por él, pero su abogado se interpuso—. Mucho *cuidaíto* con lo que hacéis, dejadnos trabajar, ya os avisaremos cuando sepamos algo.

Se dieron la vuelta y se fueron muy cabreados soltando improperios.

Cuando salieron por la puerta, Paco me pidió que le siguiera a su mesa, una vez allí se desahogó.

—Dani, la cosa pinta muy mal —me dijo preocupado—. Como tomen represalias se puede liar muy gorda.

En ese momento le llamaron del laboratorio.

—¿Cómo? No me jodas —gritó enfurecido al teléfono—. ¿Cómo ha podido pasar? —Colgó el teléfono resoplando con rabia.

—¿Qué pasa? —le pregunté vacilante.

—Que tenemos un topo —soltó bajando la voz.

—¿Cómo?

—Lo que te estoy contando. Me acaban de decir que han asaltado el laboratorio y se han llevado el pañuelo.

Solos los compañeros que estuvimos allí y la gente del laboratorio sabía lo de la prueba.

—Joder, esto se pone muy mal.

—No te creerías hasta dónde llegan los tentáculos de esta gente, tienen comprados a políticos, periodistas y seguramente a algún compañero del cuerpo, que sería el que largó. Tenemos que llevar la investigación en total secreto, aunque ahora mismo tampoco es que tengamos ningún hilo del que tirar —dijo ofuscado—. Necesito un café y un cigarro para despejarme, vamos a dar una vuelta y a tomar un poco el aire.

Empezaron a sonar Los Calis mientras se encendía un cigarro negro y emprendía la marcha, yo iba sentado con mi dolor de cabeza que ya parecía que iba remitiendo un poco. *Una paloma blanca que yo tenía, cuando quería se escapaba...*, aunque la música que le gustaba a Paco no le ayudaba mucho. Fue algo que pensé resignado.

Él me miraba y no decía nada, solo expulsaba humo como un dragón, *porque siendo tú tan linda, tan morena, tan hermosa, de repente me recuerdas a una mantis religiosa.*

—No te gusta la buena música —me preguntó con sorna.

—¿Buena? Si tú lo dices... Vale, no suena mal. Aunque no se quiénes son, la voz me suena de algo. —Debía admitir que esa canción tampoco estaba tan mal.

—Son El Puchero del Hortelano, la voz seguro que te sonará porque Antonio Arco, el cantante, antes tocaba la batería con un grupo de punk-rock trompetilla, como se definían ellos, y cantaba en alguna canción como *Quebranto*. Creo que se llamaban Tatamka.

—Claro, de eso me suena, cantaba en algunas canciones, pero prefiero a Máximo, su cantante, además es un *showman* muy bueno en directo.

Parecía que iba mejorando la relación entre nosotros, aunque la investigación estaba muy jodida. «¿Quién será el topo?», me pregunté.

—Por cierto ¿a qué te referías cuando les dijiste que tú también le tenías ganas al Nene?

Me di cuenta de que diciendo esto había soltado una bomba porque se quedó pensativo.

—Cosas mías —zanjó muy serio—. No tienes por qué meterte en ello, ni saber tanto —me dijo con rabia y con los ojos acuosos.

—Ya está, tío, tampoco te pongas así.

—No es eso, es que esa escoria debería estar entre rejas. Todos.

—Sí, pero tanto el Ronaldo como el Nene, ¿no?

—Sí, pero hace tiempo... —Noté cómo unas lágrimas corrían por su cara—. Bueno, ahora no es el momento. Ya te lo contaré cuando acabemos con esto —zanjó de nuevo, subiéndole el volumen de la música.

Empezó a cantar al ritmo de Pata Negra.

Esa sí me gustaba, así que le seguí el rollo y me uní.

Poco a poco el ambiente en el coche se fue volviendo más distendido.

Paco me explicó la guerra que tenían día a día contra el contrabando de hachís. Hacía poco que murieron unos guardias civiles en una persecución con una narcolancha o goma, como la llamaban ellos. También me contó que en la pandemia utilizaban drones para el contrabando, y de los narcoembarcaderos que tenían a lo largo del río Guadarranque, escondidos en los terrenos de lujosos chalets; también que el clan de los Castaña compraba casas a nombre de inmigrantes y les daba dinero para vivir allí y usarlas de almacenes clandestinos, sus *guarderías*. También me habló sobre los petaqueros, que se dedican a abastecer las gomas de gasolina, y los niños que pagaban para hacer de aguadores, es decir, para vigilar si venía la policía cuando descargaban la mercancía.

—¡Qué fuerte! Nunca me paré a pensar en todo esto —le dijo Dani a Paco—. Esta gente no tiene escrúpulos.

—Y todo esto sin contar los tiroteos, o la guerra de bandas por los territorios —dijo muy serio—. No sé a dónde puede llegar el Ronaldo para vengar la muerte del Kanka; además de su mano derecha, dicen que era como un hermano para él.

«Tenemos que ponernos las pilas con esto», pensé, dándole vueltas a que quizá debía dejar de fumar y beber tanto. Por entonces me estaba pasando un poco, y eso no me ayudaba a estar muy lúcido; con todo lo que se iba a liar, tenía que estar más al loro, y no solo eso, lo que me contó me dio mucho que pensar.

Sonaban Los Chichos mientras tomábamos un café. «Paco me ha llevado a un bar de temática quinqui total», pensé riendo para mis adentros. El lugar estaba lleno de fotos de Los Calis, Los Chichos y Los Chunguitos, entre otros. El bar tenía una barra de madera que vivió tiempos mejores, la pared —que también tenía sus años—era de gotelé, había algunas mesas con sillas de anea, donde los clientes tomaban café, copas de anís u orujo, mientras otros jugaban a las cartas y al dominó. El ambiente era muy curioso.

—Pepe, súbele la voz a la tele —le dijo Paco alarmado al dueño.

—«Estamos en directo desde Conil de la Frontera, donde una bomba ha explotado en uno de los barrios donde se supone que tiene su base el clan del Nene, por suerte no ha habido heridos, pero no sabemos hasta dónde puede llegar esta escalada de violencia.»

—¡Me cago en la hostia! —soltó Paco con un bufido—. Ya están empezando, Dani.

EL NENE

De pronto, un gran estruendo hizo saltar la mesa que tenía delante, la silla en la que estaba sentado cayó al suelo, yo pegué un salto reaccionando como una gacela.

Salí corriendo a la calle y me quedé petrificado.

Había varios coches ardiendo en la calle, el humo cada vez era más denso, y el olor a quemado se me estaba metiendo en la sien. Aquello era un infierno, la gente no paraba de gritar pidiendo ayuda.

Estaba muy alterado.

Habían tenido los santos cojones de atacarme en mi casa.

Un niño abrazaba a su madre y yo corrí hacia los coches ardiendo, solo esperaba que no hubiera nadie; me acerqué como pude luchando contra las llamas y el calor, y solté un suspiro cuando estaba al lado, no se veía nadie, pero el calor era sofocante, así que me retiré un poco, saqué mi teléfono y llamé los bomberos.

Después de que llegaran, me eché a un lado y empecé a darle vueltas a la cabeza. Sabía quién era el culpable, seguramente lo habría hecho en venganza por la muerte del Kanka, pero yo no había tenido nada que ver con eso.

«Ahora sí se va a enterar el cabrón del Ronaldo», me dije.

PACO

Sonaban Los Chichos en el coche mientras nos dirigíamos a Conil. No nos habían avisado, pero seguro que estaba relacionado con nuestro caso. Dani llamó al capitán por el camino y le dijo hacia dónde nos dirigíamos. Nos aconsejó que actuáramos con cautela, cosa que no podía garantizar al encontrarme después de tanto tiempo cara a cara con el Nene.

Entré a casa como un torbellino; *con los colombianos seguimos sembrando el pánico*, sonaba estruendosamente aquel día, mientras subía la escalera a su cuarto.

Entre la música y el fuerte olor a hachís que bajaba por la escalera mi cabreo no paraba de subir.

Cuando abrí la puerta de su habitación, estaba tirado en su cama, fumando un porro. Al verme se me quedó mirando con cara desafiante.

—¿Qué coño quieres? —escupió con rabia.

—¿Qué es eso que estás fumando?

—Como si no lo supieras... —soltó subiendo el tono.

Quiero los cheques lindos, limpios y al vacío, que si muevo coca... no podía seguir escuchando esto y paré la música.

—¿Qué mierda haces? —dijo lleno de rabia mientras se levantaba de la cama y me encaraba.

—¿Te parece normal escuchar estas cosas?

—Un respeto para Ñengo Flow. Aprendo más escuchando su música que de un puto madero como tú.

Cuando soltó esto no pude aguantar más.

—Me acabo de enterar de que estás haciendo de aguador para el Nene.

Le pilló de improvisto, bajó la mirada unos segundos, y luego volvió a mirarme desafiante.

—Yo hago con mi vida lo que me da la gana —me gritó a la cara.

—Mientras vivas en esta casa harás lo que yo diga, ya está bien de que saques los pies del plato, esto se va a acabar ya —le grité a un centímetro de su cara.

Aunque él, lejos de amilanarse, me plantó cara.

—Que te lo has creído tú...

Y entonces no me lo pensé: levanté mi mano abierta y le golpeé en la cara, él se cayó en la cama. Con la señal de mi mano y soltando alguna lágrima, se volvió a levantar envalentonado y me volvió a encarar.

—Ahí te quedas, hijo de puta —me escupió con odio mientras se iba de la habitación cerrando de un portazo.

Llegamos a Conil cuando el sol del mediodía pegaba fuerte, mientras recorríamos sus calles con un gran encanto andaluz, casas encaladas con un blanco que con el reflejo del sol hacía hasta daño, decoradas con bonitas macetas de geranios y flores coloridas que hacían un contraste de color decorando los balcones.

Todo este paisaje tan bonito se iba apagando según llegábamos a nuestro destino, uno de los barrios más marginales de Conil, donde se ubicaba la casa del Nene. Un gran gentío se agolpaba junto a su casa. Aparqué el coche y nos dirigimos hacia allí no sin antes advertir a Dani de lo que nos íbamos a encontrar.

Después de abrirnos paso, el escenario era desolador. Varios coches echaban humo, mientras los bomberos intentaban apaciguar el fuego. Cuando nos vio el Nene vino corriendo hacia nosotros y se me quedó mirando.

La rabia me bullía por dentro.

—Si no pensáis hacer nada, ya actuaré yo —me escupió a la cara.

—Mucho *cuidaíto*, Nene —le solté encarándolo.

—Ya sé que me tienes ganas, pero yo no tengo culpa del camino que cogió tu hijo. —La rabia me subía mucho más mientras decía esto—. Lo que tienes que hacer es tu puto trabajo, e ir a por el culpable, o lo haré yo —soltó dándose la vuelta para irse.

No lo pude resistir y me abalancé sobre él, pero Dani me sujetó.

—Paco, no entres en su juego —me dijo intentando apaciguarme mientras unas lágrimas de rabia recorrían mi cara.

Ya después de calmarme un poco estuve hablando con el jefe de bomberos, y el compañero de atestados que había llegado antes; todavía tenían que analizar la escena, pero, por lo que me dijo, no creía que hubiera sido el Ronaldo, ya que esa no era su forma de actuar.

MARÍA JUANA

Mientras tomaba mi café, evocaba mi pasado..

Eran ya muchos los viajes que hicimos como una familia normal, con mi madre cargada de huevos. Entendí por qué nos tocó a nosotras: buscaban a una madre con una hija para simular una familia y pasar los controles.

Habían pasado ya diez años, todo lo que estaba aprendiendo era del trapicheo que se traían estos hombres con nosotras, ya me había acostumbrado a estos viajes. Pero aquel día estaba abstraída mirando por la ventanilla del avión, cuando mi madre empezó a sudar mucho y se puso pálida.

—Me duele mucho la barriga —se quejaba con una mueca de dolor.

—Cállate, ya mismo llegamos —soltó el hombre que esa vez nos acompañaba.

Yo veía a mi madre sufrir un dolor tremendo. Cuando por fin aterrizó el avión, se levantó como pudo de su asiento y agarrada al hombre consiguió llegar hasta el coche que nos esperaba en la puerta del aeropuerto. Cada vez se quejaba más y no paraba de sudar. Cuando al fin llegamos a nuestro destino ella estaba casi sin fuerzas y yo seguía muy preocupada. Salió del coche como pudo con la ayuda del hombre que nos acompañaba y el conductor. Justo cuando llegamos a la casa donde íbamos cayó desmayada al suelo, yo me tiré a su lado y empecé a llorar.

—Mamá ¿qué te pasa? —gritaba entre lágrimas.

El hombre que venía con nosotras me cogió y me encerró en una habitación desde donde los escuchaba discutir.

—¿Y ahora qué hacemos? Seguramente le ha reventado un huevo dentro.

—Mira a ver si tiene pulso. —Oía gritar al otro nervioso—. Nada, no tiene.

—Llamemos al patrón, pero ya sabes lo que nos va a decir.

—Ah, no, nada de eso, yo no la voy a rajar.

—Haremos lo que nos diga el patrón, que para eso nos paga una buena plata.

¡Querían rajar a mi madre! En ese momento me puse muy nerviosa y empecé a gritar y a aporrear la puerta, hasta esta se abrió y sentí un fuerte golpe que me nubló la vista.

Comencé a llorar al recordar aquel fatídico día. No tuve tiempo de despedirme de ella, no me dejaron, y esto siempre me perseguiría.

Quité la música y me senté un poco en el sofá, puse la televisión, estaban en directo desde Conil, al parecer había habido un atentado con un coche bomba en el barrio del Nene.

Ya estaba arreglada, hoy venía Dani a recogerme; cuando salí al portal vi que ya me estaba esperando en la calle. Nada más me vio aparecer, vino hacia mí y me dio un beso que me dejó sin aliento. Su boca atacaba la mía en un loco juego con nuestras lenguas. «Como sigamos así subiremos directamente a mi piso», pensé mientras sentía el calor recorriendo mi cuerpo.

Me parecía estar viviendo en un sueño desde que conocí a Dani. Eché mano de mi bolso y empecé a buscar, saqué ni pitillera, cogí un porro y empecé a fumar. Dani me miraba algo raro, se lo pasé.

—No, ahora mismo no quiero fumar —me dijo haciendo un gesto con la mano para que se lo apartara de delante.

—¿Te pasa algo, güey? —le pregunté intrigada.

—No me pasa nada, es que quiero estar más lúcido para poder resolver lo del asesinato, y los porros no me ayudan mucho.

—Unas caladitas, no más.

—Quizá luego —zanjó la conversación.

Estaba muy serio, no me esperaba que no quisiera fumar. En fin.

—*Da otro paso, no debes parar, rompe los cristales si quieres entrar, grita al aire aunque no quiera oír.*

Llegamos al bar de la otra vez, donde estuvimos cenando. Pero cuando pedí dos cervezas, él le dijo al camarero que quería una Coca-Cola. Yo me quedé mirándolo estupefacta.

—Como te he dicho antes, quiero estar lúcido para poder resolver el asesinato; la cosa se está poniendo mal y puede ir a peor —me dijo volviendo a ponerse serio.

Lo del asesinato y el coche bomba de después le estaba afectando mucho, lo notaba cambiado, ya no quería divertirse como la otra vez. Su cambio de actitud me tenía un poco escamada.

Seguimos cenando distendidamente, después de esto estaba muy locuaz, no parecía el mismo, pero me daba igual, porque a mí me seguía gustando lo mismo, y además, estaba segura de que cuando pasara todo esto volvería a ser el mismo de antes.

Después de cenar fuimos a mi piso, ya que no le apetecía ir de pub, y para estar bebiendo coca colas mejor, nos iban a mirar mal seguro. Ya en casa, estábamos en el sofá muy acaramelados mientras nos comíamos la boca, paseando nuestras manos por todo nuestro cuerpo con mucha lujuria. «Por lo menos en esto no ha cambiado», pensé. Me levanté del sofá y lo llevé a la habitación, lo tumbé en la cama, él me miraba con mucho deseo. Me acerqué a mi mesita de noche y saqué una bolsita que tenía guardada. De vez en cuando me gustaba darme un homenaje, así que cogí un pequeño espejo de la mesita y empecé mi ritual, vacié un poco del contenido de la misma, cogí una tarjeta y con mucho cuidado preparé dos rayas.

—¿Un pericazo? —le pregunté—. Esto sí te ayudará a estar fresco.

Él se me quedó mirando con cara rara.

—No, gracias, mi religión me lo prohíbe —soltó con una risilla, intentando quitarle hierro al asunto, pero su cara lo delataba.

Después de esnifar una de la rayas y dejar la otra para un nevadito para luego, me fui a por él como una fiera, llena de energía empecé a comerle la boca, él estaba un poco raro, no terminaba de reaccionar así que me puse manos a la obra, le quité la camiseta y empecé a recorrer su pecho con mi lengua, recorriendo sensualmente sus pezones, él no decía nada, mientras fui bajando con mi mano y cuando la iba a meter debajo de su pantalón.

—Lo siento, pero hoy no estoy de humor —me dijo incorporándose y buscando la camiseta.

—¿Qué te pasa? —le pregunté.

—Nada, no sé cómo explicarlo —me dijo muy serio.

Después de decirme esto me dio un frío y rápido beso, despidiéndose con un «ya te llamo mañana». Me quedé allí sentada en la cama viendo cómo se iba sin saber qué decir.

Me fumaba el nevadito y lloraba.

No sabía qué coño había pasado esa noche con Dani. Solo esperaba que al día siguiente ya se le hubiera pasado...

Al final me quedé dormida llorando. Me desperté bastante fastidiada por la mañana, mi cabeza era un hervidero, no paraba de darle vueltas a todo lo que pasó anoche. Me preparé un café con un buen chorreón de tequila para espabilarme un poco, empecé a rumiar hasta que sonó el móvil. Era un wasap de Dani. Lo desbloqueé y me quedé mirándolo perpleja.

Luego nos vemos, tenemos que hablar.

Me hizo temblar. Esa frase no sonaba nada bien.

DANI

Escuchaba Platero y tú de camino a comisaría, pensando en María Juana y en cómo me porté con ella. No estaba en mi mejor momento, y al final la dejé allí, sola, no me sentía nada orgulloso, pero cuando sacó la coca, no me lo esperaba.

Cuando llegué a comisaría, Paco ya estaba en su mesa, me dirigí hacia allí. A pesar de no haber dormido mucho, pensando en ella, no me dolía la cabeza y me notaba más lúcido. Dejar de fumar era una de las mejores decisiones que había tomado en mi vida, aunque me costase mucho pasar estos primeros días luego lo iba a agradecer.

—Buenos días, Paco —le saludé acercándome a la pantalla del ordenador que estaba mirando.

—Buenos días, Dani.

Cuando estuve a su altura me quedé pillado mirando la pantalla. Había varias fotos de un hombre moreno, con una barriga prominente, y bigote. Una de las fotos me llamó la atención. ¿Qué hacía María Juana con aquel hombre? Me quedé en *shock*.

—¿Quién es este tío? —le pregunté por saber qué hacía con ella en la foto.

—Es un tío de mucho cuidado, lo apodan el Chapito, es un miembro del cártel de Sinaloa, llevamos un tiempo siguiéndoles la pista, no sé qué hacen aquí, pero seguro que nada bueno. Algo me dice que tienen algo que ver en el asesinato, yo creo que el Nene nunca se atrevería a matar al Kanka atacando tan de cerca al Ronaldo, y lo del coche bomba es mucho para el Ronaldo. No sé, algo no me cuadra.

Mientras hablaba, saqué el móvil. Quería escribirle a María Juana para preguntarle qué tenía que ver con ese tipo, pero no sabía cómo, y no le iba a preguntar por WhatsApp, así que le dije de vernos después, porque teníamos que hablar. Ya me contaría, seguro que tenía una explicación. Quería pensarlo así.

En ese momento, llegó el capitán a nuestra mesa.

—Rápido, tenéis que ir a la Línea, al fuerte de Santa Bárbara. Han encontrado un nuevo cadáver.

No dijimos nada, fuimos corriendo al coche de Paco. Empezó a sonar una canción que me hizo acordarme de María Juana.

—¿Cómo se llama este grupo?

—Son Los Moles, unos malagueños que suenan muy bien.

Me eché atrás en mi asiento, y empecé a pensar disfrutando del paisaje. Según Paco nos esperaba una hora larga de viaje.

Abrí la ventanilla para sentir la brisa fresca y el aroma salado del mar, la luz del sol se reflejaba en las casas blancas típicas de Andalucía, aunque aquí abundan más. El paisaje cambiaba a mi alrededor mientras íbamos dejando atrás la ciudad. Se notaba que el coche no tenía aire, porque el calor iba aumentando. Como diría Rafa: «Hace más calor que estar en mitad de Tabernas a las tres de la tarde, a mediados de agosto, liado en un plástico, solo de pensarlo me pongo malo, uf».

El aire iba cambiando, se estaba llenando de fragantes aromas de campos de girasoles y olivos, con notas de tierra y hierba fresca.

—*Heroína, diablo vestido de ángel, yo busco en ti sin saberlo, lo que tú solo puedes darme* —empecé a cantar al ritmo de Los Calis.

Esa canción la conocía yo de la versión que hacen La Fuga. *Más chutes no, ni cucharas impregnadas de heroína, no más jóvenes llorando noche y día...*

A Paco se le notaban los ojos acuosos al escuchar esta canción, aunque no se permitía llorar, yo sabía que algo tenía en el pasado con las drogas. Esperaba que antes o después se abriera y se desahogara.

Estas historias no es bueno guardárselas dentro.

A lo lejos ya se empezaba divisar el imponente Peñón de Gibraltar. El cielo azul se extendía infinito en el paisaje. Según había escuchado era una de las columnas de Hércules, la del norte, para ser más exactos. La identidad de la del sur había sido disputada a través de la historia, siendo los candidatos el Monte Hacho en Ceuta y el Monte Musa en Marruecos. Fueron llamadas así por los griegos, ya que era el límite conocido por los mismos, hasta que según el historiador Heródoto, Coleo de Samos las atravesó en torno al siglo VII antes de Cristo.

Cuando estábamos llegando a la Línea de la Concepción, volvía a sentir el aroma salado, esta vez mezclado con el olor de las tapas, de los bares locales. Al final me iba acostumbrando a esta música quinqui, como la denominaba yo, del Junco.

Después de atravesar parte de la ciudad llegamos al fuerte de Santa Bárbara; aparcamos cerca, ya que delante se estaba empezando a arremolinar un buen grupo de curiosos para ver qué había pasado. El crujido de la gravilla sonaba bajo mis pies y, a la vez que me iba acercando, el ambiente se empezaba a enrarecer. El sol brillaba intensamente iluminando las antiguas piedras del fuerte, ofreciendo una vista panorámica que quitaba el aliento. La brisa marina refrescante y el eco del pasado histórico completaban una experiencia sensorial muy profunda, si no fuera por lo que nos íbamos a encontrar cuando entráramos.

Una vez hubimos pasado por el gentío, y entramos dentro, me quedé anonadado: me encontré con gruesos muros de piedra, en un patio muy amplio lleno de policía. Uno de los compañeros se nos acercó y nos fue guiando, las habitaciones eran amplias, con techos altos y pequeños ventanales que filtraban la luz del sol, creando un ambiente místico.

Mientras iba caminando por sus pasillos pude ver las antiguas fortificaciones y algunas áreas que aún conservan sus cañones y otros equipamientos militares de la época. Los detalles arquitectónicos como las arcadas y los techos abovedados reflejaban la solidez y el ingenio de su construcción.

Estaba totalmente ensimismado contemplando todos los detalles del lugar, imaginándome un romántico paseo por allí con María Juana, aunque no sabía si a ella le gustaría visitar este tipo de sitios. Cuando llegamos a un gran patio interior donde se arremolinaban un montón de compañeros, nos fuimos abriendo paso entre ellos hasta que llegamos a una escena totalmente macabra.

En mitad había un cuerpo tirado, su cara era un cuadro macabro. Había escuchado hablar de ello, pero nunca pensé que lo vería con mis propios ojos: le habían hecho unos cortes en la comisura de los labios, simulando una sonrisa, la sonrisa del Joker o del payaso. La imagen era muy escalofriante. Al lado del cadáver había un trozo de botella rota, manchada de sangre, seguramente era con lo que le habrían infligido las heridas. No podíamos saber todavía si se las habrían hecho estando todavía vivo. Paco investigó muy de cerca la escena y, después de embolsar el vidrio, se acercó a mí.

—Esta gente quiere jugar al despiste con nosotros. Esta ejecución es la típica de las mafias del Reino Unido, que están asentadas en la Costa del Sol. Algo no me cuadra... Se dejaron el trozo de botella. Lo cotejaremos a ver si encontramos algo.

—La escena es muy macabra —le dije todavía con el cuerpo encogido.

—Al final uno se acostumbra a estas cosas. No las vemos muy a menudo, pero cada vez que hay ajustes de cuentas entre bandas rivales, te sueles encontrar cosas así —dijo apesadumbrado.

Después de esto, empezó a andar el camino de vuelta. Pronto tendría que hablar con él, noté que había algo relacionado con todo esto que le comía por dentro.

Los Delinqüentes tenían algunas canciones que me gustaban. Cantaba para mis adentros algunos de sus temas mientras íbamos de vuelta en el coche. Paco fumaba su ducados negro, los mismos cigarrillos que fumaba mi abuelo. Como él decía, «es lo que fuman los hombres de verdad».

El camino de vuelta a Cádiz fue más llevadero escuchando más temas de Los Delinqüentes, Raimundo Amador y Kiko Veneno.

Llegamos a comisaría y Paco entró como una manga de niebla, yo le seguí a paso rápido. Después de hablar con un compañero, le entregó la prueba que habíamos encontrado en el lugar del crimen y le dijo algo al oído; acto seguido se dirigió a su mesa y empezó a teclear en el ordenador. Me acerqué a él y vi que en la pantalla del ordenador estaba la foto de la víctima.

—Aquí tienes al Cabeza, un prenda de mucho cuidado. Ahora sí que se va a liar la cosa, pero bien. —Me asusté.

—¿Tan grave es?

—No te imaginas hasta qué punto.

MARÍA JUANA

—*Si me equivocara otra vez, si me enamorara de ti otra vez, la alegría en este día, cuando pose tu alma mía, la última piedra sobre mi corazón, si me equivocara otra vez, si me olvidara de cuánto te amo, no te olvides vida mía de posar con alegría la última piedra sobre mi corazón* —cantaba al ritmo de Todos tus muertos, mientras apuraba con una última calada el porro que tenía entre los dedos.

Expulsaba abstraída el humo del porro que tenía entre los dedos acordándome de Dani. Pensé en lo raro que había estado la última vez que nos vimos y en el mensaje que me había mandado. No sabía qué significaba. Apenas lo conocía de unos días, pero me había dado muy fuerte.

Tanto que me estaba empezando a enamorar de él.

El tiempo de espera para vernos de nuevo se hizo eterno. Al fin sonó el timbre de casa. «Seguro que Dani está aquí ya, por la hora que es...», pensé. Al descolgar el telefonillo, vi a Dani en la pantalla. Le abrí y me quedé esperándole en la entrada de casa. Sentía un pellizco en el estómago porque no sabía lo que me esperaba. La incertidumbre me estaba matando y permanecí de pie detrás de la puerta.

Lo vi llegar y abrí. Estaba tan guapo... Me moría de ganas de tirarme a por él y comerle la boca, pero no sabía cómo iba a reaccionar ni cómo estaba la cosa entre nosotros. Él, en un rápido gesto, rompió el hielo y fue directo a atacar mi boca, nuestras lenguas se embarcaron en un loco y húmedo juego. Luego, me pidió que me sentara. Estaba asustada, no sabía qué pasaba. Ya sentados los dos, frente a frente, me miró fijamente antes de hablar.

—No sé cómo preguntarte esto. —Qué miedo me estaba dando—. Voy a ser directo. —«Uf, qué tensión»—. ¿De qué conoces al Chapito?

«Así que eso era, a ver cómo salgo de esta.»

—Bueno... —respondí un poco nerviosa—. Aparte de ser compadre mío, de mi misma ciudad, es a quien le pillo el hachís y el perico.

—Vale —dijo pensativo—, pero me gustaría que gastaras cuidado con esta gente, por lo que sé, él es parte del sanguinario cártel de Sinaloa. —Esto no me pilló de nuevas porque gracias a él seguía viva.

—No lo sabía. —Hice una pausa tratando de disimular—. Tendré cuidado cuando quede con él para pillar.

—Casi mejor me gustaría que cambiaras de camello, pero bueno, en fin, eres libre de pillarle a quien quieras.

—Pues claro que sí.

—Solo me preocupaba por ti.

Qué bonico, quizá había llegado el momento de sincerarme más con él.

—Verás, Dani, me gustaría contarte mi pasado —le dije añadiendo tristeza a mi tono y vi cómo su semblante se puso más serio.

Después de contarle mi secuestro, los primeros viajes con mi madre haciendo de mula y aquel fatídico día que murió, se me hizo un nudo en la garganta y empecé a llorar al recordarlo. Volví a verme allí, encerrada, y con esos energúmenos que querían rajar a mi madre. Al ver mi reacción, Dani me acogió en sus cálidos brazos, la cual cosa me dio fuerzas para seguir.

Después de aquel fatídico día todo cambió, con quince años que tenía ya aquellos tíos empezaron a verme de otra forma, y más ahora que no estaba mi madre, además de violarme cada vez que se les antojaba, sus planes cambiaron. Ya no tenían a mi madre para hacer de mula, yo temía lo que iba a pasar ahora. Llegado el momento del siguiente viaje me hicieron tragar los huevos a mí. Yo estuve todo el viaje asustada, lo ocurrido con mi madre no paraba de darme vueltas en la cabeza, solo esperaba no acabar igual que ella. Cuando al fin llegamos a nuestro destino respiré aliviada, pero no hacía nada más que darle vueltas a la situación, no quería acabar como mi madre, tenía que pensar algo. Ya en la casa, me dieron un laxante para expulsar los huevos, sin que se dieran cuenta cogí un cuchillo de la cocina en un descuido y me encerré en el baño, tenía que actuar rápido, empecé a gritar diciendo que me dolía mucho la barriga, pidiendo ayuda. Uno de los hombres entró en el baño, momento que aproveché para clavarle el cuchillo en el cuello y coger su arma, y cuando el otro quiso reaccionar, ya le había metido un tiro entre ceja y ceja. En ese momento respiré aliviada, pero aquello no había hecho nada más que comenzar, todavía tenía que acabar con su patrón y los demás, tenía que pensar cómo.

No pude continuar contándoselo, porque la voz no me salía. Dani me miró y me abrazó de nuevo.

Con su calor me empecé a sentir mejor, y a recuperarme un poco. En sus brazos me sentía segura. Después de darme un tierno beso, él me estuvo contando todo lo que le pasó en Almería. No veas lo que él había sufrido también... Después de abrirnos decidí poner algo de música para animar el ambiente. Al momento ya estábamos cantando a dúo al ritmo de Bersuit.

Ya de mejor humor, me entraron ganas de fumar, pero no sabía si él iba a querer. No quería hacerlo delante del él y que sintiera que estaba forzándole a que también lo hiciera.

—Me apetece fumarme un porrito. ¿Tú vas a querer? —sugerí.

—No, porque, además de que estoy más despierto desde que no fumo ni bebo, ahora estamos en un lío más gordo todavía. —Yo me quedé mirándolo.

—¿Y eso?

—Te lo voy a contar, pero con la condición de que no salga de entre nosotros.

—No te preocupes, soy una tumba.

—Después de lo del coche bomba en Conil, lo cual dio comienzo a la guerra de clanes —hizo una pausa—, hoy hemos encontrado un nuevo cadáver en la Línea, más exactamente en el fuerte de Santa Bárbara.

—Dios mío, híjole —exclamé asustada—. ¿Y sabéis quién es?

—Eso es lo peor. A la víctima le hicieron la sonrisa del Joker, una práctica de las mafias del Reino Unido. Era el

Cabeza. —Yo no dejaba de mirarlo fijamente—. Él es la mano derecha del Nene, el líder de los Castaña. Tememos que todo se complique más y que ahora sí se vaya a liar gorda en la provincia.

—¿Y encontrasteis alguna prueba? —pregunté intrigada.

—Sí, un trozo de vidrio de una botella con el que seguramente cometieron el crimen.

—Entonces a lo mejor tenéis ahí las huellas.

—Ahora mismo lo están analizando, mañana sabremos algo.

Después de esto ya no tenía más que preguntarle sobre lo ocurrido. Salí al balcón a fumar. Mientras el humo entraba por mi garganta y sentía el suave sabor del hachís, pensaba en Dani, que permanecía sentado en mi sofá. Las cosas seguían bien entre nosotros. Si mientras estábamos juntos no podía fumar delante de él, haría el esfuerzo. Él valía la pena.

Empecé a sentirme muy bien por los efectos del hachís.

Entré de nuevo al salón y me fui a por él y ataqué su boca con locura. Nuestras lenguas se enredaron en un caliente juego, sentada encima de él, noté la dureza de su entrepierna en mi tanga, así que me levanté rápidamente y lo llevé de la mano al dormitorio. Me seguía como un perrito, pero antes puse algo de música.

Mientras acariciaba su fuerte pecho, empecé a pegarle suaves y sensuales bocados en el lóbulo, para acto seguido ir bajando con mi lengua por su cuello, mientras con mi mano le iba desabrochando el pantalón.

Mi lengua se entretenía con sus pezones, que se estaban poniendo ya duros, aunque no era lo único que tenía así.

Mi mano debajo de su pantalón jugueteaba con su miembro erecto. Y entonces, él cogió el control y me tumbó en la cama. Después de quitarse el pantalón y los calzoncillos, fue hacia mí, me quitó el top, dejando mis bonitos pechos al aire, mientras los chupaba y recorría con su lengua. Volviéndome loca de placer su mano, se introdujo debajo de mi minifalda y empezó a juguetear con mi sexo por encima del tanga. Estaba a mil. Con un rápido movimiento me quitó la poca ropa que me quedaba, y con una fuerte embestida introdujo su miembro dentro de mí. Qué locura. Empezó con suaves movimientos, que se iban acelerando al ritmo de la música. Me iba a dar algo. Cuando estaba a punto de llegar le apreté con mis piernas y lo agarré con fuerza. Quería tumbarlo encima de mí. Rápidamente cambié de posición y lo dejé a él tumbado. Era mi momento de tomar el control.

Cabalgaba locamente encima de él, sintiendo cómo entraba cada vez con más fuerza dentro de mí, viendo su cara de placer. En pleno éxtasis, estaba en el cielo. Al final, cuando llegamos, caí rendida a su lado y nos quedamos los dos abrazados sin ropa.

Con el suave sonido de una canción de Mano Negra de fondo, *Señor Matanza*, abrí los ojos. Dani se estaba desperezando desnudo a mi lado. A la vez que paraba la alarma del móvil, se acercó a mí y me dio un tremendo beso de buenos días. Me estaba empezando a calentar un poco más cuando sonó *Anarchy in the UK*. Se movió rápidamente para coger el teléfono. «Tendré que decirle que cambie el tono de llamada, si no algún día me va a dar algo», pensé con gracia.

—Dime, Paco —al responder le cambió la cara—. No me jodas, ya voy para comisaría.

Después de colgar se levantó rápidamente y se vistió, después de darme un beso me dijo que había una urgencia y se fue corriendo.

EL RONALDO

Escuchaba a la Mala Rodríguez mientras apuraba mi café y daba una calada al cigarro sumido en mis pensamientos. Solo esperaba que al Nene le hubiera quedado claro que conmigo no se jugaba. Si quería guerra, la iba a encontrar; quizá lo del coche bomba había sido mucho, pero me tenía que hacer respetar.

En un rato llamaría para ver cómo estaban las cosas para el envío de esta noche, con esta guerra y la pasma alerta estaba la cosa complicada, pero no podíamos perder esta oportunidad.

Salí a la calle para tomar el aire, había algo en el ambiente que no me gustaba nada. Estaba seguro de que el Nene no se quedaría quieto. Mientras rumiaba este pensamiento una música alta llegó a mis oídos.

Cuando me giré para averiguar de dónde provenía esa canción de Cypress Hill, vi un coche al fondo de la calle que se acercaba. No me gustó nada, así que entré corriendo en casa. Justo en ese momento oí disparos.

—Mierda, ya están aquí los cabrones de la banda del Nene.

DANI

Al ritmo de Fito y los Fitipaldis iba a comisaría. Paco me había dicho que fuera rápido, ¿qué habría pasado? «Si me viera Rafa ahora, me diría que soy un moñas, como le decía yo a él cuando estaba empezando con Aberash», pensé.

Cuando llegué me bajé del coche corriendo y entré como un vendaval, Paco estaba de pie discutiendo con el Nene, estaba bastante nervioso.

—¡No sé por qué no haces tu trabajo y detienes al Ronaldo! —gritaba sulfurado.

—Lo que tienes que hacer es dejarnos trabajar y no tocarme mucho los cojones —le respondió Paco plantándole cara.

—¿Todavía me sigues culpando por lo de tu hijo? Yo no tuve culpa, él ya era mayorcito para decidir.

En ese momento se abalanzó hacia él. Corrí para sujetarlo.

—Más le vale que se controle —dijo el abogado del Nene—. Le podemos acusar de violencia policial —espetó mirando a Paco, que estaba rojo de rabia.

—Vámonos, Marcos. Ya lo solucionaré yo mismo —le dijo el narco a su abogado.

—Mucho *cuidaíto* con lo que haces, Nene —gritó Paco mientras lo tenía sujeto—. Que como la líes yo voy a estar ahí para llevarte por delante.

—Está amenazando a mi cliente —soltó Marcos señalándolo con el dedo.

Según dijo esto salieron de comisaría. Paco estaba muy sulfurado y fue directo a la calle donde se encendió un cigarro y comenzó a fumar, quedándose abstraído. Le seguí.

—No es por meterme donde no me llaman, Paco, pero cuando estés preparado espero que me cuentes qué te pasó con él.

Me miró, dando una larga calada y, tras expulsar el humo, empezó a hablar.

Me estuvo contando todo lo que pasó con su hijo desde la muerte de su mujer, cómo se iba tensando más la relación entre ambos hasta que un día se enteró que estaba haciendo de aguador para el clan del Nene, y decidió ponerse serio con su hijo. Pero todo fue a peor.

—Después de aquel momento mi hijo se fue de casa y en unos meses no supe nada de él, hasta que de nuevo me volví a encontrar a mi amigo guardia civil. Me dijo que desde aquel incidente habían seguido al clan del Nene y me contó que mi hijo había pasado de ser aguador, a cargar fardos y, más adelante, a ser petaquero.[1] No podía creerlo... Además, esa misma noche iba a haber un desembarco grande, según sus fuentes. Con un nudo en la garganta, le

(1) Son los que abastecen las narcolanchas en medio del mar, ya sea de gasolina o de cualquier suministro que necesiten.

pregunté si podía colaborar con ellos y él me dijo que podía ir pero en ningún momento debía intervenir en la escena. Acepté ya que hasta entonces no había conseguido alejar a mi hijo de ellos. Lo único que quería era intentar convencerle de que volviera.

»La noche era cerrada mientras esperábamos en la playa dentro del coche con las luces y el motor apagados; el ambiente se podía cortar con un cuchillo, nadie decía nada y yo no paraba de fumar. De repente, un sonido rompió el silencio. "Aquí pájaro, el paquete está en movimiento", sonó la radio. Al oír ese mensaje, los dos guardias civiles se envararon y uno de ellos cogió la radio: "Todos en vuestros puestos". Solo se escuchó un "ok" verificando que así era.

»La espera se estaba haciendo eterna. Un par de horas después volvió a sonar la radio: "Aquí pájaro, vamos a comenzar la persecución ya vuelven con la carga". Yo estaba angustiado esperando el desenlace, solo deseaba que mi hijo no fuera en esa narcolancha esa noche. "Aquí patrullera, nos unimos a la persecución". Al rato de escuchar desde la playa donde estábamos con el todoterreno, a lo lejos se vio la luz del helicóptero en el cielo, iluminando con su potente foco algo en el agua que iba a gran velocidad. El conductor no se lo pensó y arrancó el coche, saliendo a gran velocidad por la playa, intentando seguir la persecución; desde el asiento de atrás del coche no se podía diferenciar gran cosa, solo se veía el helicóptero persiguiendo a un punto en el agua a gran velocidad, seguido de la otra lancha de la Guardia Civil. Cuando la playa se acabó tuvimos que parar. Yo seguía la persecución muy nervioso, cada vez se acercaban más a la costa y se hacían más visibles. "Aquí lancha, se están acercando peligrosamente a las rocas", dijeron. "Mierda, desistid", soltó el guardia civil que estaba en el asiento del conductor. "Aquí lancha, los tenemos en el punto los pillamos antes de que lleguen seguro." Tras unos momentos de tensión, pasaron muy cerca de nosotros, y justo cuando la narcolancha iba a pasar cerca del arrecife rocoso que teníamos delante hizo un extraño giro y voló por el aire. La lancha de la Guardia Civil pudo parar a tiempo sin accidentarse. El corazón se me encogió y me quedé bloqueado en el coche, mientras los guardias civiles corrían hacia la escena.

»Ya estaba entrando el día, cuando llegaron los buzos, ambulancias y demás efectivos. Yo seguía montado en el coche sin poder reaccionar hasta que un guardia civil vino hasta mí y abrió la puerta del vehículo. Tenía algo en la mirada que no supe traducir. Me pidió que lo siguiera hasta un punto en la playa donde estaban los buzos y algunos paramédicos agachados sobre dos bultos en la arena. Entonces, lo comprendí. Corrí hacia la escena y, cuando llegué a la altura de ellos, me quedé petrificado. No podía reaccionar. Delante de mí estaba el cadáver de mi hijo, tumbado sobre la arena, tan blanco, sin vida, con los labios amoratados y algunas magulladuras a causa del accidente.

—Lo siento mucho —atiné a decir mientras lo abrazaba y las lágrimas corrían por su cara—. Que sepas que siempre voy a estar aquí para lo que necesites —añadí, sin saber qué más decir, abrazándolo más fuerte.

Qué horrible lo que le había pasado, pensé.

—Muchas gracias, Dani, tenemos que acabar con esto

ya de una vez —me dijo poniéndose derecho y secándose las lágrimas.

Justo cuando íbamos a volver a entrar, salió el capitán a la calle sulfurado.

—Tenéis que iros ya a Jerez.

—¿Qué ha pasado? —reaccioné.

—El ambiente está muy caldeado. Un coche ha pasado disparando sin ton ni son por el barrio en donde se supone que vive el Ronaldo. Al parecer, hay varios cadáveres y algunos heridos.

Paco no se lo pensó dos veces y fue corriendo a su coche, yo le seguí y emprendimos el camino.

Mientras Paco conducía con la mirada fija en la carretera sin apenas decir nada, sonaban Los Chunguitos. Quería destensar un poco el ambiente, así que me armé de valor y empecé a contarle lo que me sucedió a mí en Almería.

Mientras estaba contándole, le interesó bastante la historia. Pero cuando le dije lo del teléfono desechable de Ariadna, el que tiró tratando de deshacerse de él, Paco me preguntó por los números que había en el mensaje. Busqué en mi móvil, porque lo tenía todo apuntado: *36, 32, 16, ene, 6, 17, 13, ojo.*

Le habíamos dado muchas vueltas durante mucho tiempo, pero nada, no pudimos averiguar nada que fuese de interés para nuestra investigación. Paco, pensativo, comentó que aquello le sonaba de algo y que le pasara el mensaje a su teléfono. Así lo hice mientras íbamos de camino a Jerez.

La carretera se hacía interminable con suaves curvas y unas rectas que nunca se acababan, con unas vistas panorámicas donde se me perdía la vista.

Atravesamos varios pueblos pequeños de calles estrechas y entrañables.

De repente, el aroma embriagador de las bodegas de vino llenó el ambiente del coche, el cual Paco decía que era típico de Jerez, olor a barrica y uvas fermentadas, con sus edificios de piedra y los viñedos iluminados por la luz del día.

Al adentrarnos en el centro de la ciudad, me quedé fascinado con sus edificios y construcciones, se veía a gente montando a caballo por la ciudad, no estaba acostumbrado a estos paisajes en Almería.

—Al final te voy a hacer de los míos —soltó Paco riendo, al escucharme tararear Los Chunguitos.

—No está mal la música que te gusta, aunque yo prefiero algo con más caña.

—Sí, pero te las sabes.

—Eso es por la versión que tienen de esta canción los Hot Pants, el primer grupo que tuvo Manu Chao antes de fundar Mano Negra.

—No veas lo que sabes de música —seguía riendo cada vez con más ganas.

Tenía una risa muy contagiosa, que se me pegó rápido, hasta que se nos cortó el rollo cuando llegamos a la escena. No era para menos. Paco aparcó y empezamos a avanzar en silencio hacia donde se veía una multitud de gente.

Cuando llegamos, después de abrirnos paso entre todos los curiosos, nos quedamos de piedra. Había varios bultos tapados con mantas cubrecádaveres y charcos de sangre a su alrededor. Algunos bultos eran pequeños, y eso hizo que se me encogiera el cuerpo. También había varias ambulancias atendiendo a los heridos.

Joder, qué masacre se había liado.

Paco, con los ojos acuosos, me miraba consternado. Nos dirigimos a uno de los compañeros que nos indicó quién estaba al mando y cuando echamos la vista hacia él, estaba hablando con el Ronaldo, que estaba bastante alterado. Él suspiró y con paso decidido nos dirigimos hacia allí.

—¿Has visto lo que pasa por no detener al capullo ese? —nos escupió el narco mirándonos con los ojos inyectados en sangre.

—Hasta ahora no hay pruebas que indiquen que él asesinara al Kanka.

—¿Qué más quieres? ¡Mira la que ha montado! —soltó con lágrimas de furia en la cara.

—Él te acusa igualmente de la muerte del Cabeza, y de poner un coche bomba, pero no tenemos nada concluyente que nos diga quién es el o los asesinos.

—No me cansaré de decírtelo... Esto no quedará así, vosotros veréis lo que hacéis. —Se dio la vuelta ciego de rabia.

—¡Ya lo sabes! Mucho *cuidaíto* con lo que haces —le soltó Paco.

El Ronaldo ni se giró, solo le hizo una peineta y siguió su camino.

Después de inspeccionar la escena, emprendimos el camino de vuelta a la comisaría. Lo que vimos en Jerez me impactó: mujeres y niños tiroteados sin miramientos. Según los testigos, los ocupantes del coche que dispararon tenían la cara medio tapada con pañuelos, así que no pudieron darnos una descripción. Solo aseguraron que no eran de la zona y que por el color de su piel podían ser un grupo de latinos.

—¿Qué mierda está pasando? Esto se está poniendo muy negro —solté según me vino.

—Pero mucho. Tenemos que descubrir cuanto antes qué pasa aquí.

—Sí, tenemos que estar bien al loro, por eso mismo llevo unos días sin fumar para estar más concentrado.

—Muy bien, chaval —me dijo con alegría—. Es la mejor decisión que has podido tomar. Si necesitas ayuda, ya sabes.

—Gracias. —Y en ese momento me acordé—. ¿Se sabe algo del vidrio que encontramos?

—Es muy extraño, ya que las únicas huellas que había en el mismo coinciden con las de un galés, con un largo historial delictivo, pero está relacionado con la mafia del Reino Unido.

—Entonces ya tenemos un sospechoso, eso es bueno, ¿no es así?

—Qué va, estuve haciendo unas averiguaciones con los compañeros de Málaga, y anoche lo estuvieron siguiendo por otro caso y lo tenían controlado, así que él no pudo ser.

—Joder, Paco, algo se nos está escapando...

—Yo sigo creyendo que algún compañero le está pasando información al asesino.

—Qué fuerte me parece.

—Yo creo que hay algo más detrás de todo esto, esta gente suele tener muchas influencias. Nunca te imaginarias hasta dónde pueden llegar sus tentáculos.

«Se está poniendo la cosa complicada», pensé dándole vueltas a todo.

En ese momento empezó a salir una musiquilla de su bolsillo y Paco sacó el móvil.

—¿Dime? —Su semblante cambió—. Ya vamos para allá.

—¿Qué pasa?

—Temo que esté siendo ya demasiado tarde.

PACO

La Torre de Tavira era una torre de vigilancia construida en el siglo XVIII, y estaba ubicada en pleno centro de la ciudad.

Cuando estábamos llegando, Dani se quedó impresionado ante su majestuosidad, era una de las más grandes de Cádiz, con una altura de cuarenta y cinco metros sobre el mar, y le conté que originalmente formaba parte de la casa-palacio de los Marqueses de Recaño, que hoy alberga el conservatorio de música.

Al llegar nos bajamos corriendo del coche, un gran gentío se arremolinaba ya en los alrededores, después de atravesar la muchedumbre y pasar la casa-palacio, donde había varios compañeros dando vueltas como pollos sin cabeza, nos dirigimos al acceso de la escalera principal.

Corrimos, subiendo la estrecha escalera de piedra, iluminados por la escasa luz que entraba por los ventanucos, y pasando por las fotos y paneles informativos, con imágenes históricas sobre la evolución de la torre.

Según llegamos al final de la escalera nos quedamos de piedra. En la entrada de la cámara oscura, la habitación tenía un aire misterioso a la vez que fascinante. Al entrar, la oscuridad nos envolvió, a la vez que un halo muy sobrecogedor. En el centro de la habitación un compañero estaba alumbrando con su linterna una escena espeluznante. Unos pocos rayos de luz entraban por los ventanucos dando todavía un aire mucho más tétrico al ambiente.

Nos acercamos al compañero y me quedé mirando a la víctima, saqué mi linterna. La fui alumbrando poco a poco, subiendo por sus piernas y, al llegar a su entrepierna, tenía una mancha en su pantalón. Al parecer se había meado encima, su camiseta estaba tintada con una gran mancha de sangre y, cuando llegué a su garganta, retiré la linterna y una arcada me vino de repente.

«Pero ¿qué cojones?»

Me agaché intentando contener la bilis. Volví a iluminar la zona en común. La garganta de la víctima estaba llena de sangre, abierta en canal y de la cual salía su lengua a modo de corbata, la famosa corbata colombiana. Cuando llegué a su cara no podía creérmelo.

«No me jodas...»

DANI

Sonaban Los Chichos mientras Paco no dejaba de expulsar humo con el semblante muy serio, no decía nada. Este último asesinato le había dado fuerte. Después de inspeccionar la escena salimos de allí y no soltó ni una palabra.

Tras llegar a comisaría se sentó en su silla y se echó hacia atrás, echándose las manos a la cabeza. Estaba bastante agobiado.

—¿Qué pasa, Paco? —le pregunté alarmado—. ¿Quién era la víctima?

Él se incorporó en su asiento y se me quedó mirando a los ojos.

—La víctima es el José, el hermano del Nene. Ahora sí que estamos jodidos.

—Me ha impresionado la forma en que lo mataron —solté intentando no recordar la escena.

—Qué me vas a contar, es la primera vez que me encuentro una cosa así. Y esto solo hace más que confirmar mi teoría.

—¿Cuál es?

—Cuando estuvimos en el tiroteo, decían que los tiradores parecían latinos, el *modus operandi* del asesinato es el de estas mafias, y eso, unido a la llegada del Chapito a la ciudad hace unos meses... Solo hay que sumar dos más dos.

Tenía mucha razón.

—Tiene mucha lógica.

—Lo malo es que no tenemos ninguna prueba tangible y no podemos actuar.

Le estuve dando algunas vueltas a la teoría de Paco, la verdad es que era lógica, cuando sonó mi teléfono.

—Dime, guapa.

—Hola, güey, te llamo por si querías que nos viéramos cuando acabes de trabajar.

—Claro, aunque tenemos jaleo en comisaría. Te llamo cuando vaya, un beso.

Según colgué, Paco me estaba mirando aguantándose la risa.

—Te llamó «tu querida» —dijo.

—Bueno, algo así.

—¿Cómo?

—Todavía no llevamos mucho juntos, y no sabría cómo definirlo.

—¿Os habéis liado? —me preguntó muy curioso.

—Un par de veces. —Me puse colorado.

—Entonces sois, como se dice ahora, follamigos —dijo riendo.

—Más o menos —le respondí contagiándome de su risa.

Para mí, éramos mucho más que eso, a pesar de que llevábamos muy poco tiempo, yo estaba muy pillado por María Juana.

—¿Y quién es la afortunada? Si se puede saber.

—¿Recuerdas el día que nos conocimos?

—Sí —me respondió poniéndose más serio, anticipándose a mi respuesta.

—La chica que había en la playa.

—¡No me jodas! —Se sobresaltó—. ¿Sabes que esa tía tiene algo que ver con el Chapito?

—Sí, se lo pregunté cuando vi las fotos que me enseñaste. Me dijo que esa foto era de una vez que fue a comprarle. Es su camello. —Paco soltó una risa sarcástica.

—Y te lo has creído... Dani, un tío así no se rebajaría nunca al menudeo. Gástate mucho cuidado con ella, hay algo que no me gusta en todo esto.

—Vale —le respondí para zanjar la conversación.

Al rato, seguía pensando en lo que me había dicho. Después debía tener otra conversación con ella.

EL CHAPITO

Me preparaba un pericazo mientras sonaba Calle 13. «Todo estaba saliendo según lo indicado», pensé mientras me inclinaba. Empecé a bailar con el subidón. «Con este último golpe ya queda muy poco», pensé riendo.

En ese momento se abrió la puerta y entró el Águila en la casa.

—Te veo muy animado, Chapito.

—Pues claro que sí —le dije siguiendo con el baile al son de la música—. Ya nos queda poquito para culminar nuestro plan.

—Hablando de eso, ¿hay nuevas?

—Por ahora, no —le dije, cogiendo el móvil desechable para buscar su número.

Le dejé un mensaje para vernos y hablar.

EL RONALDO

Sonaba la Mala Rodríguez a todo lo que daba el equipo de sonido de mi casa, mientras pensaba en cómo estaba el tema. Todo había empezado con la muerte del Kanka, el cabrón del Nene se había pasado. Esto no iba a quedar así. Para colmo habían tiroteado a la gente de mi barrio... ya se habían pasado de la raya. Estaba ciego de rabia.

No hacía más que darle vueltas a la cabeza sobre cómo tendría que actuar entonces, lo que no entendía era quién había matado al Cabeza, la mano derecha del Nene. «El coche bomba sí habían sido ellos en venganza a lo del Kanka, pero después de ese último ataque, ellos deberían actuar de otra forma», rumié. Y en ese momento, sonó un wasap:

Soy el Nene, tenemos que acabar
con esto ya, y lo tenemos que hacer
nosotros, nos vemos en media hora
en el puerto bahía de Cádiz.

EL NENE

Levantar pesas era lo único que me relajaba, y últimamente tenía mucho en lo que pensar, la muerte de mi hermano me había dejado noqueado, el Ronaldo me culpaba del asesinato del Kanka, pero yo no había tenido nada que ver; luego el coche bomba en la puerta de mi casa que seguro que fue él... Tenía que vengarme. Me cayó una lágrima recordando a mi hermano. Tenía un nudo en la garganta. Pero no me podía permitir derrumbarme. Ese tío había cruzado la línea.

En ese momento llegó un wasap:

Soy el Ronaldo, vamos a acabar
con esto hoy nos vemos en media
hora en el puerto.

«Se iba a enterar este tío.»

DANI

Pensaba en la última frase que me había dicho Paco. Tenía que hablar con María Juana y aclararlo todo, quizá lo que me había dicho era verdad. Qué lío tenía en la cabeza, no paraba de darle vueltas. En Cádiz, lo mejor que había hecho era dejar de fumar, no solo para estar más lúcido, sino por mi salud. Cada día que pasaba me convencía más.

Había llegado el momento de tener la charla, así que cogí el teléfono y llamé a María Juana.

—Hola, guapo —me saludó con su sensual voz, desmontándome totalmente.

—Hola. —No sabía cómo decírselo, pero pensé que lo mejor sería a la cara—. ¿Te apetece quedar?

—Tengo unas cosillas que hacer, pero si es ya nos podemos ver un rato, te espero en mi casa.

—Perfecto, nos vemos en un momento.

Según colgué me levanté del sofá y fui directo al coche, tenía que pensar cómo preguntarle, aunque ya me lo dijo. Me puede tomar por desconfiado o algo, pero lo que me dijo Paco me había dado que pensar.

Cuando llegué, la puerta de su piso estaba abierta, entré y se tiró hacia mí atacando mi boca, casi me dejó sin respiración. Yo le devolví el beso dejándola sin aliento. Nuestras lenguas empezaron un loco juego que nos encantaba, me llevó hasta al sofá y ella saltó encima de mí.

Allí seguimos comiéndonos locamente, mientras nuestras manos recorrían todo nuestro cuerpo. «Me tiene loco perdido esta mujer, nunca pensé que llegara a este punto», me decía a mí mismo.

Estaba sudoroso y con el corazón martilleando todavía, cuando ella salió al balcón a fumar. El polvo había sido increíble. Desnudo en su cama, volví a pensar en lo que me había dicho Paco. Entonces, un sonido me sacó de mis pensamientos, era algo familiar que retenía en mi memoria. Me acerqué a la mesita y estuve buscando, mientras ella permanecía en el balcón, y al abrir un cajón me quedé de piedra. «No puede ser...» Lo que estaba viendo me traía recuerdos, empecé a revisarlo, cuando una sombra se me acercó por detrás sin que me diera cuenta.

PACO

No dejaba de pensar en lo que me había contado Dani, no hacía nada más que darle vueltas a aquellos números que me había pasado, me sonaban de algo. Tampoco podía dejar de darle vueltas a la investigación, a todo lo que teníamos aquí. Los testigos habían dicho que los sospechosos del tiroteo parecían latinos, pero algo no me cuadraba. En principio pensé que sería la venganza del Nene por la muerte del Cabeza, que todo apuntaba a un ajuste de cuentas por lo del Kanka, pero no había pruebas de nada. La única prueba que tuvimos desapareció del laboratorio. Algo no me encajaba. «Solo espero que lo podamos resolver antes de que todo empeore todavía más», cavilé.

Para tratar de distraerme un poco, me encendí un cigarro y me abrí una cerveza mientras hacía zapping. Dejé la televisión puesta en un canal local en el que daban las noticias, cuando empezaron a hablar de una competición de vela que tenía lugar este fin de semana. Y, entonces, me vino a la cabeza.

—Mierda, ¡ya lo tengo!

Y salí corriendo al coche.

DANI

Abrí los ojos de repente, pero no podía ver nada, tenía una venda o algo puesto en la cabeza. ¿Qué me había pasado? Cuando empecé a recordarlo se me heló la sangre. Había escuchado un sonido que podía ser el de un móvil antiguo y, cuando abrí el cajón, encontré uno similar al que tiró Ariadna. Entonces los recuerdos vinieron a mi mente. Abrí el mensaje que había llegado y vi que tenía unos números parecidos a los que vimos en el móvil de Ariadna. Justamente después de leerlos recibí un fuerte golpe. Muchas cosas tomaron sentido, por qué desaparecieron las pruebas del laboratorio y por qué siempre los criminales iban un paso por delante nuestro.

Mierda, cómo me había dejado engañar...

Cuando me quitaron la venda y mis ojos se acostumbraron a la luz, allí estaba de pie María Juana.

La rabia se apoderó de mí.

—¿Cómo has sido capaz de utilizarme de esta manera tan vil? —le escupí.

—No te he utilizado. —Se quedó pensando—. Bueno, un poco sí, pero estoy enamorada de ti, Dani. Esto sí es verdad.

—Lo nuestro ha acabado —le solté con rabia.

—Antes déjame que me explique, voy a seguir contándote mi historia, quizá entonces me comprendas.

Después de haber matado a los dos tíos en aquel sitio, cogí los huevos que había llevado dentro de mí y mientras los miraba pensaba en cuál sería mi siguiente paso. Algo se me ocurrió, pero tenía que ser rápida. Busqué el teléfono del tío que me había llevado allí y busqué en la agenda el número de su patrón y le mandé un mensaje, poniendo que la entrega había salido bien y preguntándole dónde nos veíamos en la vuelta. Cogí la droga y el dinero que llevaba el otro tío para hacer la compra y salí de allí. Tenía que esconderlo todo en algún sitio. Con la mochila en la mano di una vuelta a la casa, hasta que vi que había un jardín trasero. Entré en la casa y busqué algo que me sirviera para cavar. No me quería deshacer de eso, pero tampoco me lo podía llevar así como así a México. Logré enterrarlo como pude y fui en dirección al aeropuerto.

Llevaba un rato agazapada, esperando, los nervios me comían entera, pero era mi única salida. A lo lejos vi una estela de polvo, me escondí bien y esperé. Cuando el lujoso coche llegó al lugar, el chófer se bajó y fue directo a abrir la puerta trasera. Vi su imponente figura bajándose del coche y sentí que era el momento. Me puse en pie y descargué toda la pistola que tenía entre mis manos contra él, su cuerpo cayó atravesado por una lluvia de plomo y el chófer se agachó a mirarlo en el suelo. Aproveché ese momento para acercarme a él y apuntarle en la cabeza. Me la estaba jugando, no sabía si me quedaban balas, pero tenía la adrenalina a tope y esto no podía quedar así.

—*Ponte de pie con las manos detrás de la cabeza* —*le dije, sin dejar de apuntarle, podía ver el miedo en su cara cuando se giró y se quedó mirándome.*

—*No me dispares* —*me dijo con gesto de miedo*—. *Ahora que has matado al patrón, se producirá una guerra para ver quién le sucede, deberías huir de aquí.*

Aquello me hizo pensar, quizá podría aprovechar la oportunidad.

—*¿Y qué te parece si nosotros le sucedemos?*

—*¿Nosotros?* —*preguntó dubitativo.*

—*Bueno, más bien yo, tú serías mi mano derecha, pero necesito tu ayuda.*

—*Vale* —*respondió envalentonándose*—. *¿Cómo lo haríamos?*

—*Eso déjamelo a mí* —*le respondí con una luz en la mirada.*

Con la ayuda de él, que había hecho de chófer para el patrón durante muchos años, buscamos y matamos a todos sus lugartenientes, dejando un nuevo mensaje: el poder había cambiado de manos y había una nueva patrona. Todos me aceptaron y el chófer, al cual apodaban el Chapito, se convirtió en mi mano derecha.

—¿Y qué esperas de mí después de contarme todo esto? —le pregunté, tratando de asimilarlo todo.

—Que podamos seguir como pareja, Dani. Contigo a mi lado me terminaría de consolidar aquí, además de tener mano en comisaría. Piensa en el gran futuro que podríamos compartir juntos.

—¿Tú te crees que voy a colaborar contigo? Entonces ¿vosotros habéis asesinado al Kanka y al Cabeza?

—Efectivamente. Ese era mi plan: provocar una guerra de bandas y que se mataran entre ellos. Yo solo tendría que coger el relevo.

—¿Y qué tienes que ver con Ariadna? —Mi pregunta la descolocó.

—Eso es algo más grande que tú y que yo —dijo riendo—. De eso no te voy a contar nada, Dani. Vamos... Tienes hasta que llegue el Chapito para pensar en mi propuesta.

—No hay nada que pensar —grité lleno de rabia y con el corazón roto.

En ese momento se abrió el portón de la nave en la que estábamos, todo estaba tan oscuro que no pude distinguir dónde estábamos. Entró un coche del que se bajaron dos hombres. Uno era el Chapito. El otro se bajó de atrás tirando de un bulto.

—Ven a ayudarme, este *wey* pesa como un mulo —dijo con fastidio.

Juntos lo cogieron y lo transportaron hasta dejarlo atado a una columna. Cuando me fijé en quién era... Hostia, habían secuestrado al Nene. Después de esto volvieron al coche, abrieron el maletero y sacaron otro bulto. Ya supuse de quién se trataba: era el Ronaldo. También lo ataron a otra columna. Tras ver aquella escena, María Juana se acercó más a mí.

—No quiero que lo nuestro se eche a perder —me dijo compungida—. Por eso te doy esta oportunidad, porque te quiero. —Yo todavía no podía creerme todo lo que estaba sucediendo.

Me quedé callado y no le dije nada, con mi silencio le

estaba dejando claro cuál era mi respuesta, me dolía mucho en el corazón, pero yo no iba a ser cómplice de asesinos y traficantes.

Al ver mi reacción, ella empezó a llorar. Se dio la vuelta acercándose al Chapito y le dijo algo. Ella se dirigió hacia la calle y él se acercó a mí. Cuando lo tuve a dos metros, sacó su pistola y me apuntó.

MARÍA JUANA

Las lágrimas corrían por mi cara mientras expulsaba el humo. Sentía angustia. Era uno de los momentos más difíciles de mi vida, nunca pensé que llegaría a estar así cuando me vine a Cádiz. Acudí a la ciudad con la idea de expandir mi imperio por Europa, y de repente Dani se cruzó en mi vida, y en ese momento acababa de ordenar su ejecución. Pero no me quedaba otra, no podía dejar ningún cabo suelto. La idea de que me detuviesen y de estar presa me recordaba a aquellos años que viví secuestrada.

Estaba ensimismada, pensando en lo que tenía encima, cuando sentí algo frío en la cabeza.

—Camina para dentro, zorra.

«Mierda, es el compañero de Dani, ¿cómo nos ha encontrado?»

Le hice caso y entré dentro con su arma apuntándome a la cabeza.

—Está bien, está bien —dije, tratando de tranquilizarlo.

—Chapito, ya estás soltándolo si no quieres que le vuele la tapa de los sesos.

En ese momento, mi mano derecha bajó el arma, dejó

de apuntar a Dani y se giró. El Águila también se quedó helado mirando.

—Venga, rapidito, que no tengo mucha paciencia —soltó el policía apretando más el arma contra mi cabeza.

Nervioso por mi vida, supongo, el Chapito corrió a soltar a Dani, el Águila no se movía, pero yo no me podía quedar quieta. Mi vida no podía acabar aquí, así que le di un pisotón al policía, quien, con un acto instintivo se echó hacia atrás quitando la pistola de mi cabeza. Yo comencé a correr sin mirar atrás.

Y empezaron a sonar disparos a mi espalda.

PACO

«¡Mierda!» La zorra esa me había dejado el pie hecho polvo, pero no podía perder el tiempo, vi cómo Dani saltaba sobre el Chapito, así que yo le disparé al otro tío antes de que pudiera reaccionar. Cuando lo vi caer al suelo, corrí tras de ella. No podía dejar que huyese. En la calle apenas se veía mucho, pero sí que encendía las luces de un coche. Subí rápido al mío, no podía esperar a Dani, pero cuando puse el contacto e iba a salir detrás de ella, el chaval subió a mi coche como una exhalación.

—Vamos, rápido, no pierdas tiempo —me gritó.

Sin decir nada aceleré y salí derrapando. Al ritmo de los Gipsy Kings, íbamos quemando rueda y comiéndonos la carretera en una loca persecución por la ciudad.

Menos mal que era tarde y apenas había tráfico, la carrera era una locura. Aquella tía conducía como una loca y no la podía perder.

Al fin se paró, estábamos al lado del faro del Castillo de San Sebastián, le di un arma que tenía en el coche de repuesto a Dani, él se bajó corriendo y ella hizo el amago de tirarse al mar, pero cuando lo vio empezó a correr hacia el faro.

DANI

No me lo pensé un segundo. En cuanto paró el coche, empecé a correr detrás de ella. Tenía que acabar con esto. Entró en el faro y la seguí de cerca, subía las escaleras de dos en dos corriendo hacia arriba, mientras yo le pisaba los talones. Se notaba que llevaba unos días sin fumar, tenía más forma física que ella y poco a poco le fui comiendo terreno.

Cuando llegué al final de la escalera, la tenía al lado, así que salté a por ella. Caímos al suelo, yo intentaba inmovilizarla, pero algo dentro de mí me lo impedía, hacía apenas unas horas que estábamos abrazados, pero la situación era otra. Me intenté quitar esa imagen de la mente y con un rápido movimiento de brazo le di un puñetazo en el estómago. Ella se incorporó un poco, a pesar del golpe reaccionó y me dio un doloroso rodillazo en mis partes. En ese momento aprovechó para salir corriendo hacia la parte exterior del faro. Me levanté como pude, todavía con un reflejo de dolor, y saqué el arma que me había dado Paco en el coche.

—Para ya, María Juana, todo ha acabado —le solté apuntándole.

Ella estaba pegada a la barandilla que quedaba al aire. Una fuerte brisa nos azotaba la cara.

—Nunca. Antes muerta que encarcelada de nuevo —me soltó muy decidida.

—Piénsalo un poco, ahora soy yo quien tiene una propuesta para ti —titubeé un momento antes de hablar—. Si te entregas, iré a visitarte a la cárcel y te esperaré a que salgas —le espeté con el corazón en la mano.

—Lo siento —dijo entre lágrimas—. Lo nuestro fue muy bonito, pero mi libertad puede más.

Y se dejó caer por la barandilla.

Yo tiré el arma instantáneamente y corrí para intentar salvarla, pero fue inútil. Miré hacia abajo, aunque me retiré rápidamente. No quería verla caer. No podía ver cómo moría, así que me tiré al suelo hecho un ovillo y empecé a llorar.

AL DÍA SIGUIENTE

Ya en comisaría e intentando asimilar todo lo que había pasado, Dani estaba hablando con Paco.

—Muchas gracias por salvarme. Por cierto, ¿cómo me encontraste?

—¿Recuerdas los números que me enviaste, los del móvil de Ariadna?

—Sí, ¿conseguiste descifrarlos? —preguntó emocionado.

—Claro, eran las coordenadas geográficas de la nave donde te tenían secuestrado, por lo que han encontrado allí los compañeros, era su base de operaciones. —Se quedó pensando un poco—. ¿Y tú cómo acabaste allí?

—Estaba en casa de María Juana, había quedado para hablar con ella después de nuestra conversación y al final nos liamos, pero mientras ella salió a fumar, algo sonó en su habitación, era un móvil similar al de Ariadna. Cuando lo encontré lo abrí y vi el mensaje con unos números al momento recibí un golpe.

—Joder, ¿recuerdas los números?

—Espera a ver. —Dani empezó a pensar un momento

y dijo—: *36, 32, 16, ene, 6, 17, 13*, hasta ahí recuerdo, porque el número era más largo.

Paco empezó a introducir el número en su ordenador y, al momento, giró la pantalla para que la viera Dani. Ya sabía la posible localización.

—Aquí lo tienes: el puerto de Málaga. Los otros números que no recuerdas no sé qué serían, pero ya sabemos por dónde empezar a buscar, aunque no sé si estoy yo para muchos trotes más —soltó riendo.

—Tranquilo, Paco, que ya me has ayudado bastante. Tengo al compañero indicado para terminar con esto, y estoy seguro de que él también querrá averiguar qué hay detrás de todo —dijo levantándose de la mesa y dándole un abrazo.

Acto seguido fue al despacho del capitán y después de explicarle lo que habían descubierto, le pidió seguir con su formación como policía en Málaga; este no le puso impedimentos y menos después de haber resuelto el caso junto a Paco.

EPÍLOGO

Cuando al fin llegamos al puerto de Málaga, no sabíamos por dónde empezar. Aquello era enorme, yo no hacía nada más que darle vueltas al número que vi en el móvil de María Juana, había conseguido acordarme del principio que era la localización, pero de los números siguientes, nada. De repente pasé al lado de un contenedor y me quedé mirando, tuve un *flash* al ver el número del mismo.

—Ya lo tengo Rafa —le grité emocionado—. El otro número que vi era un número de contenedor, y me acaba de venir a la mente.

—Aquí hay montones de contenedores, será difícil encontrarlo.

—Quizá en la oficina nos puedan ayudar —dije, pensando rápido, desde que había dejado de fumar hachís mi agilidad mental me sorprendía a veces.

Corrimos a la oficina y le dijimos al encargado que buscara el número de contenedor. Después de indicarnos dónde estaba fuimos hacia allí. Nos quedamos parados mirándonos, no sabíamos lo que nos íbamos a encontrar. Decididos, tiramos de la gran manivela para abrirlo. Al retirar la puerta, un fuerte olor nos golpeó, no podría describirlo, pero era muy fuerte y desagradable. Ambos entramos dentro y yo empecé a iluminar con la linterna todos los rincones, se veían restos de ropa desgarrada y entonces pisé algo pegajoso. ¿Qué había pasado allí?

Cuando lo iluminé había un charco de sangre.

Continuará...

DESEO Y OSCURIDAD EN LA COSTA DEL SOL

ABERASH
(Unos años atrás)

Tenía la vista nublada por las lágrimas, un sudor frío recorría mi cuerpo, apretaba los puños clavándome las uñas para sentir algo, mientras que un sabor amargo subía por mi garganta. El olor a sangre y muerte me invadía.

De repente escuché el ruido de un vehículo en la calle; quien mató a mi familia había vuelto. Tenía que reaccionar rápido; miré por última vez el cadáver de mi querido Sipho, tirado en la piscina, y corrí hacia la pared del jardín, mientras unas voces se acercaban. Tenía la adrenalina a tope y, al llegar a la pared, no me lo pensé: salté agarrándome al muro. Detrás de mí oía a mis perseguidores; no podía perder tiempo, me impulsé con todas mis fuerzas y logré saltar el muro cayendo al suelo de la calle. Me levanté lo más rápido que pude y seguí corriendo como alma que lleva el diablo.

Me faltaba el aliento, las piernas me ardían de tanto correr, todo mi cuerpo era un cúmulo de sensaciones, acababa de encontrar a mi familia muerta y estaba huyendo de los asesinos; no sabía qué hacer, ni dónde ir. Mi vida se acababa de desmoronar totalmente. Las lágrimas recorrían mi cara, pero tenía que pensar fríamente. Cuando logré estar algo más lejos, me frené, tratando de recuperar el aire. Saqué mi teléfono y llamé a Siyabonga,[1] el socio de mi padre y mi jefe; él era la única persona que me podía ayudar.

—¿Qué pasa Aberash?, ¿todo bien? —Al escuchar su voz al otro lado del teléfono no podía reaccionar; no sabía ni por dónde empezar a contarle.

—Necesito ayuda. —Fue lo único que salió de mi boca, como un susurro con los nervios en mi garganta.

—Tranquila, ¿dónde estás? —Miré a mi alrededor intentando reconocer el lugar.

Después de mis indicaciones, esperé escondida. Siyabonga tardó poco en venir a buscarme en su BMW negro. Bajó corriendo del vehículo y me abrazó, era el mejor amigo de mi padre, se habían criado juntos y sentía que podía confiar en él.

—Están todos muertos, todos...

Volví a llorar y mis lágrimas mancharon su traje azul marino, mientras él me consolaba en sus enormes brazos, dándome algo de calidez.

Siyabonga conducía sin decir nada, de vez en cuando me miraba, pero sin perder la vista de la carretera; yo permanecía hundida en el asiento del coche, tratando de asimilar lo que acababa de vivir.

Una vez en su casa, preparó un té mientras me acomodaba en su lujoso salón. Hacía ya unos años que se había quedado viudo tras un accidente; desde entonces se

(1) Gracias, bendecido.

volcó en su trabajo y en la empresa, fue un mentor para mí y la razón por la que me hice abogada.

El aroma del té me sacó de mis pensamientos cuando se sentó a mi lado, depositando la bandeja en la mesa y mirándome con dulzura.

Me armé de valor y le conté todo lo que había pasado, cuando llegué de la oficina y vi la furgoneta salir de casa y cómo encontré a mi familia asesinada. Pero al recrear aquel momento, algo comenzó a subirme desde el estómago, quemándome la garganta; corrí al baño, levanté la tapa del váter y caí de rodillas. No tardé en expulsar bilis por la boca; la garganta me ardía como lava y el dolor taladraba mi cabeza. Estaba muy mareada.

Minutos después, algo más recuperada, volví al salón. Terminé de contarle mi historia como pude. Al acabar me miró muy serio.

—La cosa pinta mal, Aberash. —Cogió su teléfono, preocupado—. Voy a hacer unas llamadas, ¿de acuerdo?

Yo me quedé allí atrapada en aquel sofá y mis pensamientos.

«¿Qué va a ser de mí ahora?», me pregunté.

Minutos después, Siyabonga volvió sentándose a mi lado.

—Aberash, he llamado a algunas personas para enterarme qué ha podido pasar y por qué han matado a tu familia. Me temo que esto tardará un tiempo en aclararse. Pero de lo que sí estoy convencido es de que aquí no estás segura —dijo con seguridad—. Mientras te sigan buscando, lo mejor será que salgas de Sudáfrica.

Esto último me hizo reaccionar.

—¿Y dónde voy a ir? —pregunté, confusa por la mezcla de sentimientos. Acababa de perder a los míos, intentaban asesinarme también. Mi cabeza bullía.

—Puedo ayudarte. En unas horas vendrá un hombre de mi confianza que te sacará del país y te llevará a un lugar seguro. Y yo investigaré para dar con quien está detrás de todo esto. —Me abrazó de nuevo.

Menos mal que lo tenía a él.

Horas después, vinieron a recogerme y me marché haciendo caso a Siyabonga.

Sonaba Coldplay, mientras veía pasar Ciudad del Cabo desde la ventanilla trasera del coche en el que viajaba. Sentía un desgarro muy fuerte por dentro. Me estaba despidiendo de mi vida, no tenía a los míos, y no sabía qué me depararía el futuro.

VANE
(Un tiempo después)

Me encantaba venir al parque Sierra de las Nieves, respirar aire fresco, con ese olor a naturaleza donde destaca el pinsapo, árbol único que se da en este entorno de la sierra de Grazalema, uno de los pulmones que tenemos en Málaga, además de ser uno de los bosques más impresionantes de Andalucía. Allí cantaba a ritmo de las Chuches, Omar Montes y Lola Índigo. La cantante hueteña era una de mis favoritas.

Pegué una calada del cigarro que tenía entre mis dedos, que quedaban tan cuquis con las uñas de gel que me había hecho la Bego, di un trago a la lata de Monster, y eché la cabeza hacia atrás apoyándome en un árbol, dejando que se enganchase la cola alta que me gustaba hacerme. Un mechón de mi pelo rubio platino brillaba al sol, mientras cerraba los ojos para evadirme. Estaba en mi mundo.

Cantaba al ritmo de Mimi y Las Chuches, cuando escuché un fuerte ruido parecido a un disparo.

Me sobresalté. Paré el Spotify del móvil y agucé el oído. Era muy extraño, aquella no era una zona de caza, tampoco había sonado como la escopeta de un cazador. Entonces empecé a escuchar gritos que venían de lejos. No me lo pensé y me escondí detrás de un pinsapo.

Al momento vi llegar a una chica asustada corriendo, tenía el miedo marcado en la cara, parecía muy joven. Quise ayudarla.

—Hola —le dije saliendo a su encuentro.

Ella se cayó al suelo de culo del susto que se pegó.

—Ayuda, por favor —atinó a decir atropelladamente, mientras se levantaba rápido e intentaba salir huyendo de allí.

Las voces cada vez estaban más cerca, así que rápidamente la cogí del brazo, agarré mi bolso y fuimos corriendo hasta mi coche.

El corazón se me iba a salir por la boca, mientras recorríamos el bosque velozmente; cada vez les sacábamos más distancia. Me conocía el lugar como la palma de mi mano.

Al fin, llegamos a la linde del bosque, donde tenía el coche aparcado, nos subimos a este lo más rápido que pudimos, encendí el contacto y arranqué quemando rueda.

Sonaba la Niña Pastori a toda hostia en mi Peugeot, mientras recorría el camino que nos alejaba del parque natural, dejando tras nosotras una nube de polvo.

Giré la cabeza y miré a la chica, que ya parecía algo más tranquila.

—Hola, me llamo Vane —le dije alargándole mi mano.

—Yo, Judith —me respondió cogiéndome la mano con miedo, tenía acento del este.

—¿Por qué te perseguían en el bosque? —le pregunté sin rodeos.

—Esos hombres tienen a mi hermana y a varias chicas —se removió asustada en el asiento—. Las tienen retenidas en una cabaña, yo conseguí escapar.

—¿En serio? —dije alarmada, según lo soltó mi mente se puso a mil, parecía que estaba viviendo una película; ¿quién iba a decir que algo de esto pasaría en Málaga?—. Oye, tenemos que ir a la Policía.

Aquello fue lo primero que se me ocurrió.

—No sé —resopló echada en el asiento; se notaba que estaba pasando por mucho.

—Es lo mejor, seguro que pueden salvar a tu hermana y a las otras chicas.

—Vale —dijo algo más convencida.

Teníamos una hora por lo menos de camino hasta la comisaría, no creía que me siguieran, así que aminoré un poco la velocidad. Ya nos habíamos alejado del lugar y la carretera, de bajada y con tanta curva, no invitaba a correr.

Cruzamos la Yunquera, un bonito pueblo de la sierra, con sus casas encaladas; la tranquilidad que se respiraba en sus calles era única, aquel lugar estaba cada vez en más riesgo de despoblación, ya que la gente joven no se quería quedar en estos pueblos y era una pena.

Cogí la A-366 hacia Coín. Esta carretera estaba un poco mejor, ya podía correr algo más con el coche mientras dejábamos atrás el paisaje de colinas que se iba convirtiendo en olivares.

Ya en Coín, Judith estaba un poco más tranquila, así que decidí preguntarle algo más sobre lo que le había pasado.

—¿Y cómo habéis acabado en el bosque? —le pregunté sin mucho tacto.

—Voy a intentar explicarte un poco —me dijo con esfuerzo—. Sé algo de español por mis abuelos paternos, como te dicho antes me llamo Judith, tengo dieciséis años y vivía en un pueblo de Rumanía, al lado del Bosque Negro. Mi familia es muy humilde, sobrevivíamos como podíamos; un día llegaron unos hombres al pueblo y nos ofrecieron trabajo de modelo a mi hermana y a mí. No nos lo pensamos mucho, porque así podríamos ayudar con dinero a mis padres.

»Al día siguiente nos subieron a una furgoneta con varias chicas del pueblo, nos dieron agua y un bocadillo, lo siguiente que recuerdo es despertar en un lugar oscuro y frío que olía a humedad, que se movía violentamente. Éramos un montón de chicas apiladas en aquel sitio y una de ellas dijo que estábamos en un contenedor de un barco.

Las lágrimas caían por su cara mientras me relataba lo que había pasado.

—Tranquila —le acaricié la rodilla con la mano, tratando de calmarla—. Yo te ayudaré.

Ya estábamos en la autovía, quedaba menos para llegar, solo esperaba que la policía nos ayudara; crucé rápidamente el barrio de las Campanillas y el puerto de la Torre, hasta llegar a la palmilla donde estaba la comisaría.

Nos bajamos del coche, me quedé mirando el edificio, tenía una fachada bastante sobria, coronada por el escudo de la Policía y una bandera de España, al acercarnos caminé decidida con Judith cogida del brazo. En la entrada me quedé mirando a un chico bastante mono, delgadito, con varios piercings y una cresta de colores. Cuando me vio venir clavó su mirada en mí, sus ojos marrones penetraron muy dentro mí.

Entramos en comisaría, y al pasar por su lado aspiré fuertemente su aroma embriagador, que me invadió totalmente. Yo sacudí la cabeza, tenía que centrarme en lo que habíamos venido.

Al llegar a la zona de control de la comisaría estaba muy nerviosa, me dirigí a al mostrador de información y, después de explicar un poco por encima lo sucedido, el agente que estaba allí nos dijo que esperáramos un momento, mientras lo hacíamos el chico que nos habíamos encontrado en la calle pasó a nuestro lado y entró como Pedro por su casa. Me quedé flipando. Y entonces, un hombre alto, bien musculoso y calvo se nos acercó, parecía Dwayne Johnson.

—Soy el detective Rafa Martínez —me dijo ofreciéndome la mano.

—Yo soy Vanesa Muñoz —le respondí mientras me apretaba la mano, qué fuerza tenía.

—Este es mi compañero Dani García —señaló al chico de la puerta—; si nos seguís, por favor.

«Así que es policía, qué interesante», pensé.

Apreté cariñosamente del brazo a Judith para darle fuerzas, mientras los seguíamos hasta una habitación donde había una gran mesa metálica con dos sillas a cada lado. «Uf, es como en las películas, cuando interrogan a alguien.»

—Podéis sentaros—me dijo Rafa, que había notado la

impresión en mi cara—. La sala es un poco fría, pero aquí podemos hablar libremente.

Una vez acomodadas nos ofrecieron agua, yo me mojé los labios sensualmente, mirando fijamente a Dani, qué guapo era, pero tenía que centrarme; a él le notaba también un poco incómodo con mi presencia.

Empecé a contarles lo que nos pasó, cómo me encontré con Judith y los hombres que nos perseguían. Luego la animé a ella, que les explicó lo mismo que a mí.

—Después de varios días de viaje, sin apenas comida y agua, apiladas en el contenedor intentando darnos calor unas a otras, notamos cómo todo se quedaba en calma. Cuando se abrieron las puertas del contenedor, la luz entro en él y varios hombres armados empezaron a gritar y a empujarnos apuntándonos con sus armas para que saliéramos. Afuera sentí la brisa fresca; «¡vamos, rápido!», me dijo uno empujándome con un cañón frío en dirección a unas furgonetas negras que había allí; siguió apuntándome hasta que me subí; por lo menos mi hermana estaba conmigo, ella me abrazaba y, una vez estuvo llena la furgoneta de chicas, salieron de allí; no paraban de amenazarnos para que estuviéramos calladas.

»Esa misma noche llegamos a una cabaña donde nos encerraron a todas y varios hombres se quedaron en la puerta vigilando. Por la noche mi hermana estuvo pensando en la forma de escapar, decía que tenía un plan con otra chica.

»Entraba el sol por la ventana cuando mi hermana me dijo que estuviera atenta. Iban a poner en marcha su plan. Su amiga empezó a gritar hasta llamar la atención de los guardias; cuando estos entraron en la cabaña, una chica aprovechó para huir corriendo y mi hermana me dio un abrazo y me dijo que buscara ayuda. Le hice caso. Aproveché que los hombres fueron detrás de esta chica, para correr fuera. Cuando salí oí un disparo, vi cómo caía la chica a lo lejos y yo no me lo pensé: me adentré en el bosque hasta que encontré a Vane.

Un silencio sepulcral se hizo en la habitación, habíamos escuchado aquella desgarradora historia intentando asimilarla; Rafa se acomodó un poco en la silla y se echó hacia delante apoyando los codos en la mesa, su rostro se tornó serio.

—Esto que os vamos a contar no puede salir de aquí. Dani y yo estamos investigando una trama que puede tener que ver con tu historia, esta misma mañana hemos estado en el contenedor —confesó.

—¿Vais a rescatar a mi hermana? —preguntó Judith ilusionada.

—No es tan fácil, ni tan rápido —se excusó Rafa—; tenemos que verificar la información y preparar un operativo.

—Pero no hay tiempo —me quejé yo—; después de lo que ha pasado, seguramente trasladarán a las chicas.

Dani me miró sonriente.

—Podemos ir a investigar, es un posible asesinato, ¿no? —intervino Dani.

—Bueno, visto así... —dijo Rafa más convencido.

—Podríamos acompañaros —sugerí, animada.

—¿Cómo vais a venir? Es una locura —respondió Dani, levantándose nervioso—. Sois civiles.

—Pero ella sabe dónde está la cabaña. —Señalé a Judith.

—Se nos va a caer el pelo... —dijo Rafa resignado mirando a Dani.

—A ti te queda más bien poquito pelo para que se te caiga —le soltó Dani riendo.

Al acabar, Rafa nos dijo que los esperáramos en la calle. Al momento salieron y nos dijeron que los siguiéramos. Dani se subió a un Seat Córdoba azul, Rafa se montó de copiloto y nosotras en los asientos de atrás.

Empezó a sonar El Último Ke Zierre, lo conocía por una amiga que le gustaba esa música, aunque yo era más bien choni, y muy orgullosa de ello.

Los cuatro pusimos rumbo al bosque.

Y yo no dejaba de pensar en qué podíamos encontrarnos allí.

DANI
(Un día antes)

Un nudo se hizo en mi garganta cuando vi el coche de Rafa llegando a lo lejos. Me limpié la cara, no quería que se notara que había estado llorando, y salí del coche a recibir a mis amigos.

Aberash se bajó corriendo y me abrazó, ya les contaría lo que me había pasado, por ahora necesitaba un tiempo de duelo conmigo mismo. Rafa se bajó después de aparcar el coche y me dio un fuerte abrazo también.

—Vamos a tomar algo y nos pones al día —me soltó mi amigo—; que estoy famélico.

—Claro, podemos ir a la calle Larios que está cerca; hay un bar de pinchos que está muy bien.

—No se hable más —dijo Aberash sonriente a la vez que me daba un sonoro beso en la mejilla—. Hay que ver lo guapo que estás, ¡tendrás a las chicas locas!

—Bueno —me excusé, esto último me hizo remover lo pasado en Cádiz.

—No agobies al muchacho —soltó Rafa abrazándome amigablemente—; vamos ya a tomar una birra.

—Ya no bebo —le solté orgulloso—; ni fumo porros.

Rafa me miro cómicamente.

—¿Qué te han hecho, chaval? No me jodas que te han abducido los aliens o algo —rio fuertemente.

—Qué va —le dije poniéndome serio—, lo de Cádiz fue muy fuerte, necesitaba estar fresco. —Pensé en cómo decir eso—. Y al final vi que era lo mejor.

—Muy bien hecho —espetó Rafa, orgulloso, a la vez que me daba un puñetazo amigable en el brazo.

«Qué bruto eres y cuánto te he echado de menos», pensé.

Ya acomodados en la Taberna del Pintxo, mientras me comía una tapa de chorizo con patatas, miraba a Rafa con su jarra helada de cerveza y a Aberash, que daba una vuelta por el local echando un vistazo a la gran variedad de platos. Entonces empecé a relatarle a mi compañero lo acontecido en Cádiz, saltándome las partes que se referían a mi relación con María Juana, ya se lo contaría más adelante. Lo importante era ponerle al día sobre los números y su significado. Por eso le expliqué que recordaba parte de los números y que la ubicación era el puerto de Málaga. Por eso solicité mi traslado allí y le pedí ayuda, ya que todo conectaba con Ariadna, su exnovia, relacionada con las revueltas contra los emigrantes en Jaén y el móvil que lanzó huyendo de la Policía.

Después de ponernos al día y disfrutar de una buena noche de risas, nos despedimos hasta el día siguiente. Habíamos quedado temprano en comisaría para que le presentase a los compañeros, e ir a investigar al puerto de Málaga. Lo había previsto y teníamos la orden.

Tras llegar a casa, me tumbé en la cama y me quedé

mirando al techo, pensativo. Desde lo de Cádiz no podía dormir bien, cogí el móvil, abrí la aplicación de la radio y lo solté sobre la mesita. Últimamente era lo único que me relajaba y me ayudaba a descansar un poco.

Al escuchar los primeros acordes de la canción de Seguridad Social, cogí el móvil con rabia y lo tiré contra la pared pensando en ella.

—¡Joder! —Empecé a llorar de nuevo.

Apenas había conseguido dormir alguna hora por la noche, cuando me presenté a primera hora del día siguiente en comisaría. Saqué un café de la máquina y salí a la calle a fumarme un cigarro, era el único vicio que me había quedado de mi antiguo yo, pero por entonces no debía dejarlo si no quería recaer en los porros. Mientras miraba abstraído la nube de humo que acababa de echar, llegó Rafa. Vestía su indumentaria de siempre, camiseta negra y pantalón roto del mismo color. Siempre he creído que no tiene ropa de otro color en el armario. También llevaba sus anillos de calaveras y, cómo no, asomaba su tatuaje de Eddie de los Iron Maiden. «A partir de ahora ya no voy a ser el único policía con pintas en la comisaría», pensé.

Nada más entrar fuimos a ver al capitán, él ya estaba al día del caso, se alegraba de que tuviera ayuda porque pintaba algo gordo si tenía conexión con los demás.

Al montarme en el coche de Rafa y escuchar la voz rasgada de Yosi, me iba a dar algo.

—¿Qué te pasa, chaval? —soltó echándome una mirada de preocupación—. Las ojeras que tienes y esa cara...

—Últimamente no duermo bien, puedes cambiar la música por fa —le pedí para evitar el bajón.

—Vale —dijo no muy convencido de mi explicación, mientras ponía *Fear of the dark* de Iron Maiden—. ¿Te pasó algo más en Cádiz que no me hayas contado?

—*Algo* —me moví en el asiento incómodo—, pero todavía no estoy preparado para hablar de ello.

—Entiendo, tómate tu tiempo.

Después de eso le agradecí que dejara el tema. En ese momento necesitaba centrarme en el caso. Y así fue.

Una vez llegamos al puerto, y vi un contenedor, recordé la parte final del número que vi en el móvil del que quiso deshacerse Adriana. Fue como un *flash*. Era un número con los que los marcaban. Corrimos a la oficina del puerto y, tras enseñarle la orden policial, nos indicó qué contenedor podía ser.

Al abrirlo, un fuerte olor nos golpeó, era nauseabundo. Por eso nos pusimos unas mascarillas y empezamos a revisar el contenedor, dentro encontramos restos de ropa, así como un charco de orines y heces en una esquina. De repente pisé algo pegajoso, enfoqué aquello con la linterna y vi que parecía sangre seca. Después de aquello necesitábamos salir a que nos diera el aire.

—Joder —soltó quitándose la mascarilla y tomando una bocanada de aire fresco—, tiene pinta de que el contenedor ha sido utilizado para el tráfico de personas. Llamaremos a la Científica para que lo cotejen todo, ahora lo mejor es ir a comisaría y, viendo lo que tenemos, poner nuestras ideas en orden.

Ya en comisaría, Rafa entró, pero yo me quedé en la puerta fumando. Cuando apuré la última calada alguien me eclipsó. Una chica rubia se me quedó mirando, tenía unos ojos verdes preciosos en los que perderse. Aunque su estilo me gustaba menos, tenía algo que me hipnotizó. Llevaba un conjunto de leopardo, un moño alto, los rabillos de ojos bien marcados y unas uñas que bien podían servir para apuñalar a alguien. «Menuda choni de manual», pensé para mis adentros. Pero cuando pasó por mi lado su aura me dejó anonadado. Aun así, me tenía que centrar en el caso, y con lo de María Juana tan reciente no quería saber nada de mujeres. La acompañaba otra chica que parecía bastante asustada.

Entré en comisaría a ver qué pasaba. Al rato, estábamos los cuatro en un coche de camino a un nuevo caso que parecía guardar relación con lo que andábamos investigando Rafa y yo.

El camino se nos hizo corto, cuando llegamos cerca de la linde del bosque, aparqué el coche y seguimos a Judith hasta la cabaña. Vane caminaba a su lado insuflándole ánimos, yo desde atrás no dejaba de mirarla, tenía un cuerpazo, que con el mono que llevaba puesto acentuaba sus curvas.

Me iba a dar algo.

—Eh, te gusta la tal Vane —me susurró Rafa, dándome un codazo.

—Bueno —me excusé sin saber qué responderle—, ahora mismo estamos a otra cosa —le solté serio.

—Vale, vale —me dijo él gesticulando con los brazos.

Delante de nosotros teníamos un terraplén, Judith nos dijo que detrás estaba la cabaña, nos adelantamos y les dijimos que permanecieran en la retaguardia, echamos cuerpo a tierra como si fuéramos soldados y empezamos a avanzar reptando por el montículo.

Echamos una ojeada a la situación, la cabaña se veía a lo lejos, estaba custodiada por dos armarios empotrados, armados con unos AK-47 kalashnikov, y también había una furgoneta negra con los cristales tintados. Rafa y yo nos miramos en silencio, pensando en cómo actuar. Teníamos que ser rápidos.

Le hice un gesto a Rafa y rodeé el montículo hasta la parte trasera de la cabaña, ya allí cogí una piedra y la lancé contra una de las ventanas, esto alarmó a los guardias, que corrieron a la parte de atrás, fui al lado de Rafa y utilizando aquella distracción corrimos hasta la furgoneta para escondernos.

—¡Mierda! ¿Estás loco? —me susurró al oído, mientras aguantábamos la respiración para que no nos escucharan.

Sin pensármelo y viendo que los guardias no habían vuelto, corrí a la cabaña, mientras que Rafa, resignado, me cubrió; le molestaba mucho mi impulsividad, pero sentí que aquella iba a ser nuestra única oportunidad.

Abrí la puerta de una patada, chocando esta contra la pared tras el fuerte golpe. Las chicas gritaron asustadas, pero, cuando iba a decirles que salieran corriendo, una enorme sombra emergió ante ellas empuñando un arma.

ABERASH
(Unos años atrás)

Allí estaba yo en aquel coche, totalmente cortocircuitada por lo que había vivido las últimas horas y con un sabor amargo en la boca. El conductor, que no parecía muy hablador, me dijo que nos esperaban entre ocho y diez horas de viaje hasta la frontera de Namibia.

Yo nunca había hecho un viaje fuera de mi país, solo conocía lo que había más allá de él por lo que me habían contado mis padres. Al pensar en ellos, las lágrimas lucharon por salir, pero tenía que ser fuerte. Aquel trayecto me ayudaría a pensar en cómo empezar una nueva vida.

Según íbamos avanzando, el conductor habló un poco más, describiendo los sitios por los que íbamos pasando, como Cederberg Mountains, con un paisaje idílico donde se suele hacer senderismo y ver arte rupestre, o Clanwilliam, un pueblo conocido por el té rooibos. Además, seguimos la senda por el Orange River, el río más largo de Sudáfrica, el cual era impresionante. Justo en ese momento, el conductor echó el coche a un lado de la carretera.

—Prepara el pasaporte —me dijo mientras abría un bolso que había cogido de la parte trasera del coche y del que sacó un sobre y algunos papeles—. Habrá que sobornar a los guardias. —Abrió el sobre y contó el dinero—. No nos interesa que se sepa que has salido del país. —Esto último me dio miedo.

Seguimos nuestro camino y nos dirigimos a cruzar el Orange River, ya se veía a lo lejos el paso fronterizo, formado por unos edificios bastante básicos, con una gran barrera de paso custodiada por dos militares armados.

El coche se iba acercando a los guardias que nos hicieron señales para que nos detuviéramos. El corazón se me iba a salir mientras se acercaban al vehículo portando sus armas, uno de ellos se acercó a la ventana del conductor.

—Buenos días, agente —saludó cortésmente el conductor.

—Pasaporte y autorización para salir del país —exigió este con voz autoritaria.

Este le dio los dos pasaportes, los papeles que tenía en la mano y el sobre lleno de dinero, el guardia lo miró todo y contó el dinero.

—¿Adónde se dirigen?

—Hacia Angola, a ver a la familia.

El guardia me echó una mirada asesina y yo intenté sonreír con mi mejor cara.

—Pueden proseguir —según dijo esto continuamos nuestra marcha y yo lancé un suspiro.

—No te voy a engañar, Aberash, ahora empieza lo difícil de nuestro viaje, puede pasar cualquier cosa. —Me dio un sobre lleno de dinero—. Si algo me pasara no lo dudes, corre. Esto es de parte del señor Siyabonga.

Yo lo cogí y me lo abracé al pecho, pensando en qué

habría hecho sin su ayuda; algún día le devolvería el favor con creces, Siyabonga era una gran persona.

Ya estaba anocheciendo cuando paramos en el hostal Paradise Garden Backpackers, parecía un sitio acogedor con varias zonas verdes y, tras pasar la noche, cuando bajamos a la recepción la música que sonaba invadió mi mente, era *Wish you were here*. Esta bonita canción de Pink Floyd, versionada al reggae por Alpha Blondy, me hizo pensar de nuevo en mi familia asesinada y la pena se volvió a apoderar de mí.

El sol estaba empezando a despuntar por las montañas con color anaranjado, dando un bonito tono a los campos que poblaban la zona. Miraba el amanecer embobada, cuando mi acompañante me avisó de que debíamos partir, ya que nos esperaba un largo viaje.

Esta vez el trayecto hasta la frontera fue más corto, como un par de horas, el paso por la frontera fue similar a la anterior, al cruzarla mi acompañante paró el coche y me miró muy serio.

—Aquí empieza la parte más difícil de nuestro viaje, acabamos de llegar a la República Democrática del Congo, hay minas todavía sin desactivar, además de varias zonas con riesgo de seguridad, por así decirlo.

Esto último me heló la sangre, sabía a qué se refería con esta advertencia, por un lado estaban los distintos grupos armados del país como Ituri, Kivu o Tanganika, también varias ciudades permanecían en estado de sitio, la autoridad de las mismas había sido transferida a los militares y se practicaban secuestros exprés.

Mientras pensaba esto, un jeep con varios hombres armados se nos puso al lado, acercándose peligrosamente a nuestro coche. Eso, sumado al mal estado de la carretera, hizo que el coche empezara a desestabilizarse. En un giro rápido de volante el conductor embistió contra el jeep sacándolo de la carretera violentamente, acto seguido pisó el acelerador para dejarlos atrás, nos movíamos muchísimo con cada bache de la carretera, yo miraba con pánico la cara de mi acompañante que sudaba sin parar. Y, de repente, frenó de golpe. Delante de nosotros, varios coches cortaban la carretera, con gente armada alrededor que corrían hacia el coche gritando y apuntándonos con sus armas.

Supe que allí terminaba mi viaje.

RAFA

«Mierda, Dani la está liando...», me dije.

Era tan impulsivo que acababa de abrir la puerta de la cabaña de una patada; yo vigilaba por si volvían los guardias cuando oí gritos de mujeres. De repente, de entre esas voces, escuché a un hombre con acento eslavo.

«Joder, otro guardia dentro.»

Salté sobre Dani haciéndole un placaje, suponía que el guardia estaba armado; ya en el suelo, con Dani debajo de mí, empezó la lluvia de fuego; nos incorporamos rápidamente y corrimos al bosque a escondernos entre los árboles.

Desde allí vimos cómo los otros guardias corrían hacia la puerta de la cabaña, y gritaron algo que no entendimos, y entonces empezaron a sacar a las chicas y a subirlas en la furgoneta. No podíamos hacer nada, estábamos en clara inferioridad, además de que seguramente las usarían de escudos humanos. No podíamos permitir que hubiese una masacre.

—Me cago en todo, Dani... —le dije, echándole una mirada asesina que él me devolvió con la culpa en sus ojos.

Cuando se fueron, salimos de nuestro escondite y nos acercamos a la cabaña, Vane y Judith bajaron también el terraplén para reunirse con nosotros. Estaba muy cabreado con Dani, había puesto nuestra vida en peligro.

Le quedaba mucho por aprender.

Me acerqué a la puerta de la cabaña, no sin antes avisar a las chicas de que nos esperaran fuera; no sabía lo que nos íbamos a encontrar allí dentro. Al entrar, un fuerte olor nos golpeó, se notaba que las víctimas llevaban varios días allí encerradas, había cojines y almohadas por todo el suelo, el habitáculo carecía de muebles, salvo una encimera y una nevera. En la encimera había un paquete con polvo blanco, pensé que sería droga, pero hasta que no la analizaran no sabríamos de qué se trataba. También encontramos una gran bolsa con pastillas. Pero al abrir la nevera me quedé petrificado, todas las baldas estaban ocupadas con bolsas de suero con algún líquido. Cuando iba a ponerme los guantes para empezar a recoger pruebas, oímos un grito fuera de la casa.

Le hice un gesto a Dani y salimos corriendo en busca de las chicas, cuando las divisamos fuera a unos metros de la cabaña estaban gritando y llorando fuera de sí. Había algo en el suelo, delante de ellas. Me acerqué corriendo. Fue horrible. Se trataba de una cabeza semienterrada, porque se veía el rostro del cadáver. Parecía que quisiera salir de la tierra. El tono de su piel era blanco azulado. Debía de ser alguna de las jóvenes que habían sido capturadas. Alejamos a las chicas de allí y llamamos a la central para que viniera la Científica, luego quizá Judith nos ayudaría en el reconocimiento.

Ya sentados en el exterior de la cabaña, esperando a que llegaran todos los compañeros a cotejar el lugar, oímos sirenas a lo lejos. La zona se llenó de agentes, yo le expliqué al capitán lo que había pasado, saltándome la parte de cuando Dani se precipitó y casi morimos. Era mejor que no lo supiese.

Cuando la Científica comenzó a trabajar, vi cómo desenterraban el cadáver, los compañeros retiraban con cuidado la tierra del mismo, dando paso al cuerpo inerte de una chica de poco más de dieciocho años. Qué horror, una arcada me sobrevino al ver su cara de niña y me tragué el líquido ácido que luchaba por salir. No era la primera vez que veía un cadáver, pero sí el de una chica tan joven. Los compañeros seguían desenterrando el torso, y pude ver que tenía varias manchas oscuras a la altura del pecho y el estómago.

—Joder... —solté dándome la vuelta.

A lo lejos podía ver a Vane abrazando a Judith, que temblaba y no dejaba de llorar, fui hacia ellas y al llegar a su lado Dani salió de la cabaña y las abrazó. Tiene muy buen fondo, pero no podía olvidar que su arrebato casi nos había costado la vida. Me quedé mirando a Judith.

—¿Cómo estás? —Vaya pregunta más tonta hice—. Necesitamos algo de ti, pero si no estás preparada lo podemos dejar para luego.

Ella me miró, limpiándose las lágrimas, y suspiró.

—Haré cualquier cosa, si sirve para rescatar a mi hermana y encerrar a esta gente.

—Verás... Necesitamos que intentes identificar el cadáver de la chica.

Después de pedírselo, se soltó de Vane y se acercó a mí; la agarré cariñosamente del brazo y nos acercamos al lugar. Los compañeros se apartaron dejándonos paso. Judith miraba el cadáver con rabia y pena, acto seguido se dio la vuelta y cayo de rodillas; Vane, que estaba junto a Dani, corrió a abrazarla.

Nos retiramos del lugar; cuando se calmó nos confirmó que la chica muerta era la que había intentado escapar, no paraba de repetir entre lágrimas que ella podría haber acabado igual.

En el camino de vuelta el ambiente estaba enrarecido por todo lo que había pasado; nadie hablaba, ni siquiera Dani puso música, el silencio era total. Yo miraba por la ventanilla, distrayéndome con el paisaje, las verdes montañas daban paso al vasto y extenso mar, en calma, con su color azulado y golpeado por los rayos del sol, la gente se bañaba en él, jugaban o tomaban el sol, ajenos a lo que estaba ocurriendo solo a unos kilómetros de ellos.

Cuando llegamos a comisaría, Dani pasó más rato despidiéndose de las chicas. Habíamos tramitado antes para Judith que se quedase en un centro de acogida y autorizamos las visitas de Vane. La necesitaría como amiga. Yo en cambio entré directo yendo a mi mesa, me tiré en la silla, me coloqué los cascos y cerré los ojos.

Segundos después abrí los ojos y vi a Dani parado delante de mi mesa, con cara de culpable; le hice un gesto para que se sentara, a la vez que me quitaba los auriculares.

—Lo siento mucho —atinó a decir, se le notaba muy afectado.

—Eso no me vale, tío, podrían habernos matado por no pensar.

—Ya, no sé qué me pasó, pero todo lo que he vivido últimamente me está afectando mucho.

—Pues otra vez piensa fríamente antes de actuar, ¿vale? —le solté levantándome de la silla y acercándome a él—. Y si tienes que hablar de algo, aquí me tienes.

—Vale, cuando esté preparado te lo contaré todo —me dijo bajando los ojos.

Yo sabía que había algo más, pero no lo iba a forzar; tenía que salir de él.

Al día siguiente y ya con la cabeza más despejada, sentado en mi sitio, me retrepé en la silla y comencé a pensar en toda la información que teníamos hasta entonces. Por lo que me había contado Judith, las chicas eran todas de los Balcanes, los guardias tenían acento de la misma zona, podían ser integrantes de la mafia albanesa, algún clan serbio, croata, o incluso ruso. Indagué en los informes policiales y los más destacados eran algunos clanes serbio-ucranianos que habían sido desarticulados en la costa malagueña, pero estos estaban relacionados con el tráfico de hachís desde Marruecos. Los descarté por el momento y seguí mirando hasta encontrarme con un informe que hablaba de la mafia rusa afincada en Estepona. Hasta entonces solo eran conjeturas, pero por lo menos ya tenía por dónde empezar. Vi que, entre todos los informes, destacaba un nombre: Nikolái Sullivan, un magnate ruso vinculado con esta mafia, pero la mayoría de los documentos estaban clasificados y si había algún tipo de cargo contra él nunca había llegado a nada.

Me levanté de la mesa y fui al despacho del capitán a exponerle mis conjeturas.

—Uf —resopló, poniéndose muy serio—, esto que me cuentas es un secreto a voces en el cuerpo; Sullivan, como bien me has contado, tiene supuestos lazos con la mafia rusa. El problema es que es intocable, además de las numerosas donaciones que hace a la comunidad, tiene comprados a la mayoría de los políticos y también sospechamos que a algún agente policial. Rafa, esto se debe llevar con mucho cuidado, nos movemos en un terreno pantanoso. Te recomiendo llevarlo con delicadeza y no hablar con nadie de ello, y, ante todo, solo actuar cuando haya suficientes pruebas en su contra. Ahora mismo solo son suposiciones.

Fui en busca de Dani y le expuse mi teoría; él pensó lo mismo al escucharme, debíamos empezar a trabajar sobre esa línea. Mientras conversábamos, sonó el teléfono y la charla fue corta, pero algo cambió en su cara.

—Me acaban de llamar del laboratorio. Han cotejado las drogas que encontramos en la cabaña: es fentanilo —me dijo muy serio.

—Esa mierda ya está llegando aquí —espeté, preocupado—. Lo que no entiendo es si son algún clan de los Balcanes, ¿por qué fentanilo? Ellos suelen traficar con coca, esta nueva droga está más vinculada a los clanes mexicanos.

A Dani, aquello le alteró de inmediato.

—Eso te lo puedo explicar —me soltó bajando la mirada a sus manos que movía nerviosamente—; como te conté, lo que pasó en Cádiz tenía que ver con el cártel de Sinaloa; si teníamos alguna duda de la conexión de ellos con el caso, esto no hace más que acrecentar nuestras sospechas.

—Puede ser. ¿Crees que esa tal María Juana tiene algo que ver?

Pero justo cuando iba a responderme, el capitán irrumpió en la escena.

—¡Rápido! Tenéis que ir a Estepona.

Todas nuestras alarmas saltaron. Dani se levantó como un muelle de la silla y salimos corriendo hacia la calle, una vez estuvimos allí abrí mi coche y subí rápidamente; Dani hizo lo mismo.

Empecé a cantar al ritmo de Iron Maiden, mientras salía a toda velocidad del aparcamiento. Vociferaba mientras recorría a gran velocidad las calles para coger la autovía endirección a Estepona.

Intuía que a Dani le habría pasado algo más en Cádiz. «Seguro que tiene que ver con esa tal María Juana», cavilé. Solo esperaba que, llegado el momento, me lo contara.

RALUCA

El corazón se me iba a salir, un sudor frío recorría mi cuerpo, mirara donde mirara solo veía las caras de las chicas muertas de miedo. Estábamos apretujadas en la parte trasera de la furgoneta, donde nos subieron corriendo después de que llegase aquel chico. Si no llega a ser por el guardia de dentro de la casa, quizá podríamos haber escapado; algo me daba que mi hermana Judith estaba tras el intento de asalto a la cabaña y que no pararía de buscarme, era la única esperanza que tenía y no paraba de rezar por ello.

Después de un rato de viaje en la parte trasera de la furgoneta, perdí la noción del tiempo. No sabía cuánto tiempo habría pasado, allí todo estaba oscuro y el ambiente era irrespirable. Por fin la furgoneta paró y la puerta trasera se abrió, dando paso a una bocanada de aire fresco, pero la luz cegadora del exterior hizo que cerrase los ojos por un momento. De inmediato, una gran sombra tapó la luz y empezó a gritar.

—Vamos, rápido, nos os paréis —dijo en ruso uno de nuestros captores mientras nos apuntaba con su arma y nos hacía bajar.

Cuando pisé el suelo de nuevo me di cuenta de que estábamos en un gran jardín con piscina, hamacas, palmeras, con los alrededores cubiertos de césped... Me quedé anonadada. Se trataba de un gran chalet de dos plantas, una construcción moderna, con una gran escalera podía verse en la entrada. Pero lo que más llamó mi atención fue que, en la parte de arriba, las ventanas eran pequeñas claraboyas, lo cual me extrañó mucho.

—¡Rápido! ¡Entrad! —nos chillaba el guardia detrás de mí, empujándome con su arma.

Subí las escaleras que parecían de mármol y al entrar en la casa me quedé admirando lo que tenía ante mis ojos: un gran salón con un suelo reluciente, grandes lámparas de araña colgadas del techo, varias mesitas bajas con asientos que parecían de terciopelo alrededor y una gran escalinata que subía a la segunda planta.

Varios guardias aparecieron de repente, y nos obligaron a subir las escaleras, el piso de arriba era muy distinto: estaba lleno de puertas, las cuales seguramente darían a habitaciones; uno de los guardias me cogió fuertemente del brazo, haciéndome daño mientras me llevaba hacia una de las puertas; la abrió y me empujó adentro cerrando con un sonoro portazo.

Estaba muerta de miedo, intuía lo que iban a hacer con nosotras, solo esperaba que mi hermana llegara con ayuda y me rescatara; era mi única esperanza. Eché una ojeada a la habitación en penumbras, ya que el ventanuco apenas dejaba pasar la luz, dándole un ambiente siniestro. Había dos camas y en una de ellas descansaba una chica, aunque su respiración parecía que no estaba muy acompasada.

Me senté en la cama y empecé a llorar con un nudo en la garganta, las lágrimas corrían por mi cara. Cuando la puerta se abrió y una sombra entró cerrándola tras de sí, se acercó a mí, podía notar su olor, posó su mano violentamente en mi entrepierna, y acercó su boca a mi oído.

—Vas a ser una niña buena —me susurró, apretando su mano ahí abajo.

Sentía unos escalofríos horribles, mientras él pasaba su lengua por mi cuello, con su mano libre me pegó un tirón de la camiseta rompiéndomela, dejándome solo con el sujetador, yo intenté forcejear, le arañé, cosa que lo cabreó o lo encendió más, no sé, porque su reacción fue darme un fuerte guantazo en la cara que me dejó tumbada en la cama. Él se puso de pie y empezó a tirarme de los pantalones hasta que me los arrancó, yo no dejaba de patalear para intentar librarme, pero era inútil, se echó encima de mí, el bulto de su pantalón se rozó con mi entrepierna, gesto que me produjo repulsión y una ola de terror que me invadió.

—Te vas a estar quieta, zorra —escupió malhumorado, mientras se bajaba los pantalones.

Se tumbó encima de mí y agarró fuertemente mis pechos haciéndome daño; me resigné, iba a ser violada, no lo podía evitar, pero intenté dejar mi mente en blanco, y justo entonces la puerta se abrió de nuevo.

—¿Qué coño haces, Vladímir? Déjala ahora mismo, sabes cuáles son las consecuencias como se entere la madame de que has tocado a alguna de las chicas...

—Mierda, ¡joder! —gritó mi agresor, mientras se levantaba y se subía el pantalón—. Estas zorras lo piden a gritos.

—Pues cáscatela si quieres, pero las chicas no se tocan, si no, puede que no veas otro amanecer —le gritó el otro guardia entrando en la habitación.

Cuando mi agresor se fue, el que acababa de entrar soltó una bandeja en la mesita y se me quedó mirando.

—Siento mucho el comportamiento de mi compañero, espero que lo ocurrido quede entre estas paredes, yo me encargaré de que no vuelva a pasar —me dijo intentando ser amable—. Come un poco y descansa, cuando te despiertes tienes ropa en el armario.

—Gracias. —Fue lo único que pude decir.

Todavía estaba paralizada por lo que me acababa de ocurrir.

Cuando se fue de la habitación miré la bandeja, había un zumo y un bocadillo; no me lo pensé, no sé las horas que llevaba sin comer, así que le di un bocado. Qué rico estaba... Cogí el vaso y bebí, era zumo de naranja, pero tenía un regusto que no alcancé a reconocer.

Después de comer sentí un gran sopor, los ojos se me empezaron a cerrar así que me tumbé a descansar.

Empecé a sentir cómo mi respiración se relajaba cada vez más, hasta que tuve la sensación de que mi cuerpo dejaba de respirar, parecía como si se estuviera desconectando de mí, nunca me había sentido así.

Me desperté con una sensación extraña en el cuerpo, como de bienestar y ansiedad a la vez, miré extrañada la habitación donde estaba. ¿Cómo había llegado allí?, pensé.

Miré la cama de al lado y a la chica que dormía allí. Me acerqué a ella y la observé, parecía que no respiraba, solo emitía un leve gorgoteo; me asusté e intenté despertarla, pero no hacía caso; le abrí los ojos y sus pupilas parecían dos puntitos, sus labios tenían un color azulado, le miré las uñas y las tenía igual. Parecía que le faltaba oxígeno, y lo más probable que fuera por una sobredosis por cómo tenía las pupilas y, además, su piel estaba fría y húmeda. Me puse muy nerviosa y corrí hacia la puerta e intenté abrirla, pero estaba cerrada, así que empecé a gritar y a golpearla.

Al momento, la puerta se abrió y el guardia que había venido a traerme la comida apareció en ella, yo me quedé mirándolo con pánico; le expliqué lo que le pasaba a la chica, fue rápidamente a mirarla y, tras comprobar lo que le había dicho, salió corriendo, dejando abierta la habitación; en ese momento pensé en salir corriendo, pero descarté la idea, porque pensé que seguramente no pasaría de la primera planta.

Al momento, llegaron varios hombres, que cargaron a la chica y cerraron la habitación dejándome allí encerrada de nuevo.

Yo me dejé caer en la cama y empecé a llorar, suponía lo que le había pasado a aquella chica. Había escuchado la misma historia un montón de veces, no me podía creer que me encontrara en aquella situación, la forma de actuar de estas mafias siempre era la misma, secuestraban a chicas jóvenes, las trasladaban a otros países, donde las retenían para explotarlas sexualmente y, para asegurarse de que no nos íbamos a escapar y que fuéramos más dóciles, nos drogaban, enganchándonos a cualquier sustancia. Joder, eso me hizo pensar en lo raro que había dormido; intuía que ya me habían suministrado la primera dosis. Lo pensé mientras volvía a invadirme una sensación de terror por lo que estaba por venir.

ABERASH
(Unos años atrás)

Nos hicieron subir al jeep a punta de fusil, gritándonos en un idioma que no entendía. Allí, apretujada entre aquellos guerrilleros que no paraban de rozarse lascivamente conmigo, el miedo se estaba apoderando de mí, mientras nos llevaban a saber dónde. Mi acompañante no paraba de intentar hablar con uno de ellos, hasta que este se hartó y le pegó con la culata de su fusil en la cabeza dejándolo KO.

El conductor cogió un camino que se adentraba en la selva, lleno de baches y el coche no paraba de saltar, con movimientos violentos. Me estaba costando acostumbrarme al calor seco del ambiente, a la vez que no paraban de manosearme; intuía lo que me esperaba y solo de pensarlo se me revolvía el cuerpo.

Llegamos a un claro en la selva, donde había algunas cabañas construidas con materiales que habrían encontrado por la zona, me bajaron sin dejar de apuntarme con sus armas y me llevaron a una de estas construcciones. Ya en el interior, me lanzaron al suelo y cerraron la puerta tras de mí. Yo me caí de culo, aunque logré apoyar las manos en el suelo para frenar el impacto. El suelo era de tierra, hacía un calor sofocante y olía muy fuerte, un olor que no sabía identificar. En aquel habitáculo solo había un colchón raído en una esquina. Nada más.

No paraba de pensar qué sería de mí, fuera solo se oían gritos en un idioma que desconocía; no me podía creer cómo había cambiado mi vida tan drásticamente en poco más de 24 horas. El ruido de voces y risas que se acercaban me hizo temblar y entonces la puerta se abrió violentamente. Tres hombres entraron cerrando tras de sí, yo seguía temblando, cada vez más, mientras ellos se acercaban a mí riendo.

Uno de ellos se adelantó, me cogió a la fuerza poniéndome de pie y otro me rasgó la ropa y me lanzó contra el colchón. Estos tres hombres iban a abusar de mí y nada lo podría impedir, el primero de ellos se bajó el pantalón y se acercó cada vez más, mientras los otros miraban riendo. Empezó a recorrer mis piernas con su lengua hasta llegar a la tela de mis bragas, pero justo cuando iba a arrancármelas, la puerta se abrió de golpe. Alguien entró y empezó a gritarles, aquello hizo que los tres salieran corriendo, no sin antes quejarse en su idioma. El que entró me tiró un trozo de tela y empezó a gritar algo así como «*Pagne*».[1]

Me levanté y como pude me la puse alrededor del cuerpo, en cuanto acabé el hombre me cogió fuertemente del brazo y me llevó hasta otra cabaña, que estaba en el centro de aquella especie de poblado y cuya entrada era custodiada por otros dos hombres armados. Una vez pasé

(1) Tela rectangular que se suele usar en la República Democrática del Congo como falda, vestido o envoltura para la cabeza.

el umbral de la misma vi que había varios colchones y mantas en mejores condiciones que los de la cabaña anterior. Al fondo de la habitación había un hombre sentado en una gran silla que no paraba de mirarme.

—Pasa, no tengas miedo —dijo en francés—. Espero que mis hombres no te hayan asustado demasiado —siguió hablando a la vez que señalaba una silla a su lado.

A continuación, le hizo un gesto al hombre que me llevó allí para que saliera de la cabaña.

Yo me senté a su lado. Estaba muy asustada. Él sacó un paquete de tabaco y me ofreció un cigarro, le dije que no. Tras darle una calada al suyo se me quedó mirando.

—¿Qué hace una chica tan guapa viajando sin escolta por mi territorio? —preguntó a la vez que me acariciaba el brazo, haciendo que la piel se me erizase—. ¿Sabes lo peligrosos que son estos lugares?

—¿Dónde está el hombre que venía conmigo? —me atreví a preguntarle.

—No se encontraba bien, lo están curando, pero mientras viene, nos podemos conocer —me susurró cerca del oído con una sonrisa lobuna—. Las chicas guapas como tú no se pueden desperdiciar con simples soldados; tú estás hecha para un líder como yo. Juntos podríamos prosperar y tener muchos hijos.

Al decir eso, me entraron ganas de vomitar. Por muy buenas palabras que quisiera tener conmigo, algo me decía que aquel hombre era el peor de todos; para controlar a gente así debía de ser un auténtico monstruo. Me observaba, esperando que dijera algo y fue entonces cuando entró en la cabaña el conductor que me había llevado desde Sudáfrica. Llevaba una especie de venda en la cabeza, se acercó al jefe y le dijo algo en su idioma, a este le cambió la cara totalmente y empezó a gritar, cogió un teléfono de los que tienen los militares y comenzó a hablar en su idioma. La voz que respondió me resultaba familiar, no la entendía, pero no tardé en reconocerla. Era la de Siyabonga. Aquello me dejó estupefacta.

Después de terminar de hablar, aquel tipo me pasó el teléfono.

—Aberash, querida, siento mucho por todo lo que estás pasando. —Sonaba preocupado.

—Siyabonga, estoy muerta de miedo. ¿Qué está pasando?

—No te preocupes, acabo de hacer un trato con el jefe para que te liberen, te escoltarán fuera del país, allí alguien se pondrá en contacto contigo, mi chófer se tiene que quedar con ellos, como compromiso de que cumplo con mi parte del trato.

Se me hizo un nudo en la garganta, era libre, pero debía continuar sola, sin saber qué peligros me podría encontrar.

—Muchas gracias, no sé cómo podré pagarte lo que estás haciendo por mí.

—No te preocupes por eso ahora —me respondió con voz comprensiva.

Le devolví el teléfono al jefe de mis captores, que mandó que me sacaran de allí, me despedí con lágrimas del que había sido hasta ahora mi acompañante y, una vez fuera, uno de los hombres me llevó en jeep hasta la entrada de un pueblo cercano, donde había un autobús bastante destartalado, me dio una bolsa y me señaló en dirección a la cola de gente que había para subir, acto seguido se fue.

Yo me acerqué a la última persona que esperaba, hombres, niños, mujeres incluso algunas con bebés aguardaban su turno para subir. Antes, un hombre armado, no con mejor pinta que los guerrilleros, les exigía que pagaran para subir. Y yo me asusté porque no tenía nada. Pero en la bolsa que me habían dado vi varios fajos de billetes, así como mis papeles, lo que no sabía era cuánto debía pagar, le pregunté en francés a la chica que tenía detrás.

—Perdona, ¿cuánto cuesta el viaje? —Ella me miró con cara de no entender la pregunta, suspiré, pero entonces respondió.

—Depende de dónde quieras viajar, cuanto más pagues, más cerca te dejan de Tánger. —Le enseñé el bolso disimuladamente, ella abrió la boca y me hizo un gesto para que lo cerrara—. Dales dos fajos y guárdate los otros, que no los vean.

Disimuladamente saqué tres fajos, le di uno a ella, que no lo quería coger, pero al final lo aceptó y me guardé los otros en los pliegues de mi vestido.

Una vez llegó mi turno el hombre se acercó a mí, le di los fajos de dinero y le mostré la documentación, pero al mirarla me devolvió el dinero y me hizo un gesto para que subiera.

—Tú no pagas.

Subí las escaleras del bus pensando en que este sería otro de los regalos de Siyabonga, pensé en lo bueno que era y en hasta dónde llegaría su influencia, sin moverse de Ciudad del Cabo.

Me acomodé como pude en uno de aquellos roídos asientos, el calor era sofocante, y el ambiente estaba muy cargado, pero por lo menos seguía viva y podía contarlo.

Sonaba Manu Chao por los cascados altavoces del bus. Empecé a cantar, estaba muy cansada después de tantas emociones, así que me eché apoyándome en la ventanilla y poco a poco el sueño pudo conmigo.

Me desperté tras notar un fuerte golpe en el cristal del bus, nos habíamos parado de repente. «¿Qué está pasando ahora?», pensé muerta de miedo.

VANE

—Explícamelo otra vez —me repitió Judith desde su asiento—, si esto es cosa de la Policía, no debemos meternos.

—¿Cómo que no? Esto es colaboración ciudadana —le dije convencida, además de por ella, un poquito lo hacía también por volver a ver a Dani, solo de pensar en él sentía mariposas en el estómago, tenía *caló* por todo cuerpo.

—¿Y cómo te has enterado?

—Pues resulta que le conté a la Bego lo que nos pasó, me ha dicho que esta mañana temprano estaba en Cancelada, esperando que abriera el gimnasio cuando vio una furgoneta, como la de los sospechosos, y que los vio descargando un bulto. Me llamo a mí después de llamar a la Policía, así que con suerte, descubren algo —le solté convencida.

Por fin vi la señal de la salida de la autovía, llevábamos más de media hora en el maldito atasco que se había formado. La Bego era mi mejor amiga, tenía suerte de que trabajara en Estepona y que fuera al gym antes del curro, así pudo verlo todo; me explicó que era fácil llegar al sitio, solo tenía que girar en el McDonald's que ya veía y seguir por la avenida de las Palmeras.

Mientras me iba acercando al lugar pensaba en Dani, no sabía cómo iba a reaccionar al verme de nuevo, pero estaba casi segura de que también sentía algo por mí. Tenía una forma de mirarme... Al pasar por el gimnasio que me había dicho la Bego, vi a lo lejos los coches patrulla y gente arremolinada. Había un atasco. Tanto coche de Policía llamó la atención y, como en todos sitios, la gente se quiere enterar de todo. Aparqué un poco alejada de nuestro destino. Una vez allí, cogí a Judith del brazo y, decididas, nos acercamos a ver.

Nos abrimos paso entre el gentío hasta alcanzar la primera fila, empecé a buscar a Dani con la mirada hasta que lo encontré. Qué guapo estaba con su uniforme de Policía y su pose altiva... A su lado estaba a Rafa y delante de ellos había un bulto tapado.

—¡Dani! —empecé a gritar—. ¡Rafa! —seguí gritando a la vez que les hacía gestos con los brazos para que me vieran.

Judith me miraba con cara rara, un policía me llamó la atención para que me callara, Rafa le dijo algo a Dani y este se dirigió a donde estábamos.

—Déjalas pasar —le dijo a aquel agente.

Este levantó la cinta policial para que pasáramos, antes de seguir me giré y le saqué la lengua cómicamente al policía, Dani que lo vio suspiró, con una sonrisa en los labios.

—¿Qué hacéis aquí? —preguntó Dani.

—Hemos venido a ayudar, resulta que mi amiga Bego, que es la que me hace las uñas —hice un gesto enseñándoselas, cosa que le provocó otra sonrisa—, me llamó contándome que había visto la furgoneta descargar algo, después de llamaros a vosotros.

267

—Mira qué casualidad... —dijo resoplando y siguiendo su camino.

Yo me quedé atrás admirando el bonito culo que le hacía el uniforme. Qué rico que estaba el chico. «Este sí tiene un cuerpo de delito», pensé imaginándomelo en mi cama con su traje de poli; uf, qué calores me entraron.

—Hola, chicas —nos saludó amablemente Rafa—. Viene bien que hayáis venido, por si Judith puede reconocer a la víctima.

Al decir esto, Judith me apretó fuertemente la mano, seguro que tenía miedo de que pudiera ser su hermana.

—Tranquila —le dije mirándola a los ojos—, si no puedes no pasa nada.

—Sí —me respondió echándose hacia delante.

Rafa le hizo un gesto para que se acercara, yo me quede atrás con Dani.

—Yo no tengo ganas de ver a otra chica muerta, con una en las últimas veinticuatro horas tengo suficiente.

Esto último lo dije para romper un poco la tensión del momento. Pero me equivoqué.

—Los primeros cadáveres suelen impresionar mucho —me respondió muy serio—, aunque uno nunca termina de acostumbrarse.

Al momento, Judith llegó acompañada de Rafa.

—Parece ser que no era una de las chicas que viajaron con ella, hasta que no se le haga la autopsia no se sabrá más. —Rafa me miró—. Para agradeceros la ayuda que nos estáis dando, ¿qué os parece si quedamos esta noche todos para cenar? Os presentaré a Aberash, mi pareja.

Cuando Dani escuchó esa propuesta, se le cambió la cara.

—Vale, podemos quedar en la Tasquita de en Medio, que está en el centro y está muy bien.

—Pues sí —respondió Rafa—. Allí nos vemos sobre las diez —soltó dándole un codazo a Dani que estaba colorado como un tomate.

—Sí —atinó a decir este.

Dicho esto, nos fuimos para dejarlos trabajar, ya había conseguido lo que quería: tener una cita con Dani. También estarían Judith, Rafa y su chica, pero bueno, lo deslumbraría esta noche. Vane acompañó a Judith a un centro de acogida dispuesto por la Policía. Allí permanecería hasta que todo se aclarase y habían dado permiso para que Vane contactase con ella o pudiera visitarla.

Miraba mi armario a ver qué me iba a poner. Cogí un top negro que me quedaba como un guante. Empecé a girar pensando en Dani, con la voz de Demarco, me miré en el espejo, llevaba un pantalón vaquero que se ajustaba a mi cuerpo resaltando mis curvas, lo iba a volver loco. Miré el móvil, eran menos veinte. «¡Mierda, tengo que correr!», me dije.

Iba a paso rápido por la calle Larios sorteando gente, de allí fui a dar a la plaza de la Constitución, que a estas horas en verano estaba abarrotada, bajé un poco el ritmo de mi paso porque no quería sudar mucho, me había echado un poquito de mi perfume favorito y esperaba que con la cercanía a Dani surtiera efecto. Como Judith no venía, sería una cita doble. Lo pensé sonrojándome, a la vez que dejaba atrás el Teatro Romano, con la alcazaba iluminada de fondo.

Ya estaba llegando, el olor de las tapas de los bares cercanos hizo que rugiesen mis tripas, las risas de la gente se mezclaban con la música que salía de los locales, lo que lo convertía en un ambiente muy acogedor.

Cuando llegué a la calle que daba a la tasquita me quedé parada. Dani estaba en la calle esperando con una pierna y la espalda apoyadas en la pared, mirando al frente. Llevaba una camiseta negra de algún grupo de esos que les gustan a él y un pantalón vaquero roto. Me vio llegar y volví a sentir las mariposas en el estómago, se me secaba la boca, mis piernas flojeaban, justo cuando llegué a su lado, le di dos besos, procurando acercarme a él para que oliera mi perfume, y regalándole una buena vista de mi escote; tenía que usar todas mis armas. Sonaba Zahara con ErPerche, cuando la puerta se abrió le di una palmada cariñosa a Dani en el culo.

—Entramos —le solté echándole un guiño sensual.

—Vale —atinó a decir, colorado como un tomate.

Las paredes eran blancas totalmente, como si estuvieran encaladas como antiguamente, en los lados había puertas, ventanas y balcones de un azul muy bonito, y algunas macetas de flores rojas muy bien colocadas. Me encantaba la decoración de este sitio, muy malagueña, pero lo que más me gustaba eran sus montaditos y tapas.

—Está muy chulo este sitio —dijo Dani intentando arrancar un poco—. Me acaba de llamar Rafa, que no puede venir, pero ya que estamos aquí... —Jugueteó con sus manos al decir esto, estaba nervioso, eso me gustaba.

—Claro que sí —le cogí del brazo, cosa que le hizo ponerse más nervioso—, lo pasaremos bien por ellos —dije riendo y dándole una cariñosa palmada en el pecho.

Un camarero nos indicó donde sentarnos, allí nos pedimos unas Coca-Colas, unos montaditos y una ración de *pescaíto* frito; cuando el camarero vino con los refrescos, levante el mío, Dani me copio y brindamos.

—Por los borrachos sin fronteras —le solté riendo—, yo es que no suelo beber.

—Ya somos dos —me respondió riendo.

Pero antes de beber, apoyé el vaso en la mesa.

—El que no apoya no folla —le solté guiñándole un ojo y riendo más.

—Lo que llevaba sin escuchar eso... —me dijo justo antes de beber.

Mientras comíamos, me contó que le habían hecho la autopsia a la chica, que había muerto por sobredosis de fentanilo y que calculaban que tendría unos 19 años, por lo que encajaba con el caso totalmente.

La conversación fue fluyendo por otros derroteros, nos fuimos conociendo con risas y buen rollo, hasta que acabamos de comer y, después de pagar la cuenta y levantarnos de la mesa, me lo quedé mirando.

Aproveché que estaba empezando a sonar Junco para acercarme a él y cogerlo de la cintura, empecé a bailar con él, nos íbamos acercando más, al ritmo de la música, no me lo pensé y me lancé a por su boca. Pero cuando nuestros labios estaban a punto rozarse, me hizo una cobra.

—¿Qué pasa? ¿No te gusto? —pregunte dubitativa porque el bulto de su pantalón decía lo contrario.

—Sí —atinó a responder poniéndose colorado—, pero no sé, es complicado.

—Anda ya, complicado... —le dije volviendo a lanzarme a por su boca.

Esta vez sí se fundieron sus labios con los míos, dando paso a un loco juego con nuestras lenguas. Estaba tan rico como me imaginaba.

Cómo me gustaba su sabor.

DANI

Salté de la cama con un temazo de La Pulquería que sonaba de despertador.

Desde lo de María Juana, no había dormido bien hasta aquella noche. Me sorprendí pensando en Vane mientras me hacía un café. La cita fue muy bien, después de la cena estuvimos bailando y devorándonos con ganas, las que teníamos desde que nos conocimos; después de aquel rato de pasión la acompañé hasta su casa, en el paseo no perdimos el tiempo tampoco, pero al llegar a su casa, ella me invitó a pasar. En ese momento los recuerdos de lo ocurrido en Cádiz me invadieron y sentí vértigo de caer de nuevo. Vane me dio un caliente beso y me susurró al oído.

—Te esperaré lo que necesites —esto me erizó el vello—, pero no tardes.

—No hace falta que esperes —le respondí con otro beso—. Solo necesito ir con pies de plomo —le dije mirándola a los ojos, de corazón.

Cuando estuviera preparado sería la primera en conocer mi historia.

Al entrar en comisaría vi a Rafa en su mesa; fui directo a ella.

—Buenos días —le solté con una sonrisa— y muchas gracias por la encerrona de anoche. —Me reí.

—Te la debía de Almería —me respondió riendo—. Tú lo hiciste por mí y Aberash. —Me guiñó un ojo—. Anda, siéntate que tengo algo.

—¿En serio? —Me senté emocionado a su lado mirando su portátil.

En él se veían imágenes de la furgoneta pasando a gran velocidad, parecía Cancelada, la zona donde encontramos el cuerpo de la chica ayer en aquel descampado.

—¿Y esas imágenes?

—Cortesía del restaurante italiano que hay al lado del gimnasio.

—Qué bueno, con esto quizá podamos encontrar la furgoneta.

—Qué listo es mi niño... —me soltó con sarcasmo a la vez que me revolvía la cresta.

—No me tomes el pelo —le dije intentando ponerme serio, pero no podía, me salía la risa y a él también.

—Ya, punky de postal, como decía el sabio; a lo que vamos —siguió, poniéndose serio—, cuando supimos de la furgoneta después de lo del puerto la buscamos, ¿recuerdas?

—Sí y no encontramos nada en aquella búsqueda, volvimos a hacerlo tras lo de la cabaña y el mismo resultado.

—Pues mira ahora. —Rafa abrió un archivo policial

del robo de la furgoneta, mostrándomelo—. Y lo mejor no es eso, fíjate en la fecha.

—Esto no me cuadra, la denuncia es del día antes de que llegaras a Málaga, y antes no figuraba.

—Eso mismo, y no solo eso, ahora viene lo mejor, la furgoneta es de una empresa de limpieza, que a su vez es una subcontrata de una empresa de construcción a nombre de...

—¡Sullivan! —grité y al momento Rafa me tapó la boca.

—Baja el tono, el capitán teme que algún agente esté comprado por Sullivan; la aparición mágica de la denuncia no hace más que acrecentar estas sospechas.

—¿Y qué vamos a hacer?

—De momento trasladar esto al capitán, luego ya veremos.

Tal y como me había comentado Rafa, el capitán creía que había alguien trabajando para Sullivan en el cuerpo, cosa que no me extrañaba, ya que según nos contó, tenía comprados a muchos poderosos. Después de exponerle los hechos, decidimos entre los tres que debíamos actuar con pies de plomo. Nos propuso que fuéramos a la empresa de limpieza a recabar información del robo del vehículo. En ese momento no teníamos pruebas para inculpar a Sullivan, y tampoco queríamos espantarlo.

—Esta vez conduzco yo —dije de camino al aparcamiento.

—Qué remedio... por lo menos ya no corro el riesgo de colocarme con el aroma de tu coche. —Rafa empezó a reírse con ganas.

Canté al ritmo de La Fuga mientras salíamos del aparcamiento y grité a dúo con Rulo, su voz que le daba ese toque bohemio al grupo que tanto me gustaba.

—Oh, oh, oh... —Rafa hacía los coros de la canción, mirándome mientras se reía—. Ahora eres tú el que se está poniendo más tierno que un osito de peluche —se carcajeaba—, quiero abrazarte seguro que estás blandito.

—Vete a la mierda —le solté sin evitar contagiarme de su risa.

Rafa me la tenía guardada, yo empecé este juego haciéndole bromas cuando él se enamoró de Aberash, así que ajo y agua, aunque no me mosqueaba, todo lo contrario; me gustaba este buen rollo que nos hacía olvidar por momentos la calamidad que estarían pasando las chicas secuestradas del caso que estábamos investigando.

Cuando llegamos al polígono donde se encontraba la empresa de limpieza, tuve una extraña sensación. Intuía que Rafa se sentía igual; aunque teníamos que llevar esto con calma, el tiempo corría en nuestra contra, había muchas vidas en juego.

Aparqué el coche en la misma puerta del edificio, en el que había un pequeño letrero casi imperceptible; al pasar al lado de un coche que había aparcado en la entrada, me pareció ver a alguien, pero no le presté mucha atención, reconozco que estaba más pendiente de contarle a Rafa la cita que había tenido con Vane.

—Ánimo y a por ella —me animó mi compañero, cogiéndome bajo su fuerte brazo, mientras avanzábamos hacia el local.

Cuando entramos, nos quedamos esperando tras un

mostrador que había en la entrada, detrás del mismo había una pared que dividía aquel espacio y una puerta abierta en la parte derecha.

—¿Hola? —gritó Rafa con su potente voz.

—¡Voy! —sonó una voz al fondo de la puerta.

Después de esperar un par de minutos, una mujer de unos cincuenta años salió de la misma vestida con un uniforme con el logo de la empresa.

—Buenos días, ¿en qué os puedo ayudar?

—Buenos días —dejé hablar a Rafa—, somos de la Policía. —Le enseñó la placa—. Veníamos por una denuncia del robo de una furgoneta.

—Ah, sí —respondió un poco nerviosa la mujer, el sudor le caía por la cara—, la robaron hace una semana del aparcamiento.

—Con respecto a esto... —Rafa pensó lo que decir antes de hablar, seguro que estaba cavilando no dar más información de la cuenta—, ¿sabe usted quién interpuso la denuncia?

—Eso es cosa de administración. —Se pasó la mano nerviosa por el brazo.

—¿Y podemos hablar con la persona denunciante?

—Aquí tiene el número.

La mujer dejó una tarjeta sobre el mostrador, que Rafa cogió y se guardó. En ella constaba el nombre de la empresa en cuestión.

—¿Necesitan algo más?

—Nada, la dejamos trabajar —respondió mi compañero, haciéndome un gesto para que le siguiera a la calle.

Una vez salimos me quedé mirando el coche en el que me había parecido ver antes a alguien. Ya no estaba; me resultó sospechoso.

—¿Qué te pasa? —me preguntó Rafa al verme la duda en la cara.

—No sé si será algo, pero antes, cuando nos bajamos, había un coche aparcado al lado del mío, me pareció ver a alguien dentro, era extraño, pero lo mismo no es nada...

—No creas, la experiencia me dice que muchas veces en los pequeños detalles se encuentran las mejores pistas.

—Pues sí, ¿qué te ha parecido lo que nos ha dicho la mujer?

—Muy sospechoso, ¿viste lo nerviosa que estaba? Creo que mentía, pero me da la impresión de que ella no tiene nada que ver con el entramado; seguramente su jefe le habrá dicho lo que tiene que decir. Ahora mismo es lo que tenemos, así que lo mejor es volver a comisaría a buscar algo más sobre esta compañía —dijo, mostrando la tarjeta.

—También podríamos investigar al policía que tomó nota de la denuncia —solté según me venía a la cabeza.

—Eso también, pero ya sabes que debemos hacerlo con mucho cuidado, tenemos que evitar que salten las alarmas.

Ya en comisaría nos dirigimos a la mesa de Rafa, acerqué una silla a la de mi compañero y este empezó a buscar algo sobre la empresa de la tarjeta que nos había facilitado la mujer.

Lo poco que encontramos de la misma nos llevaba al mismo sitio, otra subcontrata de la constructora de nuestro amigo ruso. Tenía ganas de echarme a la cara a ese tío. Me quedé pensando un momento en cómo todo señalaba al mismo sitio; ¿encajaba demasiado bien?, me pregunté. Rafa volvió a abrir de nuevo la denuncia de la furgoneta y buscamos más sobre el agente que la había interpuesto: su nombre estaba vinculado al de Sullivan en la mayoría de las denuncias que se habían sobreseído. Aquello nos alertó.

Rafa se levantó y fue directo al despacho del capitán, yo le seguí y nos acomodamos los dos ante su mesa.

—¿Y bien? —Fue directo al grano.

—Todo nos lleva al mismo sitio, capitán —respondió Rafa con cara de pocos amigos.

—Me lo temía...—resopló retrepándose en la silla.

—Y hay algo más: el agente de la denuncia es el mismo que está relacionado con Sullivan —remató mi compañero.

—Visto lo visto, creo que va siendo hora...—El sonido del móvil del capitán nos cortó—. Un segundo. —Descolgó—. Dime... no me jodas.

Tras una breve conversación, el capitán soltó el teléfono en la mesa con un sonoro golpe y se nos quedó mirando a los dos.

ABERASH
(Unos años atrás)

Un gran alboroto se montó en el autobús, la gente gritaba desesperada ante la presencia de dos militares. Cuando me asomé al pasillo vi cómo uno de ellos le dijo algo al conductor y se dispuso a caminar, junto a su compañero, por el vehículo. Iban diciéndole a los pasajeros que se encontraban que bajaran del bus; cuando algunos se resistían, ellos no dudaban en usar la fuerza e, incluso, amenazarles con su fusil. Al final todos sucumbían e iban saliendo. Cuando llegaron a mi altura uno de ellos se me quedó mirando y, dirigiéndose a mí, dijo:

—Tranquila, señorita, es una inspección rutinaria de papeles; si es tan amable de salir...

—De acuerdo —respondí sorprendida por su amabilidad.

Una vez fuera, todos los pasajeros habían formado una fila a un lado de la carretera; miré a los ojos a la chica a la que le había dado el dinero, estaba muerta de miedo, y, cuando me dirigí hacia la fila, uno de los militares que estaba en la salida del autobús me cogió del brazo.

—Tú no tienes que ir allí, chica; en cuanto acabemos la

inspección yo mismo te llevaré parte del camino —me dijo con una sonrisa amable.

—¿Y qué pasará con ellos? —me atreví a preguntarle alarmada.

—Los que no tienen papeles deberán quedarse aquí y no podrán cruzar la frontera, que serán la mayoría; los que sí, podrán volver a subir al autobús e ir hasta el próximo pueblo, ya que este vehículo no tiene permiso para transitar por la República Centroafricana, en cambio, nos consta que tú sí tienes un permiso especial.

No me esperaba algo así, pensé que, seguro que era gracias a Siyabonga, mi ángel de la guarda. Pero cuando fui testigo de cómo trataban a la mayoría de gente que hacía un instante ocupaban el autobús, sentí pena. Aquellos hombres los estaban obligando a volver andando por donde habíamos venido y si alguno se negaba lo golpeaban. Con miedo, miré cómo los guardias iban a hablar con la chica que me ayudó; era su turno, pero sentí que tenía que hacer algo por ella.

—Perdona —llamé la atención del militar que estaba a mi lado—, la chica aquella viene conmigo.

—Lo siento, solo tenemos ordenes de dejarte pasar a ti.

Tenía que pensar rápido, eché mano al bolso y rebusqué un fajo de dinero para intentar comprar la libertad de la chica; cuando toqué algo en el fondo del bolso, lo saqué para ver qué era. Se trataba de un móvil. Al verlo, el guardia se asustó y llamó a su compañero, que estaba ya delante de la chica, haciéndole una señal e indicándole a la chica que también viniera hacia nosotros.

—No lo llames, por favor —me respondió muy apurado.

Creí que se había confundido, pero por lo menos mi gesto había funcionado. Debió creer que iba a llamar a Siyabonga, y eso hizo que me parase a pensar en lo lejos que llegaba su poder, era increíble.

Una vez la chica estuvo a nuestro lado, me abrazó.

—Muchas gracias. —Me dio un montón de besos—. Mi nombre es Kalala.[1]

—Qué bonito nombre —le respondí.

Sonaba *Oú est le mariage?* en el coche del militar que nos llevaba. Escuchar esta canción me recordó a Sipho y la tristeza me invadió, aunque no me podía venir abajo. Me alivió escuchar a Kalala cantar.

—¿Conoces la canción? —le pregunté.

—Claro, es Shan'l, una conocida cantante gabonesa, con Fally Ipupa, un músico, bailarín y productor discográfico congoleño.

—Suena muy bien —le contesté de mejor humor.

El militar que nos llevaba bajó un poco la música y se giró para mirarnos.

—Nos esperan un par de días de viaje hasta Yamena, la capital del Chad, donde otro transporte se encargará de vosotras; por la seguridad de todos solo haremos paradas estratégicas y para hacer nuestras necesidades. Ahí atrás tenéis una mochila con comida y agua.

—Gracias —dijimos las dos al unísono.

En aquel momento estábamos esperanzadas.

Al principio del viaje me distraje viendo el bonito paisaje, pasamos cerca de densas selvas tropicales de árboles

(1) En la RDC este nombre se asocia a la alegría o la felicidad.

gigantes, algunos ríos como el Ubangui, o algunas pequeñas aldeas ribereñas; el militar nos habló de la belleza de la
cascada de Boall y escucharlo me hizo pensar en lo bonita
que es África.

Al atardecer del segundo día por fin entramos en Yamena, se notaba el cambio de paisaje, con más tránsito de
vehículos levantando polvo, muchas calles sin pavimentar,
motos, taxis y peatones que se movían por doquier entre
los edificios bajos, muy variopintos, desde casas de adobe
a construcciones más modernas; también había puestos de
ropa, fruta y aparatos electrónicos ya usados, la mayoría
provenían de Sikkens, el mayor vertedero tecnológico del
mundo, me dijo Kalala.

Cuando llegamos a la entrada de un hotel, el militar
detuvo el coche. Estábamos en una zona céntrica, pero
tranquila; sus muros eran bajos y la vegetación tropical
que se distribuía hermosamente por su pared, casi tapaba
el pequeño cartel con su nombre. Al bajarnos, el militar se
acercó a nosotras.

—Todavía os queda viaje y es muy peligroso —nos advirtió.

Antes de marcharse, nos dio unas bolsas con provisio-
nes y a mí un sobre con dinero, así como instrucciones de
lo que debía hacer. Después de fundirnos en un abrazo
amigable se fue. Le habíamos cogido cariño.

Cogí a Kalala de la mano, estaba igual de asustada que
yo, cruzamos la puerta que daba a un bonito patio interior
rodeado de plantas; al final había un hombre de unos cuarenta años que se presentó como el encargado, le expliqué
todo tal y como me había dicho nuestro conductor, y él

nos pidió que lo siguiéramos. Nos ofreció un aparthotel pequeño y discreto, era lo mejor para no llamar mucho la atención, nos dio la llave y nos indicó cuál era nuestra puerta.

Al entrar nos quedamos embobadas ante tanto lujo. Después de tantos días de viaje, descansando como podíamos, aquel pequeño apartamento nos pareció un oasis. Cogí el mando de la televisión y la encendí, ella se quedó embobada viendo un videoclip musical que salió en la pantalla.

Después nos dimos una larga ducha, no sabíamos cuándo iba a ser la próxima, y caímos rendidas en la gran cama doble, el cómodo colchón nos atrapó en un dulce sueño hasta que el sonido de unos golpecitos en la puerta me despertó.

Miré por la ventana, el sol estaba empezando a despuntar. «Qué bien he dormido», me dije. Me fijé en Kalala durmiendo plácidamente, estos días había sellado con ella unos lazos de amistad muy bonitos, y yo corrí a abrir la puerta.

—Buenos días. Le traigo el desayuno y un mensaje, en una hora las recogen en la puerta del hotel —me dijo un chico que llevaba una bandeja, con una jarra de zumo que pintaba deliciosa, algunas piezas de fruta y unos dulces.

—Gracias. —Busqué algunos billetes que di al chico, cogí la bandeja y él me dio las gracias guardándose la propina en el bolsillo.

Desperté a Kalala y desayunamos; al rato lo recogimos todo y salimos a la calle mirando antes miré el reloj en recepción, todavía faltaban cinco minutos.

En la calle, mientras charlábamos distendidamente, vi cómo el chico que nos había traído el desayuno venía a saludarnos, pero, de repente, alguien nos empujó hacia el interior de un taxi que acababa de parar. El chico entró en el hotel gritando, pero ya no pude ver más.

Alguien me había cubierto la cabeza con algo.

RALUCA

Permanecí sentada en la cama desde que me había despertado en aquella habitación oscura. Se habían llevado a aquella chica, no podía concentrarme, y de repente me vino una arcada. Corrí hacia el cubo que había en la esquina de la habitación, lo sostuve y un fuerte olor a meados me golpeó, cosa que me provocó una arcada más fuerte. Lo que había comido estaba subiendo por mi garganta y luchando por salir de mi boca, empecé a expulsarlo con violencia mientras caía de rodillas; una vez lo saqué todo me incorporé, la cabeza me daba vueltas como en una noria y me senté como pude en la cama; no sabía qué me estaba pasando.

Unos fuertes gritos llegaron hasta la habitación, era una mujer la que gritaba y, todavía mareada, me pegué a la puerta con cuidado.

—Pero ¿en qué coño estabas pensando? —exigía con fuerza la voz de la mujer—. ¿Cómo se os ocurre dejar un cuerpo en mitad de un descampado a plena luz del día?

—Lo siento mucho, madame. —Parecía la voz del que me había intentado violar.

—¿Sabes la que has liado? —Su voz sonó más fuerte, seguida de un fuerte sonido parecido a un látigo—. ¿Qué hacemos ahora? —Esta vez el tono era más normal.

—Órale, tenemos que pensar algo —le respondió otra mujer, de acento mexicano y cuya voz parecía más joven—. La Policía está sobre la pista de la furgoneta, lo mejor será esperar a ver qué manda el patrón.

—Pues sí, mientras tanto las chicas tienen que trabajar, Serguéi —gritó—. Tú mandas ahora en nuestra ausencia: alimenta a las chicas y que empiecen a trabajar y encerrad a Vladímir. Ya pensaremos qué hacer con él.

—Sí, señora —le respondió una voz que parecía la del hombre que me había salvado de la violación.

Tras escuchar esto volví a la cama y me tumbé; no quería que supieran que los había escuchado. Parecía que mi compañera de habitación podía haber muerto porque en el momento que pasó todo apenas respiraba, sus labios y uñas estaban de un color azulado, sus pupilas indicaban que había consumido algo, así que lo más seguro que hubiera sido por sobredosis de alguna droga. ¿Y si me iban a suministrar algo a mí también? Quizá lo hacían cuando dormíamos..., pensé.

El sonido de la llave de la puerta me sacó de mis pensamientos y me quedé mirando a la puerta para saber quién era.

—Tienes que comer —sonó la voz del hombre que me había salvado de la violación, Serguéi, lo habían llamado—. Cómetelo todo y no tardes, que tienes que trabajar. —Sonó autoritario, a la vez que se iba cerrando a su paso la habitación.

Me incorporé y me senté en la cama. La bandeja contenía lo mismo que la otra vez: un zumo y un sándwich. Serguéi me había dicho que me lo comiera todo; si no le hacía caso a saber qué me harían, así que resignada cogí el zumo y, mirándolo detenidamente, le di un pequeño trago. Me dejó un regusto raro, como la otra vez.

Unos minutos después, la puerta volvió a abrirse, pero esta vez entró otro guardia.

—¡Arriba! Tienes que trabajar —me soltó, riéndose.

Me levanté, se me había pasado el mareo y tenía una sensación diferente. No sabía definirla, era como si me hubiera tomado un cubo de café.

—¡Rápido! Que no tenemos todo el día —me gritó.

Una vez salí, vi que habían sacado a todas las chicas y a punta de fusil nos llevaron hacia una gran puerta que había al final del pasillo. Caminé, confundida y con miedo al pensar qué me harían. Por lo que había escuchado, a las chicas que les pasaba lo mismo que a mí las obligaban a prostituirse. Todas entramos en una habitación y me quedé mirando a mi alrededor, estupefacta. Había un montón de trípodes, al lado tenían una luz como la que usan los *tiktokers*, y varias sillas puestas en fila y una pared vacía de fondo.

Entonces sentí el frío cañón de un fusil en mi nuca.

—Rápido, ponte en tu sitio. —Uno de los captores me indicó una silla que tenía enfrente.

Muerta de miedo le hice caso y me senté en la misma, una vez todas estábamos sentadas, un guardia entró con un montón de ropa que nos fue repartiendo una por una. Cuando llegó mi turno me dio una minifalda, una especie de camisa top, y un tanga y sujetador de encaje. Tras el reparto, Serguéi entró en la habitación.

—¡Cambiaos todas de ropa! No perdáis tiempo —gritó autoritario.

Me desnudé con mucho pudor a la vez que una legión de guardias, que entraban y se iban colocando en los trípodes, no nos quitaban ojo.

—Desabróchate los botones de la camisa, solo déjate los de la altura del ombligo —me ordenó un guardia con voz de salido, mientras lo hacía me fijé en el bulto de su pantalón que no paraba de crecer—. Así está mejor.

Empezó a sonar Leka el Poeta, un reguetonero con algunas letras muy obscenas. Los guardias estaban todos colocados en su posición, cada uno detrás del trípode, Serguéi estaba detrás de ellos mirándonos seriamente.

—Empezad a bailar sensualmente mientras os quitáis la ropa poco a poco —gritó, autoritario.

Seguía sonando reguetón, demasiado subido de tono para mi gusto, las chicas empezaron a bailar desnudándose, yo hice lo mismo, por temor a lo que pudiera pasar. Supe para qué nos usaban, seguramente estarían grabándonos para alguna página de pago para adultos.

Me dolía todo el cuerpo, no sabía la de horas que llevaba bailando y desnudándome una y otra vez, mientras no paraban de sonar esas malditas canciones, con letras que cada vez me daban más repulsión. Antes, cuando las escuchaba con alguna amiga que le gustaban, nos reíamos, y nos imaginábamos con algún tío bueno bailándolas, pero lo que acababa de vivir me producía todo lo contrario. Sentí asco y de repente la música se cortó.

—¡Vestíos! La madame quiere hablar con vosotras.

Una vez estuvimos vestidas, Serguéi salió dejando la puerta abierta. Y entonces vimos una sombra que se acercaba por el pasillo, mientras él iba en dirección contraria. Hasta que aquella sombra dejó de ser un misterio para nosotras.

—Bienvenidas a vuestra jaula de oro —gritó entre carcajadas malévolas la mujer que acababa de entrar.

Era delgada, tenía una buena figura, el pelo castaño tirando a rubio y los ojos verdes pero su mirada era dura. Al lado de ella se colocó una chica morena más bajita, por sus rasgos imaginé que sería la que había escuchado antes con acento mexicano.

—Es broma —dijo algo más seria—, si sois buenas y hacéis caso, puede que algún día obtengáis la libertad, tampoco os pedimos tanto: solo tenéis que bailar. Y bueno, cambiando de tema. —Hizo una breve pausa—. La chica que el otro día se puso mala avanza estable; no somos unos monstruos. —Quiso sonar empática, «qué zorra», pensé, seguramente muchas de las chicas habían escuchado los gritos como yo. Y, entonces, se acercó a mí—. Tú, sígueme.

Aquella orden me hizo temblar de miedo. ¿Qué querría de mí? ¿Sabía que Judith era mi hermana? ¿Le habría pasado algo?, me pregunté para mis adentros. No quería ni pensar en ello y, cuando me disponía a salir, al pasar por delante de la mexicana, esta se me quedó mirando.

—¡Buh! —soltó para asustarme.

—No asustes a las chicas —le recriminó la madame en un susurro que solo yo escuché.

—Qué aburrida eres, Ariadna —se quejó un poco más fuerte.

—Baja el tono —la corrigió, echándole una mirada asesina, pero esta no se amilanó—. Y nada de decir nuestros nombres en alto —dijo acercándose más a ella.

—A sus órdenes, sargento —se mofó la mexicana.

La tal Ariadna salió suspirando de la habitación, invitándome a pasar a una de las habitaciones contiguas.

—Siéntate ahí —escupió con voz autoritaria mientras señalaba la cama.

Y yo la obedecí.

DANI

—La de tiempo que llevaba sin escuchar Eskorbuto, por lo menos no me has puesto *Mucha policía, poca diversión* —rio Rafa.

—Si insistes, te la pongo —le solté contagiándome de su risa.

—No, esta canción mola.

—*Uooooh historia triste, uooooh, historia histórica, uooooh historia final* —empezamos a corear a dúo con la música de mi coche.

—¿Sabes qué es lo más me gusta de ellos? —me preguntó.

—¿Su originalidad? —le respondí.

—Bueno, si como originalidad te refieres a que estaban enganchados al caballo como tantos jóvenes de la época... No, en serio, estos tipos eran auténticos.

Fuimos callejeando por las calles de Málaga en dirección al puerto marítimo, por lo que nos contó el capitán la habían liado parda. Todo empezó con una gran explosión en el puerto a plena luz del día, llamaron a la Brigada Antiterrorista, pero al recabar información, supieron que el vehículo que había explotado era la famosa furgoneta que buscábamos. Se habían deshecho de ella a lo grande. No entendía nada porque hasta entonces habían actuado con cautela. «¿Por qué dan tanto la nota? Primero dejan un cadáver en un descampado y ahora esto», cavilé.

Según nos íbamos acercando a la zona, el cuerpo se me iba poniendo malo. A lo lejos vi la estela del humo que todavía salía de la furgoneta, apenas había gente en la zona, cuando el paseo marítimo solía estar hasta arriba en estas fechas; varias ambulancias, coches de la Policía y la Guardia Civil ocupaban el lugar.

Aparqué cerca, miré a Rafa preocupado por lo que nos íbamos a encontrar, era la primera vez que asistía a una escena de esta magnitud y estaba seguro de que no iba a ser agradable.

—Intuyo que esto va a ser duro. —Me posó el brazo en el hombro—. Es la primera vez que voy a la escena de un atentado, supongo que tú también.

—Sí —le solté con voz temblorosa.

—Intentemos ir tranquilos y no venirnos abajo —dijo apretándome con su mano.

—Vale —le respondí armándome de valor.

Noté un fuerte olor a quemado, cada vez mayor, a medida que nos acercábamos al lugar del suceso. «Huele a carne quemada», pensé. Sentí náuseas, hice un gesto y me tragué la bocanada que luchaba por salir de mi cuerpo, tenía malestar, el estómago revuelto y un sabor amargo en la boca. El sonido de las ambulancias y los coches patrulla parados, junto a las luces, me estaban provocando una mayor sensación de mareo en el cuerpo. A pesar de todo, avanzaba tratando de no perder la compostura.

Al pasar al lado de las ambulancias aparcadas una junto a otra, intenté no mirar, pero por curiosidad no lo pude evitar. En una de ellas había una persona con serias quemaduras por todo el cuerpo, que no paraba de gritar, los médicos hacían todo lo posible por aliviar su dolor, supuse, un dolor que por sus gritos debía ser inhumano. Miré aquella escena hipnotizado; «¿qué mierda le pasa al ser humano?», me dije. La gente estaba cada vez menos sensibilizada y nos llamaban la atención las escenas macabras; hablaba por mí, el primero, por las series y las películas que me gustaba ver últimamente. Después de esto solo vería comedias, porque para pasarlo mal, ya estaba la vida.

Avancé rápido detrás de Rafa, que se paró al lado de un guardia civil vestido con ropa táctica de camuflaje de azul oscuro y con un chaleco antibalas, un montón de bolsillos y casco en mano.

—Él es mi compañero. —Oí decirle a Rafa.

—Buenas —me saludó secamente, yo respondí al saludo y me coloqué al lado de Rafa.

—¿Si me puede informar, por favor? Más que nada, por si hay algo relacionado con el caso que estamos investigando.

—Le contaré lo que sabemos hasta ahora: el vehículo bomba es la furgoneta que buscan y ha habido dos fallecidos, uno de ellos es el conductor. Hasta que se hagan las pruebas, no sabremos si se inmoló o el aparato fue detonado a distancia sin que este lo supiera. El otro fallecido —al decir esto bajó la mirada y en su tono se notó la pesadumbre— era un compañero vuestro, más concreto de la comisaría de Estepona. —En ese momento Rafa se irguió y, endureciendo su mirada, sacó su teléfono, buscó algo en él y se lo enseñó al guardia civil—. Efectivamente, es él.

—Le agradecería que el nombre del compañero no trascendiera, si puede ser.

—Claro que sí —respondió.

Ambos nos despedimos del guardia civil y nos dimos la vuelta.

—Vámonos de aquí —dijo Rafa.

—¿Ya?

—Sí, voy a llamar al capitán: creo que sé por dónde tirar ahora mismo.

Subidos en el coche, esperé a poner el contacto mientras Rafa llamaba por teléfono.

—Capitán. —Se puso serio—. Lo que ha pasado aquí es muy fuerte, el vehículo bomba era la furgoneta sospechosa. En ella había dos cadáveres, uno por identificar y el otro es el policía que teníamos en el punto de mira —al decir esto su rostro se endureció—; por eso había pensado en ir a ver a su esposa y comunicárselo, e intentar sonsacarle algo con delicadeza, ya que el momento será muy difícil. —Colgó el teléfono tras despedirse y se lo guardó en el bolsillo—. Vamos a Estepona, voy a poner la dirección en el GPS.

Empezó a sonar Luz Casal mientras abandonábamos aquella maldita escena. Rosendo Mercado coreaba con ella. El ambiente era muy tenso, no solo por lo que acabábamos de vivir, sino por lo que venía a continuación: comunicarle a una mujer la muerte de su marido. Podría ser un corrupto, pero no sabíamos qué le había llevado a serlo.

Durante el trayecto apenas dijimos nada, el GPS nos llevó a un bloque de pisos y, tras aparcar, nos dirigimos al portal. Rafa se giró antes de llamar.

—Esto va a ser duro, déjame que sea yo el que hable.

—Vale, ninguna objeción.

Llamó al timbre y cuando la voz de la mujer sonó en el interfono, Rafa se presentó y pidió subir, una vez entramos en el portal, buscamos el ascensor y subimos a la tercera planta. Nos abrió la puerta una mujer de unos cuarenta años, con el pelo recogido en un moño desordenado, ojeras y muy mala cara. Según nos íbamos acercando, esta comenzó a llorar.

—¿Podemos pasar? —preguntó Rafa.

La mujer nos dejó pasar indicándonos el salón y se mostró sigilosa. Era como si intentase no hacer ruido. «¿No quería alertar a los vecinos con nuestra presencia o quizás había alguien más en el piso?», me pregunté.

—Han sido ellos, ¿verdad? —nos soltó sin esperarlo.

—¿Cómo? —preguntó Rafa descolocado.

—Mi marido lleva un par de días sin venir a casa —dijo entre llantos e hipidos—; ayer perdí el contacto con él, supongo que vuestra visita no es por cortesía.

—Supone bien —soltó apesadumbrado mi compañero.

—¡Esos malditos rusos! —gritó—. Tienen que ir a por ese cabrón de Sullivan.

—¿Cómo? —Rafa estaba estupefacto, no esperaba que fuera tan fácil sacar algo de información.

—Verán —intentó serenarse un poco—, hace cosa de tres años a mí me diagnosticaron una enfermedad grave y necesitaba un trasplante urgente; mi marido estaba cada vez estaba más apagado, hasta que un día llegó exultante, le pregunté qué le pasaba y él me dijo que me iban a poder operar; yo le pregunté que cómo lo había conseguido, pero no me dijo nada. Me pidió que confiase en él.

»Todo salió bien, pero con el paso del tiempo comencé a notarlo cada vez más raro, muy preocupado, hasta que un día me enfrenté a él diciéndole que me contase lo que pasaba o que, de lo contrario, le dejaría. Entonces, él se vino abajo, y me confesó que había contactado con un tal Sullivan. Lo hizo a través de un abogado con un nombre muy extraño que no recuerdo, el caso es que este le ofreció operarme a cambio de hacer desaparecer unas pruebas que había en su contra; cuando creía que la cosa quedaría ahí, el abogado volvió a contactar con él y le pidió otro favor similar. Le amenazó de nuevo: si se negaba, irían a por mí. Y el chantaje fue en aumento, la bola se fue haciendo cada vez más grande... Hasta hoy —terminó llorando sin poder contenerse.

Rafa se levantó del asiento y abrazó fuertemente a la mujer. Después de un rato y una vez se hubo calmado, ella se quedó mirándolo y le dijo:

—Id a por ese cabrón, yo testificaré en su contra si hace falta; que se pudra en la cárcel.

—De momento, voy a llamar a mi capitán para ponerte protección, pero ten por seguro que iremos a por ese cabrón —escupió Rafa, decidido.

Ya en el coche y con el ambiente más calmado, hablamos un poco, por fin teníamos algo sólido contra ese cabrón, pero debíamos ir con cautela; Rafa me dijo que hablaría con Aberash para que asistiera al interrogatorio, ya que seguramente Sullivan tendría lo mejorcito en abogados.

La pantalla de mi teléfono, que tenía puesto encima de la radio a modo de GPS, se iluminó y empezó a sonar. De inmediato, el nombre de Vane con un corazón salió en la pantalla. Rafa me miró con una sonrisa. El muy cabrón descolgó y puso el altavoz.

—Hola, guapo.

Me puse colorado, mientras Rafa me observaba aguantando la risa.

—Hola —le dije titubeando.

—¿Te pillo bien? Te noto raro.

—No, es que voy conduciendo.

—Bueno, te llamo luego entonces.

—Tranquila, vamos con el manos libres —dijo Rafa.

«Qué chismoso, el muy cabrón se quiere enterar de todo.»

—Ah, hola, Rafa. Llamaba a Dani por si estabais bien; oí lo del atentado y no sabía si eso os compete a vosotros o algo —sonó nerviosa.

—Bueno, esto es confidencial, pero tiene algo que ver con el caso de las chicas y estamos más cerca de resolverlo todo —dijo Rafa.

—Entendido, mi boca es una tumba. Y vosotros ¿cómo estáis?

—Bueno físicamente bien —solté apesadumbrado—, pero psicológicamente...

—Pobre, si quieres, luego quedamos y vamos a tomar algo.

—Vale —contesté algo más alegre.

—Yo también estoy bien —soltó Rafa riendo con sorna; Vane empezó a reír.

—Ahora te iba preguntar a ti, envidioso —rio más fuerte—. Bueno, lo dicho, luego me llamas, Dani.

—Sí. —Colgué.

El resto del camino le conté a Rafa que me había enrollado con Vane y que había empezado a sentir algo por ella, pero que quería ir poco a poco, él me preguntó que si era por algo que me había pasado en Cádiz, le dije que sí sin darle información sobre el tema, él me recomendó que lo hablara con ella y se lo contara, ya que los secretos del pasado casi rompen lo suyo con Aberash; esto me hizo reflexionar, y me decidí, hablaría esta noche con Vane, le contaría todo lo de María Juana. Ella tenía un algo que me gustaba mucho, su actitud, su desparpajo..., al ver su llamada el corazón se me llenó de alegría, había llegado el momento de dejarme llevar. Apenas la conocía, pero lo que estaba empezando a sentir por ella cada vez era más fuerte.

«Voy a tirarme a la piscina», pensé decidido.

VANE

Me desperté escuchando a Lola Índigo con Mala Rodríguez, pensando en lo que pasó ayer con Dani.

Estaba de muy buen humor mientras me tomaba mi café matinal y rememoraba el sabor de sus labios; cuando me hizo la cobra que me dejó descolocada, pero no lo pensé y se lo solté; intuía que había atracción y que él sentía algo por mí, como yo por él. Algo de su pasado todavía le afectaba, le respondí que no pasaba nada, que iríamos poco a poco hasta que se abriera. La verdad es que yo no tenía prisa, algo me decía que era el indicado para mí, a pesar de que hacía pocos días que nos conocíamos.

Me senté para tomarme mi café, cuando puse la tele algo se me agarró dentro del cuerpo. «Estamos en el puerto de Málaga, donde una fuerte explosión ha causado el terror y el miedo en los vecinos»; yo miraba con los ojos como platos, y con un nudo en la garganta. «Según relatan algunos testigos, una furgoneta aparcada ha sido lo que ha producido la misma, ya están en la zona miembros de la brigada de antiterrorismo, así como efectivos de la Policía.»

Esto último me dejó bloqueada. ¿Estaría bien Dani? No sería casualidad que fuera una furgoneta, algo dentro de mí me decía que era la que buscaban Dani y Rafa. Cogí mi teléfono y me quedé mirándolo, ardía en deseos de llamarlo.

La llamada había sido un chute de adrenalina y amor, tenía otra cita con Dani, la segunda, ya nos habíamos enrollado, así que hoy intentaría dejarle claras mis intenciones, sabía que había sido todo muy rápido, pero me daba igual, estaba convencida de que era lo indicado.

Dani me había escrito para quedar, decía que no le apetecía salir, así que le propuse que viniera a mi piso

Estaba perfecta, me había puesto un top y unas mallas que se amoldaban a mi cuerpo como un guante; habíamos quedado en mi casa así que no me maquillé ni nada, cosa rara en mí; fui al salón y empecé a poner la mesa, hice unas bonitas flores con servilletas, en el centro de la mesa puse un bonito jarrón de centro con dos flores rojas, encendí algunas velas aromáticas, cuyo aroma me embriagó. No quería dejar nada al azar, con esta puesta en escena le dejaría bien claras mis intenciones; suspiré pensando en él y, cuando sonó el timbre, el sonido me hizo volver a sentir mariposas en el estómago; corrí al telefonillo y al escuchar su voz aquella sensación se hizo más fuerte; abrí la puerta y me dispuse a esperarlo en la entrada.

Cuando el ascensor abrió sus puertas y lo vi salir y acercarse a mí, mi corazón empezó a latir desbocado con cada paso que daba; cuando estuvo delante mía no lo pude aguantar. Estaba ahí parado, con su pantalón roto y su camiseta negra, mirándome a los ojos; traía unos claveles en la mano y no me lo pensé, tiré de él hacia dentro de mi piso y le di un caliente beso fundiendo nuestras lenguas en un loco juego. Él reaccionó cogiéndome cariñosamente de la nuca para que nuestras bocas no se separaran, siguió atacándome con su lengua y, cuando nos separamos, suspiré y me quedé mirándolo.

—Hola, guapo —le dije acalorada.

—Hola —me respondió con un guiño pícaro—, ya sé que te dije de ir poco a poco, pero no puedo resistir más, lo que siento por ti cada vez es más fuerte.

Me dejó noqueada, intuía que sentía lo mismo que yo, pero oírle expresarlo me desmontó.

—A mí me pasa igual. —¿Qué podía responder?, él se había adelantado y me había confirmado lo que sospechaba—. Vamos, siéntate —le dije mientras tiraba de él agarrada a su cintura.

Se quedó mirando la mesa estupefacto, seguramente no esperaba algo así. Cuando me acerqué a la silla para sentarme él corrió a retirármela; «qué caballero», pensé mientras me subían los colores, yo creía que ya no se llevaban estos actos de galantería. Luego se sentó delante de mí, sin dejar de mirarme.

—Estás preciosa —me soltó, decidido.

No sonaba tan cortado como antes y eso me gustaba.

—Tú también estás muy guapo. —Le hice un guiño muy sensual y se le subieron los colores—. Bueno, cuéntame un poco de ti. —Intentaba romper el hielo mientras empezábamos a comer.

—Pues, a ver por dónde empiezo, soy de Almería, mi padre es la razón por la que me hice policía, yo quería estudiar Ciencias Políticas, pero mi padre me obligó a que siguiera sus pasos.

—Yo también soy de Almería. —Hice una pequeña pausa—. Eso jode mucho, que te obliguen a hacer algo que no quieres, pero sigue, ahora te cuento yo mi historia que tiene mucha miga —solté riendo.

—Sigo entonces. —Se reía contagiado por mi risa—. Cuando llegó Rafa a comisaría, al principio se lo puse difícil, hasta que lo fui conociendo a lo largo de una investigación de un caso muy escabroso. El caso se complicó por un par de energúmenos que empezaron a incendiar los ánimos de la gente contra los inmigrantes. Entonces fue cuando le presenté a Aberash y juntos conseguimos destapar la trama que había detrás de todo; uno de los responsables escapó, la cual cosa me ha traído a Málaga, pasando antes por Cádiz. Pero esto te lo contaré mejor, que me estoy enrollando demasiado... —al decir esto último, noté tristeza en su mirada.

—Bueno —me aclaré un poco la garganta, intuía que el final iba a ser duro para él, así que decidí contarle mi historia—, vivía en Almería con mi madre, teníamos nuestras diferencias, ya que las dos teníamos mucho carácter; desde muy pequeña yo le preguntaba por mi padre y cada vez que lo hacía se ponía triste, pero no me contaba nada; con el tiempo, aquel silencio se convirtió en odio, hasta que un día me dijo muy cabreada que no volviera a preguntar por él, que se había ido y nos había dejado solas, que era un cabrón egoísta. Al poco tiempo, un hombre que no me gustaba empezó a venir por casa, mi madre me lo presentó como su novio y la convivencia en la casa era cada día más difícil; mi madre solo tenía ojos para él, además de que no me caía nada bien, tenía unas ideas muy radicales, así que en cuanto cumplí los dieciocho, me fui de casa poniendo tierra de por medio y viniéndome aquí, a Málaga.

La tristeza me invadió al recordar mi historia y las lágrimas empezaron a correr por mi cara, Dani se acercó a mí y me abrazó, yo sentí su calidez dándome calma y me dio un beso sanador.

Ya una vez cenamos, recogimos la mesa y nos sentamos en el sofá, él me estuvo contando cómo se había sentido hoy en la escena del atentado, me miraba y me cogía de la mano, fuertemente. El pobre había pasado por algo muy duro; no quería ni imaginármelo.

—Vane, ha llegado el momento, te quiero contar lo que me pasó en Cádiz. —Sus ojos se tornaron oscuros. Noté la pena en su voz—. Mientras investigábamos una serie de crímenes, mi relación con ella se fue afianzando y lo reconozco, me enamoré, hasta que un día en su casa descubrí una cosa que hizo replantearme que quizás ella estuviera metida en el ajo. En ese momento sentí un pinchazo y cuando desperté estaba atado. Efectivamente, ella estaba detrás de todo, me propuso seguir con nuestra relación, pero me tenía que poner del lado de ella; yo me negué y, después de que mi compañero me rescatara, la perseguí. —Aquí hizo una pausa—. La persecución terminó en la parte alta de un faro, donde después de decirle que se entregara, ella se negó y se lanzó desde lo alto del mismo. —Esto último sonó como un susurro y rompió a llorar.

Qué historia más fuerte, normal que le hubiera marcado tanto, y tuviera tantas reticencias a volver a enamorarse, pensé mientras me lancé a él para abrazarlo fuertemente y para intentar transmitirle calma. Estuvimos un buen rato abrazados porque no dejaba de llorar. Poco a poco se fue calmando y, cuando lo hizo, levantó la mirada clavando sus ojos en los míos.

—He decidido enterrar esta historia, ahora que por fin he podido desahogarme y contarla. Me siento mucho mejor; creo que estoy preparado para dar el siguiente paso contigo —soltó decidido.

Al escuchar sus palabras, no perdí el tiempo y me lancé a por su boca.

Y ese beso desató toda nuestra pasión.

Lo tumbé en el sofá y me senté a horcajadas sobre él, sintiendo como el bulto de su entrepierna se estaba poniendo duro, empecé a recorrer su cuerpo por debajo de la camiseta, mientras atacaba su boca con avidez y ganas, gesto que él respondía ardientemente, mientras pasaba sus manos por mi espalda por debajo de mi top, mientras tiraba de él hacia arriba para quitármelo y yo le ayudé con un movimiento, cuando me lo quitó mis pechos saltaron y fue directo a por ellos, recorriéndolos suavemente con su lengua y dándome pequeños mordiscos, esto me puso a cien, sentía la humedad en mi entrepierna; me levanté de encima, él se incorporó, en el momento lo cogí de la mano y lo guie a mi habitación.

Al ritmo de Triana dimos rienda suelta a nuestro amor; él se dejó caer en la cama, yo me volví a sentar a horcajadas sintiendo su entrepierna rozando con la mía. Mis manos empezaron a recorrer sus abdominales, seguí subiendo hasta su pecho, me agaché en un sensual movimiento; después de quitarle la camiseta, besé sus marcada tableta, mientras subía con mi lengua provocándole con el roce de mis pechos en su cuerpo, llegué a sus pezones, que estimulé con suaves pasadas y seguí mi camino hasta su cuello; su bulto no paraba de crecer y cuando llegué a su boca, la atacó ávidamente, enredados en un loco juego con nuestras lenguas.

Se giró en un rápido movimiento y me dejó tumbada, ahora yo estaba a su merced; se puso en pie y se quitó los pantalones, llevaba un bóxer que marcaba su paquete todavía más; yo estaba totalmente mojada y, cuando me quitó las mallas con delicadeza, dejándome solo mi bonito tanga rosa, empezó a recorrer mis piernas con sus manos provocándome una corriente eléctrica que me recorrió el cuerpo; se agachó y pasó su lengua delicadamente por mis muslos, deteniéndose en los límites de mi tanga, luego siguió por mi ombligo mientras una de sus manos fue directa a mi entrepierna, apartó el tanga y masajeó mi clítoris con los dedos. Mi cuerpo empezó a moverse de placer, ofreciéndole mis pechos, momento que aprovechó para devorarlos con avidez, repasando cada centímetro de ellos con su lengua.

Cuando nuestras bocas volvieron a encontrarse, húmedas, sedientas de placer, yo pude notarlo encajado totalmente entre mis piernas, sentía cómo rozaba su bulto a punto de explotar contra mi tanga... ya no podía resistir más.

Esta vez fui yo la que me giré, y lo dejé allí tumbado, todo para mí; le quité los calzoncillos y su pene saltó como un resorte, yo me relamí y fui a atacarlo, recorriendo con mi lengua la parte interna de sus muslos, parando justo antes de llegar a su miembro, el cual agarré con la mano y fui masajeando suavemente, mientras con la otra mano recorría su torso; él se empezó a mover como una serpiente, era el momento de atacar, suavemente fui pasando la punta de la lengua por su miembro hasta que empecé a recorrerlo por completo. Cuando noté en su cara que ya no podía aguantar más, me lo metí en la boca, lo saboreaba con suaves movimientos y, cuando noté que estaba a punto de llegar, paré, cosa que él aprovechó para tumbarme; era mi momento para derretirme de placer.

Tumbada en la cama, me quité el tanga, yo le ofrecí mi vagina con un sensual movimiento, que él aprovechó para agacharse y seguir el mismo juego, empezó recorriendo la parte interior de mis muslos con la lengua en cortas pasadas, mientras con sus dedos acariciaba mi clítoris; su lengua fue subiendo hasta los pliegues de mi vulva, sus suaves bocados me hicieron retorcerme de placer, su lengua recorría cada centímetro..., iba a explotar.

Entonces se incorporó colocándose entre mis piernas, su miembro empezó a rozar mi húmedo coño, poco a poco se fue introduciendo dentro de mí hasta entrar por completo, yendo directo a por mi boca mientras se movía dentro de mí; yo lo abracé con mi piernas y brazos para sentir su cuerpo, mientras nuestras bocas su fusionaban en un loco juego, sus movimientos cada vez eran más rápidos provocándome oleadas de placer.

Abrazada a él me giré en la cama, para quedarme encima, me incorporé, sentada sobre él, con su miembro dentro, y empecé a contonearme en un baile, que le estaba volviendo loco, por cómo gemía y por su cara, pensé con picardía; cada vez el ritmo era más frenético, hasta que llegamos y caímos exhaustos en la cama.

Nos quedamos abrazados desnudos, sintiendo cómo nuestra respiración se acompasaba y se iba calmando hasta que nos quedamos dormidos.

Una estruendosa guitarra me sacó de mi hermoso sueño mientras seguía abrazada al cuerpo desnudo de Dani. Este se incorporó dándome un suave beso de buenos días, cogió el móvil y salió de la cama desnudo, mientras yo admiraba su cuerpo.

—Dime, Rafa. —Hablaba moviéndose por la habitación, a mí se me iban los ojos detrás de él y a su culo, tan rico—; vale, en media hora estoy ahí.

Volvió a dejar el teléfono en la mesita y se lanzó a por mí, dándome un caliente beso.

—Me tengo que ir —me susurró al oído—, no hay tiempo para un segundo asalto. —«Uf, cómo me está poniendo», pensé—. Pero luego seguimos. —Su voz ronca me hizo estremecer.

Mientras se vestía, yo me levanté; él no pudo evitar mirar mi cuerpo con deseo y yo le lancé un guiño mientras iba hacia el armario a por una bata. Le preparé un café y, justo cuando lo estaba sirviendo, apareció vestido, cogió la taza, se lo bebió de un trago y me besó otra vez.

—Te escribo cuando acabe —me dijo cariñosamente acariciándome el rostro—. Rafa me ha llamado con urgencia.

Y se fue dejándome con la cara de tonta que se nos queda cuando estamos enamorados.

ABERASH
(Unos años atrás)

Estaba totalmente bloqueada, todo había pasado en cuestión de segundos. Esperábamos nuestro siguiente transporte cuando fuimos empujadas dentro de aquel taxi violentamente; estaba hiperventilando, no solo por el miedo, el saco que me habían puesto en la cabeza olía muy fuerte, y ese intenso olor me invadía hasta el cerebro; comencé a sufrir un terrible dolor de cabeza.

Justo cuando creía que me iba a ahogar, me sacaron el saco de un tirón, la luz golpeó mis ojos obligándome a cerrarlos y di una fuerte bocanada llenando mi cuerpo de aire. Quería gritar, pero el hombre que me había empujado dentro del coche me puso una mano en la boca para impedirlo.

—Perdón por las formas, pero era la única forma de sacaros de la ciudad. Tu benefactor nos dijo que extremáramos las precauciones porque hay gente que te está buscando —me aseguró.

Al escuchar esto mi cuerpo se tranquilizó un poco. Aunque solo en parte. No habíamos sido secuestradas pero que los asesinos de mi familia me estuviesen buscando me asustó y añadió otro temor más a aquella huida. Me pegué a Kalala, que estaba a mi lado, y ella me abrazó.

—Ya estáis cerca del final de vuestro viaje —endureció su rostro—, pero la última parte de este es la más difícil y peligrosa. Iremos hasta Assamaka, cerca de la frontera con Níger, donde otro transporte os llevará a través del desierto del Sahara, son cuatro mil kilómetros hasta In Salah; los inconvenientes de este viaje son que si vuestro vehículo fallara podríais perderos en el desierto hasta desfallecer.

Otra oleada de miedo recorrió mi cuerpo; por si no teníamos ya bastantes problemas, el resto del viaje lo pasé pensando en lo que nos podría pasar en aquel desierto. Ya en Assamaka nos esperaba una camioneta 4×4, en ella se subieron dos hombres delante sin mediar palabra, nosotras subimos en los asientos traseros. Kalala también estaba muy callada, quizá porque nos habían dicho que me estaban buscando, algo a lo que tampoco yo paraba de darle vueltas. ¿Qué pasaría si nos quedábamos tiradas en el desierto?, seguía pensando, preocupada.

En aquella camioneta el calor era agobiante, aunque agradecí que nos quedase agua; el paisaje era desolador, al principio me pareció precioso, aquel mar de arena, con dunas por doquier, pero, según íbamos avanzando, no paraba de comerme la cabeza y el silencio tampoco ayudaba. Miraba las tormentas de arena que se formaban a lo lejos, hipnotizantes, y temí que pudiesen volcar el vehículo en el que viajábamos.

Estaba ya cayendo el día, la temperatura empezó a bajar desmesuradamente y Kalala se abrazó a mí en busca de calor.

—No me gustan nada los hombres que nos llevan —me susurró al oído, pegándose a mí.

Íbamos ya por nuestro cuarto día de viaje, el vasto desierto iba a acabar con mis nervios, solo hablaba con Kalala en susurros, ya que nuestros acompañantes hablaban lo justo, solo cuando hacíamos alguna parada para repostar y revisar el motor, cosa que hacían cada seis u ocho horas y al anochecer para descansar un poco siempre en puntos clave, como ciudades o pequeños poblados. Una de esas noches paramos en la ciudad de Tamanrasset, que era un centro logístico con presencia militar. Pudimos dar una vuelta por las tiendas y talleres del lugar, el conductor nos dijo que el día siguiente sería el último día de viaje, por fin llegaríamos a In Salah. Esto nos calmó un poco y Kalala y yo decidimos pasear antes de dormir. Necesitábamos estirar un poco las piernas. Ellos se quedaron en el vehículo.

—¿Qué piensas, Kalala? Estos días has hablado muy poco. Estás muy callada desde que salimos de aquel hotel.

—No sé, le estoy dando vueltas a todo, allí en el hotel estuvimos muy bien con tanto lujo, pero esta última parte me ha servido para pensar en lo que nos espera una vez lleguemos a Europa. Apenas sabemos nada de dónde vamos a ir, cómo nos vamos a buscar la vida, de qué vamos a vivir, no sabemos si nos aceptarán, cuáles serán sus costumbres, yo apenas sé nada, solo sé que salí de mi pueblo porque la guerrilla había arrasado mi pueblo y matado a toda mi familia. —La tristeza se apoderó de su voz, algunas lágrimas empezaron a caer por su cara; yo le apreté cariñosamente la mano para darle fuerzas—. Fue muy duro, Aberash. Después de varios días deambulando, llegué a una pequeña ciudad; allí conocí a una chica que me presentó a sus amigos, estaban trabajando para conseguir dinero y seguir su viaje hacia Europa, me contaron que allí tendríamos casa y trabajo, que no nos faltaría de nada, así que me uní a ellos. Trabajábamos durante meses para conseguir dinero suficiente para poder pagarle a las mafias para que nos transportaran, a veces nos llevaban hasta la siguiente frontera, en otras nos robaban y así llegamos hasta el autobús donde nos conocimos.

Los detalles de su historia me impactaron. Tuve suerte de nacer en una familia en la que no me había faltado de nada y con unos padres que me habían podido pagar los estudios. Aquel viaje por África me había hecho reflexionar mucho sobre las injusticias, las desigualdades y lo felices que eran algunas personas sin tener apenas nada. Pensé en el tren de vida que llevaba antes, nunca estaba contenta con nada, siempre quería más, tener más cosas, subir más alto en mi trabajo... Creía que esa era la base de la felicidad, pero la huida me hizo cambiar de opinión.

Partimos en el que iba a ser el último día de viaje. La conversación con Kalala también me hizo pensar en qué nos encontraríamos. Justo antes de llegar, en la última parada que hacían para revisar del coche, uno de los hombres se alejó. Aquello me extrañó mucho porque nunca lo hacían, ni siquiera si tenían que hacer sus necesidades, y, de repente, oteé en el horizonte una polvareda. Un vehículo venía hacia nosotras y agarré a Kalala de la mano —aquello no me gustaba nada—, y vi que se trataba de otra camioneta 4×4.

Cuando llegó a nuestra altura se bajaron de ella dos

hombres armados con fusiles, el otro hombre volvió con un teléfono satélite en la mano y una sonrisa lobuna. Los dos hombres que se habían bajado se acercaron a nosotras y nos miraron fijamente, uno le hizo un gesto de asentimiento al otro, este se acercó a nosotras y nos apuntó con su fusil; no paraba de gritar en un idioma que no entendía, a la vez que señalaba nuestro coche, mientras el otro les daba unos fajos de billetes a los hombres que nos habían llevado hasta allí. Kalala y yo nos subimos al coche, muertas de miedo. Temí que nos hubiesen vendido a aquellos tipos armados.

No paré de temblar imaginando en qué podrían hacernos, cuando el vehículo emprendió un nuevo camino.

RALUCA

Sentí muchísimo miedo, la tensión se notaba en el ambiente, mientras Ariadna no paraba de mirarme fijamente, con aquellos ojos azules que se clavaban como puñales. Entonces empezó a hablar.

—Raluca, ¿verdad? —intentó dulcificar su voz, que siempre sonaba autoritaria.

—Sí —le respondí, con un hilo de voz.

—Tranquila, solo quiero hablar contigo. —Temblaba esperando a ver que quería de mí, «¿habrá descubierto lo de mi hermana?», me pregunté—. Es sobre lo que le pasó a tu compañera de habitación, ¿diste tú el aviso?

—Sí —afirmé un poco más tranquila.

—Solo te iba decir que, si evitamos que esto salga de entre nosotras, tu vida en esta casa será mejor. —Sus palabras sonaron casi a advertencia—. La pobre sufrió una parada cardíaca, no sabemos por qué, no somos médicos. —Se rio de su propia broma, que a mí no me hizo gracia—. Bueno, pues era solo eso, hoy ya puedes descansar el resto del día.

¿Acaso creía que soy tonta? Yo sabía de qué había muerto y ella también, pensé.

Después de hablar con ella volví a mi habitación, Serguéi esperaba en la puerta de la misma. Cuando nuestras miradas se cruzaron, en sus labios se dibujó una sonrisa sincera. Me parecía que en el fondo no era tan malo, al fin y al cabo me había salvado de una violación, o tal vez estaba empezando a sentir síndrome de Estocolmo por uno de mis captores. El sonido de la cerradura de la puerta me recordaba mi situación, cosa que me hizo pensar en Judith; ¿cómo estaría?, ¿habría encontrado ayuda?, me pregunté. Solo esperaba que no la encontraran y la trajeran a este maldito lugar.

Al rato volví a escuchar el sonido de la cerradura de mi puerta, era Serguéi; yo estaba sentada en la cama ahogándome en mi propia pena y en su cara pude ver un atisbo de preocupación. Me dejó la bandeja de comida en la mesita, sin decir nada, pero cuando pasó por mi lado me dio disimuladamente una nota, tras ello cerró la puerta y salió de la misma.

Sorprendida, me quedé pensando con aquel papel doblado en la mano; me había dejado anonadada. Cuando desdoblé la nota y la leí, me quedé todavía más estupefacta: «No te bebas el zumo, ni nada que te den de beber», ponía. Aquella nota acababa de confirmar mis sospechas, pero ¿por qué Serguéi me la había dado? Quizá realmente no era tan malo, pero ¿sería así con las otras chicas? Al momento, la puerta se volvió a abrir y escondí la nota en mi espalda. Volvía a ser él, que se acercó.

—Por favor, cómete el papel, que no lo encuentren —me susurró al oído con tono preocupado, dándome un pequeño vaso reciclable con agua.

—Gracias —le respondí al oído.

De inmediato rompí la nota en cachitos, me los metí en la boca y bebí el agua que me ofrecía de un trago, devolviéndole el vaso.

Salió de la habitación clavándome una mirada de pena que hizo que me replantease sus verdaderas intenciones conmigo. Me comí el sándwich, a pesar de tener un nudo en la garganta. Miraba el zumo de la bandeja mientras pensaba qué hacer con él, miré a todos los lados en la habitación, dándole vueltas, hasta que me fijé en la pequeña ventana. Me acerqué a ella, me puse de puntillas y alargué los brazos, pero no llegaba por unos centímetros. Tenía que pensar algo rápido. Entonces vi la mesita. Dejé la bandeja en la cama, y moví la mesita y me subí en ella. En la parte baja del marco redondo de la ventana había un pestillo, así que lo abrí. Lo poco que me dejaba sería suficiente: cogí el zumo y vacié su contenido por aquel hueco. Esperaba que, en el exterior, no hubiera nadie debajo de la ventana. En cuanto acabé, la cerré rápidamente y puse la mesita en su sitio, con la bandeja encima y el vaso de zumo vacío, y volví a sentarme en la cama.

Al rato volvió a abrirse la cerradura de mi habitación. Serguéi entró de nuevo, fijando la mirada en la bandeja y cuando vio el vaso de zumo vació me miró; yo le hizo un gesto con la cabeza mirando la ventana y pude ver un atisbo de sonrisa en sus labios; me volvió a dar otro vaso de agua y salió de mi habitación llevándose la bandeja y echándome otra mirada de pena.

Cada vez me notaba más nerviosa; sentí que me estaba dando una crisis de ansiedad y llevaba un rato sudando un montón. De repente, empezaron a darme escalofríos por todo el cuerpo, una arcada me vino golpe y me levanté para ir al cubo a vomitar, pero me dolían todos los músculos de las piernas; fui como pude hasta el cubo, caí de rodillas, y violentamente vacié en él todo el contenido de lo que acababa de comer. Cuando me sentí un poco mejor me levanté como pude, con un dolor que se extendía a mis brazos, y me tumbé en la cama.

Por la ventana vi que ya estaba anocheciendo. A pesar del cansancio no había parado de dar vueltas en la cama. Entonces la cerradura volvió a abrirse. Como un autómata, Serguéi entró de nuevo con la bandeja soltándola en la mesita, y salió no sin antes echarme esa tierna mirada a la que me estaba acostumbrando.

Observaba el nuevo vaso de zumo mientras mi cuerpo no paraba de sudar; algo dentro de mi cabeza me decía que me bebiera aquel delicioso néctar, echaba de menos aquel saborcillo amargo; cogí el vaso y lo sostuve un momento, dudando si tirarlo o volver a beber; justo en ese instante, el ruido de la cerradura de mi habitación volvía a sobresaltarme. Serguéi entró cerrando la puerta tras él, sin pensárselo me quitó el vaso de zumo, abrió la ventana, a la cual sí llegaba porque era más alto que yo, y vertió su contenido, dejando el vaso vacío en la bandeja.

—Tienes que ser fuerte, *malyshka*[1] —me susurró al oído con ternura.

Lo entendí porque sabía algo de ruso. Esto me hizo pensar que estaba en lo cierto sobre él. Serguéi sentía algo por

(1) Pequeña en ruso; se usa para referirse a una niña o una mujer joven a la que se tiene cariño.

mí, no sabía si le gustaba, o era pena, pero parecía estar de mi lado. Mientras pensaba en ello, me comí el sándwich, dándole vueltas al rayito de luz que asomaba en aquella oscuridad en la que se había convertido mi vida.

Pasé una mala noche, apenas conseguí dormir, solo a ratos. Hubo bastante jaleo, gritos e improperios, movimiento de guardias por los pasillos, «¿qué habrá pasado?», me pregunté. La cabeza me molestaba un montón cuando la puerta de mi habitación volvió a abrirse. Era la hora del desayuno. Serguéi volvió a entrar con la comida, aunque al salir me miró con preocupación. Otra vez, aquel vaso de zumo. Tras pensarlo, actué. Cuando se reanudaron los gritos, cogí el vaso rápidamente y lo vacié en el cubo, se mezclaría con mi orina y no lo descubrirían, o eso esperaba, porque no me fiaba de volver a tirarlo por la ventana. Temía que me pillaran. Y, entonces, los gritos subieron de volumen.

—¡Maldita sea, Serguéi! —Escuché pegando el oído a la puerta—. Traed ahora mismo a todas esas perras aquí. ¡Vamos! —La voz de Ariadna sonaba muy fuerte.

Yo corrí a la cama y me senté, cogí el sándwich y empecé a comer disimuladamente, al momento se volvió a abrir la puerta de mi habitación, yo miré con miedo; esta vez era otro de los guardias.

—¡Sal rápido! —me exigió desde la puerta.

Me levanté temblando de la cama, pensando en lo que habría pasado; cuando salí de la habitación vi a todas las chicas en la puerta de sus habitaciones, estaban temblando de miedo igual que yo; el guardia que había abierto mi cuarto ya se encontraba al final del pasillo y empezó a gritar.

—¡Vamos! ¡Id bajando todas!

Asustadas y sin decir nada todas fuimos haciendo una fila. Mientras íbamos bajando escalón a escalón, seguía doliéndome la cabeza y no paraba de pensar en qué podría estar pasando. Cuando llegamos al gran salón varios guardias nos ordenaron dónde colocarnos. Parecía que fuéramos a asistir a un gran evento. Pero cuando miré hacia el centro de aquella estancia, una oleada de terror me recorrió el cuerpo.

Aquello iba a ser un espectáculo muy grotesco. Los actores del mismo ya estaban ocupando su espacio: en el centro había una de las chicas totalmente desnuda, intentando taparse ante tanta expectación, no paraba de temblar, tenía el miedo dibujado en su cara; a su lado se encontraba uno de los guardias sin ropa, solo con un bóxer y al otro lado estaba Ariadna con pose altiva y con cara de muy pocos amigos; detrás de ellos distinguí a María Juana portando un látigo lleno de flecos. Al ver tremenda escena busqué a Serguéi; estaba quieto junto a otros guardias y entonces exhalé un suspiro de alivio por él.

—¡Atentas! —gritó Ariadna avanzando para que todas la miráramos—. Vais a asistir a lo que le pasa a quien intenta huir.

Al decir esto, María Juana chasqueó el látigo contra el suelo, riendo.

Las chicas empezaron a gritar y otra oleada de terror recorrió mi cuerpo, mientras veía cómo aquella zorra mexicana volvía a levantar el látigo. Pero entonces golpeó la espalda de la chica, que cayó de rodillas por la fuerte sacudida. Temblando todavía más, un hilillo de sangre brillante bajaba por sus hombros recorriendo lentamente su cuerpo. Otro golpe la hizo caer al suelo, dejando a la vista de todas una espalda llena de heridas sangrantes, provocadas por el sadismo de nuestras captoras. Las chicas no paraban de gritar más fuerte y el sonido del látigo mezclado con las súplicas agónicas de la víctima se me clavaron en el alma. Sentí rabia.

—¡Para! —exclamó Ariadna acercándose a la chica casi desmayada en el suelo.

Pero eso no la salvó.

A continuación, le propinó una brutal patada en la cabeza, que me hizo estremecer, y se acercó al guardia que estaba de pie, a su lado, con la cabeza baja. Ariadna le cogió de la misma para que levantara la mirada:

—Y aquí tenemos al guardia que se durmió en su puesto —escupió mientras le daba un sonoro guantazo—. Nadie se libra del castigo de desobedecer nuestras órdenes, ¡dale!

Tras esta orden, María Juana, que no paraba de reír, volvió a restallar el látigo en el suelo. Empezó a golpear la espalda del guardia, este aguantaba estoicamente los golpes, cada vez que recibía uno, una mueca de dolor se dibujaba en su cara, pero no abría la boca; su fustigadora al ver su resistencia, golpeó esta vez en sus piernas, que tras un par de golpes más fallaron y cayó de rodillas. A cada golpe, María Juana reía más, mientras que Ariadna asistía a la escena muy seria, sin perder detalle. Entre las chicas, unas seguían gritando, y otras apartaban la mirada. Yo permanecía con la boca tapada, ahogando mis gritos ante aquella escena tan sádica y cruel.

Al final, el guardia se derrumbó del todo, desmayado

por los golpes, con la espalda en carne viva y unas heridas que no paraban de sangrar.

—Déjalo, ya habrá aprendido a no dormirse en su puesto —soltó Ariadna autoritariamente, mientras paseaba su mirada por cada uno de los guardias—, y ahora todas a trabajar —espetó dándose la vuelta.

Las chicas empezaron a subir las escaleras hacia sus habitaciones, cuando yo, que me disponía a subir el primer escalón, noté cómo alguien se me acercaba. Al darme cuenta de que era María Juana, empecé a temblar; aquella maldita sádica se acercó a mí.

—No creas que no sé lo de tu hermana —me susurró con su sádica voz—; que sepas que la estoy buscando, y me voy a divertir mucho con ella y con esa hija de la gran chingada que la está ayudando. Porque tiene algo que es mío. —Se fue riendo al decir esto.

RAFA

Abrí los ojos y me quedé admirando la belleza que tenía ante mí, no me cansaba de hacerlo cada día. Qué suerte haber conocido a Aberash, de que llenara mi vida de luz y amor, además de ayudarme a sanar las heridas de mi pasado. Un pasado que, en su caso, resultaba tremendamente doloroso.

Me acerqué a ella aspirando su olor, con calma, y le di un suave beso en los labios, ella reaccionó abriendo los ojos poco a poco, con la mirada llena de amor y respondiendo a mi beso con otro más largo y caliente. Menudo despertar... Luego, fui a preparar café porque nos esperaba un día muy largo en comisaría.

Le dije a Aberash que acudiría Sullivan con su abogado, le comenté las pruebas que teníamos contra él y se ofreció a ver el interrogatorio. No podía asistir al mismo, pero sí lo podría ver y oír todo desde la sala contigua; su opinión nos vendría muy bien, para saber qué opciones teníamos después del mismo. Sabía que nos estábamos enfrentando a una persona muy poderosa y que su abogado intentaría darle la vuelta a la tortilla de cualquier forma.

Al llegar a comisaría, vi el coche de Dani parado en la puerta. Dentro, él y Vane se despedían con un caliente beso. Al vernos, él se puso colorado y vino corriendo a saludarnos, yo le presenté a Aberash a Vane y me pareció que conectaron. «Seguro que van a llevarse bien», pensé.

—Bueno, vamos al lío —dijo Dani a la vez que cerraba el coche y se acercaba a mí.

—Venga —le respondí con seriedad, pensando en lo que nos venía encima.

—Os dejo con lo vuestro, chicos, mucho ánimo —espetó Vane a la vez que se acercaba a Dani para darle otro beso y decirle algo al oído que le hizo subirle los colores.

Cuando se dio la vuelta y se fue Dani tampoco le quitaba ojo.

—Me alegro un montón por ti. —Aberash le abrazó cariñosamente, haciéndolo reaccionar—. Se ve muy buena chica.

—Sí lo es, he tenido mucha suerte de encontrarla. —Dio un largo suspiro de enamorado y enfiló a comisaría dando por zanjada esta conversación.

Una vez dentro le presenté al capitán a Aberash, él había oído hablar de ella y conocía nuestro caso en Almería, así que le conté mi plan de que escuchara el interrogatorio desde la sala contigua. Nos vendría bien para aconsejarnos sobre cómo actuar después. También le pareció buena idea a él. En media hora iba a estar allí Sullivan con su abogado, esperábamos que fuese un letrado caro, de los que defienden a famosos y políticos.

Ya estaba todo preparado: Aberash y el capitán permanecían en la sala de control, mientras que Dani y yo esperábamos la llegada del sospechoso. Pero se respiraba un ambiente tenso en comisaría. La noticia había corrido como la espuma, a pesar de que habíamos llevado el caso con mesura. La muerte del compañero había encendido los ánimos entre el cuerpo, su conexión con el magnate ruso era un secreto a voces, y también su relación con los hechos que estábamos investigando. Todo estaba conectado y eso hacía que algunos compañeros quisieran venganza; la cosa estaba caldeada.

La puerta de comisaría se abrió, y por ella entró un hombre alto que avanzaba con porte y decisión, rubio, con traje de Armani, facciones duras... Era Sullivan. Solo lo conocía por su ficha, pero había llegado el momento de enfrentarnos al monstruo en persona. Seguido de él, caminaba otro hombre alto, de piel morena, trajeado y que también caminaba seguro de sí mismo, como su jefe, al que seguía como un perrito faldero. «Este no tiene cara de ser tan cabrón como su jefe, pero nunca te puedes fiar de los abogados que defienden a este tipo de alimañas», me dije a mí mismo.

—Buenos días. —El abogado se acercó a mí adelantando a su jefe, empezó a hablar con tono serio y yo le señalé la sala de interrogatorios donde entraron.

Al pasar por mi lado, Sullivan me echó una mirada amenazante, pero no dijo nada.

Una vez dentro, ellos ya se habían acomodado en dos sillas a un lado de la mesa metálica y nosotros nos sentamos en las que había enfrente. Nos mirábamos fijamente unos a otros, la tensión en aquella habitación se podía cortar con un cuchillo.

—Buenos días. —Me aclaré la garganta y empecé a hablar rompiendo el silencio—. No sé si saben cuál es el motivo de haberle citado, señor Sullivan. —Este hizo una mueca de asco cuando lo nombré.

—Buenos días —respondió su abogado, hablando con esa voz robótica de los abogados defensores cuando se disponen a soltar sus típicas frases legales—, que conste en acta que el señor Sullivan se presenta voluntariamente para colaborar como ciudadano.

—Solo queremos hacerle algunas preguntas —intenté sonar tranquilo y calmar los ánimos, tenía que actuar con cautela, no podíamos darle más información de la cuenta sobre nuestra investigación, pero debíamos apretarle un poco las tuercas con sutileza.

—Les recuerdo que el señor Sullivan no está detenido ni imputado —siguió el abogado soltando su carrerilla—, así que puede retirarse en cualquier momento; no tiene obligación de decir la verdad, aunque claramente la dirá, ya que no tiene nada que esconder, y, por último, lo que se diga aquí no se considera una prueba preconstruida. Dicho esto, podemos proceder con la *entrevista policial.*

A Dani le cambio la cara tras escuchar esa retahíla; se le notaba que estaba cabreado; yo le apreté la mano debajo de la mesa, me miró y le hice un gesto para que se tranquilizara. No podíamos cagarla, cualquier cosa que pasara aquí, la podrían usar en nuestra contra y joder el caso.

—Procedamos entonces a las preguntas. —Me moví en la silla y dije esto con una voz autoritaria—. Les expongo los hechos por los cuales hemos citado al señor Sullivan. —Tenía que medir cada palabra que dijera en aquella situación, así como no revelar información importante, sobre todo no decir nada de nuestra testigo e informante—. Hará unas semanas apareció en el puerto de Málaga un contenedor de carga con signos de haber transportado personas, el mismo estaba vinculado a una empresa subcontrata del señor Sullivan. —Ahí estaba la primera hostia.

—Dicho contenedor, como bien dice, pertenecía a una subcontrata la cual pertenece a un conglomerado de empresas de las cuales el señor Sullivan es accionista. No tiene responsabilidad directa con el hecho, por lo que no tenía constancia de dicho hecho delictivo, ya que dicha subcontrata actuaba de forma autónoma, y él no tiene capacidad de dirección sobre los trabajadores de la misma.

«Mierda, esto es lo que me temía», pensé. Abogados como el de Sullivan siempre buscan algún tipo de resquicio legal para escaquearse, así que tenía que pensar bien cómo formular la siguiente pregunta. Aunque ya sabía la respuesta, iba a ser la misma, me dije. Mientras tanto, Dani no paraba de mover la pierna nervioso, tenía el labio apretado, yo le apreté la pierna para intentar transmitirle algo de tranquilidad; era un polvorilla y no quería que la liara e hiciera algo de lo que nos arrepintiéramos. Eso sería darle munición a su abogado en nuestra contra.

—Prosigamos entonces. Seguimos investigando y los hechos nos llevaron a una furgoneta también propiedad de otra subcontrata del señor Sullivan. —Sabía su respuesta a esto, pero yo tenía una réplica preparada.

—Como ya le respondí anteriormente, esa otra empresa también forma parte del mismo conglomerado, por lo tanto, la responsabilidad es la misma —sentenció el abogado.

—De acuerdo, entiendo. Sin embargo, lo más extraño es que nosotros ya buscábamos esa furgoneta desde el día 10, el mismo día que encontramos el contenedor y la conexión de esta con este hecho delictivo. —No podía hablar de las chicas, ni de la cabaña; la operación fue por cuenta nuestra, nos podrían acusar de asalto ilegal a propiedad privada—. Por entonces, se hizo una búsqueda del vehículo en la base de datos y no salió nada, dos días después fue visto en las inmediaciones de Cancelada, donde varios hombres bajaron de él el cadáver de una chica. —Este golpe no se lo esperaba, entonces vendría la estocada—. Y ¿sabe qué? Ese mismo día apareció por arte de magia una denuncia de dicha empresa, con la que el señor Sullivan tiene relación, que alertaba del robo de la furgoneta. Lo más extraño es que dicha denuncia tenía la fecha de emisión del día 9.

La cara del abogado cambió, no esperaba eso, «a ver cómo sale de esta», pensé. Entonces, Sullivan se acercó a él, le dijo algo al oído y este asintió.

—Según me comenta el señor Sullivan, la denuncia se interpuso el mismo día 9. Si el agente que la tramitó tardó varios días en ratificar el robo de un vehículo, no es culpa suya. —Dani se removió en su silla, yo lo sujeté—. ¿Tienen alguna pregunta más?

—No —respondí sin mostrar decepción.

Se habían escapado de esta, vinieron porque era estrategia para saber lo que teníamos, pero no pensaba mostrarle todas nuestras cartas. Supe que ya lo pillaríamos.

—Entonces, ¿nos podemos ir? —preguntó con sorna el abogado.

—Claro que sí. —Me removí en el asiento—. Como bien ha dicho, el señor Sullivan solo está aquí en calidad de ciudadano —escupí estas últimas palabras.

Cuando ellos se levantaron y salieron de la habitación, Dani se me quedó mirando.

—Mierda, ¿vamos a permitir que este cabrón se salga con la suya? —preguntó cabreado.

—Debemos hacer las cosas con cabeza, Dani; si la cagamos en la investigación, pueden usarlo en nuestra contra —le respondí con templanza.

—Tienes razón —me respondió algo más calmado.

—Voy a ver a Aberash, a ver qué opina del interrogatorio, quizás ella haya visto algo que se nos haya pasado.

Al salir de la sala oí los gritos del capitán al otro lado. Me dije que era normal, pensé que estaría echando humo. Pero, al acercarme, me di cuenta de que eran gritos de ayuda. Corrí hacia allí y al abrir la puerta me quedé estupefacto: vi al capitán tratando de reanimar a Aberash que estaba tirada en el suelo, inconsciente.

DANI

—¡Joder! —grité mientras golpeaba la mesa metálica con fuerza, lleno de rabia e impotencia.

Ese hijo de puta se acababa de escapar delante de nuestras narices y no podíamos ni tocarlo. Cuando decidí seguir con mi carrera como policía me prometí a mí mismo hacerlo para acabar con la injusticia, pero a veces las cosas no son como uno espera y te encuentras piedras en el camino. «Los ricos y poderosos siempre se escapan y se creen impunes», me dije para mis adentros. Y, sumido en mis pensamientos, me di cuenta del revuelo que se había comenzado a formar en comisaría.

Salí corriendo de la sala de interrogatorios y vi a varios compañeros arremolinados en la sala contigua. Cuando al fin pude abrirme hueco entre ellos, vi a Rafa de rodillas en el suelo, al lado de una silla donde estaba sentada Aberash. Ella tenía muy mala cara, como si estuviese despertando de un mal sueño, mientras que el capitán le decía algo a Rafa. No me quise acercar para no agobiarlos, y le pedí a los compañeros calma y que por favor volvieran a sus puestos.

Una vez se calmó un poco todo, y Aberash parecía un poco más recuperada, Rafa la ayudó a levantarse de la silla y salieron de la habitación.

—Voy a llevarla a casa —me dijo él al pasar por mi lado—, habla con el capitán y que te cuente lo sucedido, no vayas a hacer ninguna locura en mi ausencia —me advirtió, mientras seguía su camino hacia la calle.

Aberash tenía la mirada perdida, nunca la había visto así.

Entré en el despacho del capitán y lo vi con el rostro compungido.

—¿Qué ha pasado? —le pregunté preocupado.

—No lo entiendo. Ha sido muy extraño, Aberash estaba de pie, tomando un café y observando con atención el interrogatorio. En el momento en que Sullivan y su abogado entraron en escena, el vaso se le cayó, quedándose petrificada. Rápidamente le puse una silla y le dije que sentara; ella me hizo caso sin decir palabra, sin apartar la vista, pero según iba avanzando el interrogatorio, Aberash se ponía cada vez más nerviosa, aunque no decía ni palabra. Al terminar el mismo se ha desmayado y es cuando he pedido auxilio. Pero al menos ha vuelto en sí y se ha ido por su propio pie.

—Es muy raro todo, necesito despejarme y darle una vuelta a lo sucedido. ¿Le parece bien que salga?

—Sí, haz lo que creas, descansa un poco; cuando estés más fresco habla con Rafa. Presiento que en este caso la cosa pinta fea. Hay muchas vidas en juego —se movió preocupado en su asiento.

Salí a la calle a aclararme un poco, me encendí un cigarro y tras la primera calada me quedé mirando el humo. Pensé que en ese momento lo más fácil era fumarme un porro para relajarme, aunque era una falsa ilusión que descarté rápidamente. En Cádiz, lo dejé para estar más centrado y porque no me hacían ningún bien, ahora mismo tenía una opción mejor a la que recurrir. Cogí mi teléfono y llamé a Vane.

—¿Qué pasa, guapo? ¿Ya me echas de menos? Si nos hemos visto hace nada —rio con gracia.

—¿Estás en tu casa? —le pregunté preocupado.

—¿Qué ha pasado? —Se alarmó al notar el tono de mi voz.

—Ahora mejor te cuento en persona.

—Vale, te espero en mi casa.

Lo que sentía por Vane era cada vez más fuerte y desde que me abrí y le conté lo ocurrido, comenzó a crearse un vínculo que me hacía sentir muy bien, necesitaba soltarlo todo y que me ayudara a ver las cosas desde otro punto de vista.

Llegué a su calle, aparqué cerca de su bloque y empecé a andar con prisa. En ese momento me fijé en un coche negro con los cristales traseros tintados, aparcado en la acera de enfrente, pero no me paré, solo tenía en mente ver a Vane y hablar con ella.

Mientras subía en el ascensor no paraba de darle vueltas a lo que estaba pasando. Cuando las puertas se abrieron, la vi esperándome en la puerta de su piso, vestida con un pijama, que consistía en una camiseta corta de tirantes dejando su bonito ombligo al aire y un pantalón corto que me cortocircuitó la cabeza, ya que dejaba a la vista sus hermosas piernas. Parecía preocupada. Cuando fui hacia ella y la abracé, me vine abajo del todo.

Dentro de su casa y sentados en el sofá, se me quedó mirando. Esperaba que le contase lo sucedido. Le expliqué cómo fue el interrogatorio, cómo aquel abogado pedante había esquivado todo lo que teníamos contra su jefe y cómo, no contento con ello, dejó caer que el policía que tomó nota de la denuncia era un inepto, cuando en realidad sabíamos que trabajaba para él y se lo habían quitado del medio; también le dije la rabia e impotencia que sentí.

Vane me abrazó fuertemente mientras yo rompí a llorar.

Después de desahogarme, le conté lo que le pasó a Aberash, y a ella le resultó muy extraño también. Luego llamaríamos a Rafa. Al menos me sentía mucho mejor después de soltar todo aquel lastre.

—¿Quieres un café? —Se levantó del sofá.

—Para nada, sigo muy alterado; necesito relajarme un poco.

Y entonces se giró y se abalanzó hacia mí sensualmente.

—Yo puedo dejarte muy tranquilo —me susurró al oído, mientras me regalaba una bonita vista de su escote y se rozaba con mi entrepierna—. No sabes cómo me pones con el uniforme —me dijo con un tono pícaro mientras sus manos empezaban a recorrer mi cuerpo y me subía el polo de mi uniforme para quitármelo.

Una vez dejó mi torso al aire, ella empezó a recorrerlo con sus manos y su lengua, mientras no paraba de rozarse con mi entrepierna; empecé a notar como mi bulto estaba bien duro, su lengua recorría mis pezones haciendo que me estremeciera, fue subiendo por mi cuello, mientras yo con mi mano agarraba su bonito trasero, que me volvía loco. Cuando nuestras bocas se encontraron, yo cogí la iniciativa: subí una de mis manos a su nuca, ella separó sus labios emitiendo un gemido, momento que aproveché para atacarla de nuevo, y seguir con el caliente juego de nuestras lenguas, mientras con una mano la atraía hacia mí, la otra iba subiendo por su espalda, hasta que le quité el top.

—Ya estamos en igualdad de condiciones —solté con voz ronca, mientras admiraba su cuerpo.

Me lancé a por sus pechos, besándolos suavemente, mientras ella empezaba a retorcerse en mis brazos, seguí con mi lengua recorriendo cada uno de sus pezones, ella apretaba mi cabeza contra su pecho mientras no paraba de rozarse con mi entrepierna. No podía aguantar más.

La separé un poco y nos miramos a los ojos, ambos destilábamos pasión en la mirada, se levantó de encima mía y me tendió el brazo para guiarme a su habitación, yo la seguí, admirando su desnuda espalda la cual deseaba recorrer con besos y caricias, y bajé la vista hasta mirar su trasero. «Qué locura, es perfecta», pensé.

Cuando entramos en la habitación cogió el móvil y puso música de ambiente para el momento que se venía; yo la cogí por la cintura y viendo que tenía abierto Spotify, elegí la canción perfecta, a la vez que le di la vuelta dulcemente y, tras darle un fuerte y caliente beso, caímos en la cama, ella debajo de mí y yo teniendo así el control.

Empezó a sonar hipnóticamente la voz de Rulo con La Fuga, mientras me deleitaba mirándola tumbada ante mí; me puse de rodillas entre sus piernas y no me lo pensé, bajé hasta su ombligo y empecé a recorrerlo con mi lengua, fui subiendo con mi boca a la vez que ella se contoneaba, metí una mano debajo de su pantalón notando su humedad y empecé a acariciarle el clítoris.

Mientras nuestros torsos se pegaban y movían al mismo ritmo, en un loco baile, fui directo a por su boca que entreabría eróticamente con cada gemido.

Me incorporé y me puse de pie, le quité el pantalón y el tanga, y me quedé mirándola allí tumbada, tan perfecta; me volví a lanzar a por ella recorriendo sus piernas lentamente con mi lengua mientras notaba cómo se movía, llegué a los límites de su vulva, primero introduje un dedo que fui moviendo poco a poco, dando paso a otro más y mientras se movía cada vez más rápido, ataqué con mi lengua recorriendo cada centímetro, su movimiento se volvía frenético.

Mi bulto no paraba de apretar mi pantalón, mientras yo me deleitaba con ella; me incorporé para desnudarme y mi miembro saltó erecto; ella se levantó de la cama y se puso en pie delante mía, atacó mi boca mientras su mano fue directa a mi pene, el cual empezó a acariciar cada vez más rápido, se giró con rapidez y me dio la vuelta empujándome sensualmente contra la cama.

Recorría mis piernas con sus manos, mirándome con esos ojos llenos de lujuria, sus caricias fueron subiendo hasta llegar a mi falo, el cual agarró con una mano para empezar a acariciarlo; mientras se lo acercaba a su boca, sacó la punta de su lengua y lo recorrió desde la raíz a la punta, momento que aprovechó para abrir su boca y empezar un suave movimiento con él dentro.

Estaba a punto de llegar cuando paró, se incorporó y en un rápido movimiento se sentó a horcajadas sobre mi pene erecto, haciendo que este se introdujera en su vagina de una vez; un escalofrío de placer me recorrió el cuerpo al notar su clítoris totalmente mojado; empezó a moverse lentamente, cogiendo más ritmo, hasta que se agachó un poco mientras no paraba de moverse locamente, nuestras bocas que no paraban de gemir, se encontraron y nos besamos ardientemente, comiéndonos con mucha avidez. Un nuevo escalofrío de placer me recorrió cuando llegué al orgasmo, al momento llegó Vane, cayendo exhausta abrazada a mí.

Tenía razón, aquello terminó por relajarme un montón.

Ya adormecido, sonó mi teléfono; cuando vi que era Rafa me espabilé.

—¿Dime?

—Dani, ven rápido a mi casa. —Colgó con prisa.

Me vestí rápido, no sin antes darle un caliente beso a Vane. Y me fui.

RAFA

Sonaba Ozzy Osbourne, el mítico rey de las tinieblas, mientras íbamos de camino a casa, yo no paraba de pensar preocupado en Aberash. Ella seguía sin reaccionar, ni decir nada desde que salimos de comisaría.

No obstante, ya en casa, nos sentamos en el sofá y me miró a los ojos. Su rostro se endureció. Estaba a punto de relatarme algo que hasta entonces yo desconocía. Supe todo lo que le ocurrió desde que su familia fue asesinada. La escuché, con un nudo en la garganta, luchando por no venirme abajo. Lo que iba a contarme explicaría por qué se desmayó aquella mañana en comisaría.

—Rafa, ahora más que nunca necesito contarte cómo se dio todo. Después de semanas de viaje, viendo pobreza, desolación y guerra, viviéndolo en mis propias carnes, estaba agotada. Pero la última parte de mi trayecto había acabado de la peor forma. No paraba de sudar, temblaba de puro terror, me costaba pensar, miraba a mi amiga Kalala y estaba igual de aterrada que yo. Entonces le apreté la mano fuertemente, intentando infundirle el valor que yo no tenía en esos instantes. No es que hubiéramos sido secuestradas, sino que habíamos sido vendidas como mercancía.

»En ese momento, un cartel nos indicó que estábamos llegando a Argel. "Tan cerca y a la vez tan lejos", pensé desolada, mientras nuestros compradores no paraban de reír y hablar en un idioma desconocido. Al entrar en la ciudad empecé a ver coches pasar, el copiloto no tardó en girarse hacia nosotras apuntándonos, gritando, aunque no lo entendía sabía perfectamente qué nos quería decir; nosotras nos abrazamos asustadas y nos dejamos caer en el asiento.

»Iba tan atemorizada que apenas me fijé en el camino, pero noté que estaban aminorando la velocidad mientras el copiloto no paraba de hablar con el que conducía dándole indicaciones con la mano. Nos encontrábamos en una especie de polígono atestado de naves abandonadas, y este le señaló uno de estos locales en el que paramos; las puertas del coche se abrieron bruscamente y aparecieron otros dos hombres armados que nos obligaron a bajarnos y a entrar rápidamente en una de esas naves.

»Las dos íbamos cogidas de la mano mientras con un fusil nos apuntaban a la espalda; por fuera parecía muy grande, pero por dentro andábamos por un estrecho pasillo, a los lados solo teníamos unos gigantescos paneles hasta el techo, que cortaban el espacio dando una sensación de agobio extremo; cada pocos metros había siempre una puerta, llegamos a una de ellas, abierta, y uno de los captores me señaló con el fusil para que entrara; una vez lo hice cerró la puerta.

»Me dejó allí sola con mis miedos y temores, contemplando aquel cuarto sin ventanas, en el solo había un sucio colchón, y un reloj parado, era como si el tiempo estuviera suspendido, al mirar hacia el altísimo techo de la nave una sensación de vértigo me invadió, me dejé caer en el colchón y me hice un ovillo llorando. ¿Qué me harían? ¿Qué habría pasado con Kalala?, me preguntaba con angustia.

»No paraba de pensar y entonces oí los gritos de una chica en la habitación de al lado. Pegué el oído a la pared, sonaba la voz autoritaria de un hombre mientras la chica no paraba de chillar. Yo tenía la piel de gallina, sonó un fuerte golpe, como si hubieran pegado a la chica porque no paraba de quejarse. Luego solo sonaba él. Caí de rodillas al suelo y empecé a llorar, solo era cuestión de minutos que algo así me pasara a mí, me tiré aterrorizada al colchón esperando mi momento.

»La puerta no tardó en abrirse y apareció un hombre con una barriga prominente y una sonrisa sibilina; entró en mi habitación mientras el guardia cerró la puerta. Aquel hombre se acercó lentamente a mí, yo me abrazaba a mis rodillas muerta de miedo, me di cuenta de cuáles eran sus intenciones, con esa mirada lasciva supe que quería abusar de mí y, entonces, un fuerte estruendo le hizo detenerse. Hubo más gritos y disparos. Al escuchar esto se meó encima y se tiró al suelo llorando de rodillas, tan imponente que parecía... Los gritos cada vez eran más fuertes, así como los disparos, seguidos de fuertes golpes que se iban acercando a mi habitación hasta que violentamente se abrió la puerta. Entonces apareció un soldado armado que se me quedó mirando y gritó "¡Está aquí!" en perfecto francés, y que sin pensarlo disparó a la cabeza del hombre que había intentado violarme. Un hilo de sangre empezó a salir de su frente recorriéndole la cara a la vez que caía al suelo. Yo pegué un grito de terror y el soldado se echó a un lado dejando paso a otra persona que entró en la habitación. Cuando lo vi, no podía creérmelo y corrí a abrazarlo: era mi salvador, mi ángel de la guarda, era Siyabonga.

»Después de aquel rescate me acompañó hasta un ferry que partía hacia Almería para asegurarse de que terminaba mi viaje; aunque también salvó a Kalala, no pudo ayudarla a que subiese en él, ya que carecía de papeles. Me aseguró que cuidaría de ella mientras los conseguía. Tras despedirme de ambos y antes de subir al barco, le juré a Siyabonga que estaba en deuda con él y que saldaría esa deuda. Pero hasta hoy en la sala de interrogatorios, no había vuelto a verlo.

«Mierda», pensaba sin poder reaccionar, su historia me había dejado hecho polvo; saber que la persona que le ayudó en todo momento era el abogado de un malnacido como Sullivan, me parecía increíble.

Estaba totalmente bloqueado, al igual que ella.

Mientras la abrazaba fuertemente, ambos no parábamos de llorar. Comprendí todo lo que le había pasado en comisaría y más después de escuchar su historia llena de dolor y miseria. Creía que Aberash era una mujer fuerte que se había hecho a sí misma después del asesinato de su familia, pero me quedaba corto con lo de fuerte.

Estuvimos abrazados largo rato hasta que su teléfono empezó a sonar, ella se soltó de mi abrazo y fue a la mesita donde tenía el teléfono.

—Vale, nos vemos allí. —Fue lo único que contestó antes de soltar el móvil.

Luego se acercó lentamente a mí, con la cara desencajada.

—Me acaba de llamar Siyabonga —soltó de repente; esas palabras me golpearon fuertemente—. Dice que tiene que hablar conmigo, que está en Málaga, que sabe que estoy aquí y que tiene información de quién mató a mi familia.

Yo la miré preocupado.

Iba directa a la boca del lobo, no sabía si fiarme de ese hombre; por lo que me acababa de contar no parecía malo, aunque estaba del lado de Sullivan y eso no me gustaba nada. Tenía que pensar algo rápido, «ya está», corrí a la habitación abrí el maletín que había traído, al final lo iba necesitar.

—Sé que querrás encontrarte con Siyabonga, y que no te lo puedo impedir —le dije, más serio, entrando de nuevo en el salón.

—Es mi destino, Rafa. Además, él sabe qué pasó con mi familia —habló con un leve susurro, que cada vez se hacía más fuerte, y corrió a abrazarme entre lágrimas.

—Solo te pido una cosa, cariño.

—Dime, *mshana*.[1]

Y le enseñé algo que acababa de coger del maletín.

—Esta jeringa contiene un rastreador, la traje por si acaso, después de cómo acabó todo en Almería... —Ella la miró muy seria—. Solo te pido que me dejes ponértelo por tu seguridad, y que gastes cuidado.

---

(1) Mi amor en zulú.

Ella asintió y me dio un largo beso, que me supo a despedida.

Al irse me quedé hecho polvo, solo podía hacer dos cosas: llamar a Dani y esperar que todo saliera bien.

Tras su marcha, el tiempo pasaba como si cayera grano a grano en un reloj de arena, cada segundo era una punzada en mi corazón y en mi mente, no había tenido todavía noticias de Aberash, solo era capaz de esperar allí sentado.

Cuando el timbre del telefonillo sonó, me estremecí; corrí hacia él, abrí sin decirle nada a Dani, dejé la puerta abierta del piso y me senté de nuevo.

Me costó reaccionar y contarle todo, aunque un poco resumido. Los detalles eran heridas de Aberash que, con el tiempo, me tendría que ocupar de curar. Él se quedó igual que yo al escuchar la historia, se aclaró la garganta y me confesó todo lo que le pasó en Cádiz con María Juana. Me pareció muy fuerte también lo que le sucedió a él y tampoco supe qué decirle para consolarle del todo.

Los dos nos mirábamos con los ojos vidriosos y a punto de rompernos en mil pedazos, cuando el sonido de su teléfono nos distrajo. Dani lo cogió con una sonrisa pensando que sería Vane. «¿Qué haríamos en nuestro trabajo lleno de muerte y oscuridad, sin estos rayos de luz que nos da el amor?», me hizo pensar.

Pero, al mirar la pantalla, se le salieron los ojos de la cara. Su rostro mudó a una mueca de terror. El móvil se le cayó al sofá y yo pude mirar la pantalla.

Era María Juana.

MARÍA JUANA

Cantaba a viva voz Vantroi, en la parte trasera del coche y miraba por el cristal tintado pasar las calles de Málaga. *Cortaremos sus pescuezos*, eso le haría a esa hija de la gran chingada, que me quería quitar a Dani, pensaba mientras llegábamos cerca de su piso.

Le di indicaciones al transportista para que dejara el carro aparcado en la acera de enfrente porque Dani ya estuvo a punto de descubrirme una vez. Si todo salía bien esto acabaría pronto; el patrón nos había mandado quitar del medio a Rafa y Dani, Ariadna tenía sus motivos, a saber cuáles, para proteger a Rafa, yo los míos para lo mismo con Dani, es más, quería volver a hacerle la oferta de que se pasara a mi lado, pero antes tenía que deshacerme de esa zorra que lo había embaucado.

Me había desquitado con la que trabajaba para nosotras, Raluca, hasta que Ariadna me pilló y me obligó a dejarla tranquila. Ya sé que me había salvado la vida en Cádiz, cuando caí al mar desde el faro, ella me rescató en una lancha.

Pero las dos ocupábamos el mismo rango en la organización, ya nos lo había dejado claro el patrón, ella siempre tenía que destacar por encima de mí. Tengo que admitir que no me desagradaba mi nuevo rol de sádica, pero antes o después me la tenía que quitar del medio.

Inmersa en mis pensamientos, le daba una calada al bazuco que tenía entre mis dedos, cuando vi aparecer a Dani; desde lo ocurrido en Cádiz mi consumo de cocaína se había disparado, antes solo la consumía esporádicamente. Dani tenía el semblante serio, ya nos había informado el patrón que iba a comisaría a ver si averiguaba algo de cómo llevaban la investigación, si por alguna casualidad estaban cerca de descubrir algo. Dani se quedó mirándome, por un segundo creí que me había reconocido, pero lo descarté, ya que los cristales tintados lo impedían.

La sangre me hervía ante la espera, a cada segundo que pasaba soñaba con lo que le haría a esa hija de la gran chingada, no entendía qué podría haber visto Dani en ella, la torturaría lentamente... No le había dicho a Ariadna nada de mis planes con ella, pero me daba igual lo que pensara esa puta.

Cuando Dani volvió a salir de su portal, tenía una sonrisa de oreja a oreja, a pesar de que llevaba prisa. Solo de pensar en lo que habrían hecho me ponía enferma, tenía que actuar ya.

—Estate atento, en cuanto esa zorra salga quiero que me la traigas —escupí al conductor.

—Así será, patrona.

Una de las reglas que puse al unirme al entramado era que algunos de mis hombres de confianza pasaran a formar parte; no me fiaba de esos rusos.

Una vez perdimos a Dani de vista, mi hombre salió del coche y se paró al lado del portal de esa zorra; apenas pasó media hora cuando la puerta se abrió, un pellizco se me cogió en el estómago al verla aparecer. Mi hombre de confianza hacía de halcón,[1] chófer, incluso sicario si se lo pidiera, aunque esto lo disfrutaría yo misma. Rápidamente, él sacó un pañuelo de su bolsillo, lo puso en la boca de ella y la cargó hasta el coche. Lo más sensato era haber esperado a la noche, pero ya no podía más; cuando la soltó a mi lado me quedé mirándola, destilando odio.

—Vamos a la mansión —le ordené al chófer mientras sacaba mi celular; marqué el número y esperé; después de varios tonos, descolgó el teléfono, pero no sonaba nada; me habría dado por muerta—. Hola, chaparrito; ¿me echabas de menos?

—¿Qué quieres? —Sonó una voz enérgica que no era mi flaco.

¿Habría cambiado el teléfono?

—¿Qué pasa, maldita zorra? —Este sí era mi bebé.

—Yo también te he echado de menos, chamaquito. —Pensé en qué decir a continuación—. ¿Sabes qué? Tengo a tu nuevo juguetito. —Reí con sorna.

—No se te ocurra tocarle un pelo —gritó sulfurado.

—Uy, que rápido me has olvidado. —Intenté sonar entre melancólica y sarcástica—. Escúchame bien, si no quieres que le pase nada, te espero en la dirección que te voy a mandar al WhatsApp, ven solo con tu amigo Rafa; si me huelo que viene alguien más, le rajaré esa bonita cara que tiene —solté mientras le pasaba la punta de mi chirla

(1) Vigilantes e informantes de los cárteles mexicanos.

por su rostro, dibujándole una sonrisa con ella—. No tardes —le dije riendo antes de colgar.

Volví a pensar en Dani, en los bonitos momentos que pasamos hasta que todo se jodió y me descubrió. «Será mío o de nadie», pensaba con malicia mirando a esa zorra que dormía a mi lado.

Una vez en la casa, le ordené a mi hombre que esperara en el coche con ella; yo entré y pregunté por Ariadna, me dijeron que había salido a una misión, así que corrí al coche de nuevo, tenía que aprovechar la ausencia de esa zorra y le dije a mi hombre que fuéramos a la caseta de la piscina.

Allí estaba yo jugueteando con el filero,[2] esperando que se despertara esa hija de la gran chingada. Estaba tirada en el suelo, la había atado de pies y manos, para que no escapara, me metí un pericazo y le hice una señal a mi hombre. Este le echó un cubo de agua por la cabeza, ella abrió los ojos de repente y se quedó mirándome con el miedo en sus ojos mientras no paraba de culebrear para intentar escaparse.

—Órale, chamaquita, ya despertaste de tu siesta —empecé a reír, al ver el terror en su cara.

—¿Qué quieres de mí, hija de puta? —gritó envalentonada.

—Uy, qué peleona eres, solo quiero lo que es mío, que tú me robaste.

—Yo no te he robado nada, zorra —escupió intentando ponerse de pie, se quedó de rodillas, yo me acerqué a ella con el filero en la mano.

_____

(2) Muy común en el argot mexicano, se refiere a cuchillo o navaja.

—¿Cómo que no, bajamaridos? —Acaricié su cara con la navaja.

—¡María Juana! —gritó uno de esos estúpidos guardias rusos desde la puerta—. Ariadna quiere verte.

—Dile a esa chamaca que se espere —le grité girándome.

—¡Sal ya! —sonó autoritaria la voz de esa zorra.

—Tendrás que aguardar un momento —le solté a *la otra*.[3]

«Es valiente, la chamaquita, parece que no me tiene miedo; me voy a divertir con ella», dije para mis adentros.

Cuando salí, Ariadna me esperaba fuera, tenía pinta de muy cabreada.

—¿Qué cojones te piensas que haces? —me gritó enfurecida.

Me tenía requeteharta.

—Lo que me dé la gana, aquí mando lo mismo que tú, o más. —La reté poniéndome a su altura, levantando la cabeza para mirarla a los ojos—. ¿O quién te crees que suministra el fentanilo? —Ella levantó su brazo y me golpeó la cara, ¿quién se creía que era esta? Estudié la situación, solo un guardia la acompañaba, mi hombre lo observaba todo, le hice una señal, mientras me tocaba la cara dolorida por el golpe—. Esto se acaba aquí y ahora, zorra —salté a por ella con mi filero en la mano.

La rabia me consumía, ella rápidamente me cogió la mano en la que portaba la navaja haciendo que cayese al suelo; yo la golpeé con mi rodilla en el estómago, haciendo

---

(3) Expresión mexicana que se refiere a la amante.

que se doblara; cuando su guardaespaldas se disponía a sacar la pistola, mi hombre saltó a por él.

Aquello se convirtió en una lucha sin cuartel entre iguales, con la diferencia de que yo contaba con un toque de energía extra, después del pericazo que me había metido ya me estaba haciendo efecto. Ella reaccionó rápido y me tiró al suelo, cuando iba a lanzarse a por mí, le solté un gancho directo a la cara, ella cayó de culo escupiendo sangre, momento que aproveché para levantarme y saltar sobre ella. Entonces vi que movía rápidamente la mano que tenía en el suelo y el brillo de mi filero me hizo detenerme; me lanzó una estocada con él incorporándose con fuerza. «Esta hija de la gran chingada me va a dar guerra», pensé mientras saltaba para esquivarla. La miré a sus ojos llenos de rabia.

—No vas a tocarle un pelo a esa chica —escupió.

La fiera se había desatado.

—Órale —le solté sorprendida—. ¿Qué es lo que escondes con esa chamaquita? Lo que yo tengo contra ella es personal, te dejaré a ti, a Aberash, aunque el jefe la quiera para él. —Esto último le sorprendió—. ¿Qué te crees? ¿Que no tienes cuentas pendientes con esa? Hice los deberes, me informé de lo que pasó en Almería, había un agujero negro en tu pasado, que ahora comprendo: tuviste algo con Rafa y ella te lo quitó.

—No hables de lo que no sabes —gritó saltando a por mí.

Me agarró del pelo y me tiró al suelo, se sentó a horcajadas sobre mí, poniéndome el filero en el cuello.

—¡Vamos! ¡Hazlo! —la reté—. ¿Qué pasa, hay algo más que no sé?

—Tú no sabes nada, zorra mexicana, esto se acaba aquí y ahora —apretó el cuchillo en mi cuello, haciendo que la sangre empezase a correr por el mismo.

—¿Mamá? ¡Mamá! —sonó un grito desde el interior de la caseta de la piscina.

Al escucharlo, mi atacante soltó el filero y yo aproveché para darle un rodillazo en la entrepierna. Ariadna cayó al suelo y yo recuperé mi cuchillo saltando sobre ella.

A lo lejos, Vane, con la cara desencajada, contemplaba la escena.

—Ahora lo entiendo todo, esa chamaquita es hija tuya y de Rafa, el policía compañero de Dani. —Solté una carcajada mientras pasaba la afilada hoja por su torso; reí malévolamente llevando el filo del cuchillo hasta sus pechos—. Me voy a divertir con las dos.

DANI

Al ritmo de Los Ramones recorríamos la ciudad en el coche, íbamos a toda hostia hacia la dirección que me había pasado la maldita María Juana. El rollo de música punk acelerada me daba la energía que necesitaba.

En el coche nadie decía nada mientras el paisaje pasaba a gran velocidad, Rafa no paraba de pensar en Aberash y yo en Vane; al final iba a resultar que teníamos razón, la ubicación nos estaba llevando a Estepona y eso quería decir que, aunque esa zorra de María Juana estuviera con él, el verdadero cerebro no era otro que Sullivan; se lo comenté a Rafa por el camino, aunque bastante tenía yo en mi cabeza, pensando en lo que le podía estar haciendo a Vane esa maldita perturbada, pero él no decía nada. Algo rumiaba, por lo que conocía de él había algo más detrás, él solo miraba su teléfono para mirar la ubicación de Aberash, de la que no me había dicho todavía dónde se encontraba, o por si esta le llamaba.

Según nos íbamos acercando al punto, quité la música. No quería llamar la atención, aunque nos esperaban no sabían cuánto tardaríamos; teníamos ese pequeño factor sorpresa.

Aparqué cerca del sitio que me indicaba la pantalla: una gran mansión. Rafa se puso serio.

—Mucho cuidado con ser detectados —susurró al bajarse del coche y pegarnos a un gran seto que acababa cerca de la mansión—; no sabemos con la seguridad que cuentan y ahora mismo no podemos pedir refuerzos si queremos que las chicas estén seguras.

—¿Cómo *que las chicas*? —Yo creía que solo estaba Vane.

—Ahora te cuento; tú sígueme en silencio.

Pegados al seto como soldados recorrimos aquellos metros hasta la entrada a la mansión; cuando llegamos al final, Rafa me puso una mano en el pecho para pararme, estábamos al lado de una gran verja que daba entrada a la mansión y entonces me señaló hacia arriba, dos cámaras de vigilancia enfocaban la entrada que, no sabíamos por qué, permanecía abierta.

—¿Qué hacemos? —le pregunté al oído.

—No sé, pero debemos evitar ser vistos por ahora.

Yo sabía qué hacer. Esperaba encontrar lo que necesitaba, empecé a buscar y encontré una rama larga, Rafa cuando me vio con ella me miró raro y yo le hice un gesto de tranquilidad con la mano; me encaramé al lado de la verja, debajo de la cámara y, cuando estuve a la suficiente distancia, con la rama la moví hacia arriba. Si alguien estaba revisando las imágenes en ese momento se daría cuenta, pero contaba con que no fuera así y tuviéramos margen de maniobra. Con una eliminada me faltaba la otra, miré hacia donde enfocaba y era la entrada, así que crucé la calle evitando ser detectado, y repetí la operación, Rafa me hizo un gesto afirmativo de bien hecho. Entonces debíamos acordar el próximo paso.

Cuando pensábamos en cómo entrar sin ser vistos, oímos unos gritos en el jardín: una mujer que le era familiar estaba discutiendo con María Juana. Al ver a esta última algo pasó por mi cabeza, una especie de morriña, de lo que quizá todavía sentía por ella, pero entonces recordé a Vane, lo que tenía con ella era mucho más real y sano, y pensar que esa loca la había secuestrado... Otro cargo más a su larga lista de delitos.

Rafa me hizo una señal, cruzamos la verja pegados a la pared en dirección a ellas, había también dos guardias, pero se estaban peleando entre ellos, a la vez que María Juana y Ariadna llegaban a las manos, la primera tenía un machete en la mano, nosotros seguimos nuestro camino sin ser vistos, nos pegamos a la caseta para observar y actuar en el mejor momento, podíamos ver cómo se peleaban.

Ariadna tenía todas las de ganar, cuando la voz de Vane salió de dentro de la caseta; al escuchar que gritaba «¿Mamá?», los dos nos quedamos bloqueados, pero mi mente empezó a unir piezas rápidamente: ella me había contado que era de Almería, que desde que su madre se echó un novio un poco fanático la cosa no iba bien con ella, claro... ¡Era Joaquín! Entonces, María Juana le dijo que era hija de Rafa. Él estaba bloqueado ante tanta revelación. Pero las tornas se habían vuelto en la pelea de chicas. Teníamos que actuar, aunque Ariadna tampoco me gustara, era la madre de Vane y verla morir sería muy traumático para ella.

Eché un vistazo rápido, los guardias seguían a lo suyo, así que sin pensarlo corrí hacia María Juana; al llegar a esta le hice un placaje, salió despedida y el cuchillo se le escapó. Ariadna me miró sorprendida, no solo porque acababa de salvarle la vida, la cual veía ya muy negra, sino también con un interrogante en la mirada. Debía preguntarse cómo las habríamos encontrado.

Entretanto María Juana se levantaba del suelo con una mano en el costado por el golpe.

—Qué bueno que viniste, Dani, ya estamos la familia al completo —rio sarcástica, a la vez que corría con furia hacia mí.

Cuando fui a esquivarla vi cómo se agachaba para coger algo, el maldito machete, así que me puse en guardia, esperando que me atacara, pero ella fue hacia otra dirección y corrió dentro de la caseta gritando.

—Esto va a acabar ahora mismo, eres mío o de nadie.

«Mierda, ¡va directa a por Vane!» Ella estaba atada dentro de la caseta, pero, lejos de asustarse, pude escucharla plantándole cara.

—Estás muy equivocada, ¡puta loca! —gritó Vane ante María Juana, que estaba a un metro de ella, con el cuchillo en la mano, pero yo estaba demasiado lejos y no llegaría a tiempo—. Tú engañaste a Dani y lo utilizaste para tus fines.

Aquellas últimas palabras hicieron que la mexicana soltase un grito de rabia y lanzase una estocada hacia el cuerpo de Vane.

ABERASH

Escuchaba The Police en el coche mientras iba al encuentro de Siyabonga. Encontrarlo aquí y además con un hombre como Sullivan, me había cortocircuitado. Después de tanto tiempo y con lo que hizo por mí, su llamada me había sorprendido. ¿Qué me querría contar?, me preguntaba. Su aparición me hizo recordar todo lo que pasé hasta llegar a Almería desde que hui de Ciudad del Cabo; nunca se lo había contado a nadie y, al final, se lo confesé todo a Rafa. Me dije que debería haberlo hecho antes, pero no esperaba que mi pasado volviera a por mí de esa forma.

Ya estaba en la dirección que me había indicado Siyabonga, era una gran mansión al final de una urbanización, muy impresionante, imaginé que seguramente sería de Sullivan. Cuando me bajé del coche él me esperaba junto a la verja, con un guardaespaldas a su lado.

—Qué bien que hayas venido, pequeña. —Se acercó a mí y me dio dos besos en ambas mejillas—. Pasa dentro, tengo mucho que contarte. —Me acogió amigablemente en sus brazos.

Yo miraba todo anonadada, mi casa en Sudáfrica

era grande, pero nada que ver con la monstruosidad que era esta.

—Normal que estés sorprendida —rio—, esta es la fortaleza de Sullivan, ahora te cuento dentro —siguió hablando mientras subíamos las escaleras de la entrada.

Una vez subí el último escalón, una mala sensación me recorrió el cuerpo; la escena era muy similar a la que viví cuando encontré a mi familia asesinada, aunque esta vez la escalinata no estaba pintada de rojo sangre como aquel fatídico día, y al entrar en el salón no había ningún cadáver, es más, no tenía nada que ver con mi casa de allí, pero no me sentía cómoda. Aquel salón parecía una gran sala de recepción para fiestas o algo por el estilo, era inmenso, y yo lo seguí a través del mismo hasta que abrió una puerta lateral y me invitó a pasar.

Al entrar me quedé mirándolo todo, se trataba de un despacho con una gran mesa de caoba en medio, las paredes estaban forradas de estanterías llenas de libros, me fijé en los que había justo en la pared de enfrente, los que no eran de abogacía o leyes, y algo me extrañó: reconocía algunos de los favoritos de Siyabonga, lo sabía porque los había visto en su casa de Sudáfrica. «¿Y si su relación con Sullivan es todavía más estrecha?», me pregunté. Mientras pensaba, él pasó por mi lado y se sentó en una gran silla, invitándome con un gesto a que yo cogiera asiento enfrente de él, en la otra silla de la habitación. Lo hice y permanecí cauta.

Él, algo más serio que al verme, empezó a hablar.

—A ver por dónde empiezo —se aclaró la voz—. Después de despedirnos en Argel, yo seguí con la investigación del asesinato de tu familia. Todo era muy extraño,

parecía como si hubiera sido una venganza o algo parecido. —Yo ahogué un grito y me tapé la boca, aquello que
me estaba contando no me cuadraba para nada, pero no
pude evitar compartir mi extrañeza.

—¿Por qué querría nadie matar a mi familia?

—Lo sé, yo me preguntaba lo mismo y empecé a investigar hasta que di con algo: sabes que tu padre y yo teníamos un negocio conjunto, ayudando a gente de nuestro
país a conseguir contratos de trabajo en Europa a través de
una ONG —yo afirmé muy atenta—, pues cuando empecé
a investigar, di con ciertas irregularidades. —Supe que no
me iba a gustar lo que me iba a contar—. Por lo visto, algunas de las solicitudes de la gente que participaba en este
proyecto se habían perdido, cuando las busqué en los ar-
chivos de tu padre las encontré junto a otras muchas más,
con números apuntados en ellas. Al principio no lo entendí, pero luego descubrí que esas cifras eran el pago que
estas personas habían hecho a tu padre, o a alguna organización para la que trabajaba...

Su explicación me dejó noqueada. No le hizo falta seguir, no me lo podía creer... Un nudo atenazaba mi garganta.

—Pero si mi padre era buena persona, él jamás haría
algo tan ruin y deleznable como el tráfico de personas. No
me lo creo —grité entre lágrimas.

—Así es, pequeña —me respondió mirándome tiernamente—, después de esto seguí investigando hasta que di
con una conexión de toda esta trama con el señor Sullivan,
de ahí que haya venido hasta aquí y me haya infiltrado en
su organización.

—¿Cómo? No es posible —respondí.

Todo lo que me estaba contando era mucha información para mí, estaba intentando procesarla cuando la puerta se abrió de golpe.

—¡Maldito mentiroso! —escupió Sullivan entrando en la habitación sulfurado—, no creas nada de lo que te diga este —me dijo mirándome, pero él no pudo acabar la frase, ya que sonó el estallido de un disparo que me hizo asustarme.

VANE

Estaba totalmente descolocada, las muñecas me ardían por la cuerda que me apretaba, no paraba de intentar mover las piernas para correr a salvar a mi madre, daba igual lo que hubiera hecho en el pasado, no dejaba de ser mi madre y esa puta loca mexicana se la iba a cargar. En ese momento Dani la lanzó al suelo de un placaje. Al verlo aparecer el corazón se me iba a salir por la boca de lo rápido que iba.

Mientras forcejearon, mi madre se incorporó y se quedó mirando a alguien que tapaba mi campo de visión.

—Siento que te hayas enterado así —soltó con voz compungida.

Ya sabía con quién hablaba: se trataba de Rafa. Mi padre.

—¿Por qué no me dijiste nada? —sonó la voz de él entrecortada.

—Me enteré después de que te fueras de Almería, en aquel momento... —No terminó la frase, era como si la tuviera atrapada en la garganta, sus lágrimas luchaban por salir ante la escena que estaba viviendo.

—Si me lo hubieras dicho, hubiera vuelto —sonó su voz más segura.

—En aquel momento no podía pensar, cuando te fuiste la pena me embargó y, después, cuando me enteré, no sabía qué hacer.

—Sabes muy bien por qué me fui. —Su voz sonaba sulfurada—. La cosa se caldeó demasiado y tu amigo Joaquín llegó muy lejos. Y veo que tú también, mucho más que él. Implicándote en una trama como esta.

—No hables mal de él, fue el único que estuvo a mi lado —escupió mi madre.

—Sí, claro, él estaba deseando que desapareciera para que cayeras en sus brazos, eso sumado a cómo se le fue la pinza. —Rafa entró en mi campo de visión muy sulfurado, después de esta, si salíamos vivos, tendría mucho que contarme.

—Excusas, fuiste un cobarde —le soltó Ariadna, dándole con un dedo en el pecho.

En ese momento vi como María Juana corría hacia mí empuñando el machete, grité para llamar la atención de mis padres, que no paraban de reprocharse cosas de su pasado. La tenía ya encima, casi podía sentir el filo de la navaja, cuando me impulsé hacia atrás, encogí las piernas como si estuviera haciendo abdominales y las solté con fuerza, impactando en su pecho. Eso hizo que el machete se le cayera al suelo y que ella saliese despedida a gran velocidad, momento en el que Rafa, que estaba viendo la escena con miedo, pudo agarrarla por el cuello, y mi madre se quedó mirando sin ver venir a Dani por detrás.

Este le dio un fuerte golpe en la nuca haciéndola caer,

acto seguido corrió hacia mí, mientras, mi padre tenía a María Juana reducida en el suelo, con los brazos cogidos fuertemente por detrás y una rodilla en la espalda. Dani se abalanzó hacia mí cogiéndome entre sus brazos y ayudándome a ponerme de pie.

—Siento mucho por lo que has pasado —me soltó con lágrimas en los ojos.

—Tú no tienes culpa de que tu ex sea una psicópata —le dije intentando quitarle hierro al asunto.

Acto seguido empezó a reír y me desató, dándonos un caliente beso.

—Eh, Romeo —gritó Rafa—, busca algo para atar a estas dos, ya tendréis tiempo para eso.

Dani cogió la cuerda con la que había estado atada y con la ayuda de Rafa ataron a María Juana y a mi madre, que seguía inconsciente del golpe. La mexicana no paraba de gritar y escupir veneno por la boca, pero terminaría callándose.

Sin esperarlo, sonó un disparo que provenía de la mansión.

—¡Joder! —gritó Rafa—. Voy a por Aberash; ¡vigila a estas víboras, Dani!

RAFA

Salí corriendo hacia el interior de la mansión como una exhalación, cuando crucé el umbral vi un gran salón, busque rápidamente de dónde había provenido el disparo, a lo lejos algo llamo mi atención, un charco de sangre, siguiendo su rastro vi que había un cadáver, o medio más bien, porque la parte de abajo no alcanzaba a verla. Se trataba de Sullivan, tal y como sospechaba.

En ese momento Aberash salió corriendo, gritando, de esta habitación, por encima de la víctima; cuando me vio empezó a correr más fuerte en mi dirección, pero esto fue inútil, ya que Siyabonga salió justo después de ella y la alcanzó al pie de la escalinata que subía a la segunda planta; la cogió fuertemente del cuello con un brazo y con la otra mano sacó una pistola con la que le apuntó a la cabeza.

—No te muevas —me gritó apuntándole más fuerte con el cañón del arma—, os lo había servido todo en bandeja, solo teníais que detener a Sullivan y todo hubiera acabado. —Los ojos de Aberash se movían con velocidad, buscando la forma de zafarse de él, cada gesto en ella y línea de su cara eran un grito silencioso de terror.

—Algo me decía que la cosa era demasiado fácil —escupí estas palabras con fuerza—. Después de que Aberash me contara su historia, de ver hasta dónde llegaba tu poder —el rostro de ella mudó levemente a un gesto de duda— y de cómo defendías a Sullivan, dejando un rastro de migas de pan, llegué a la conclusión.

—Qué listo —rio Siyabonga—, qué pena que hayas llegado a esa conclusión demasiado tarde.

—Entonces ¡tú estabas detrás de todo! —gritó Aberash llena de rabia.

—¡Pues claro! —rio más fuerte—. La historia que te conté de tu padre no era del todo así. Ambos trabajamos para la ONG, sí, hasta que me di cuenta de que haciendo las cosas ilegalmente sacaba mucho más dinero. Y, con el tiempo, el dinero se convirtió en contactos y poder. Cuando tu padre se dio cuenta de lo que estaba haciendo, se enfureció. Menudo idiota... Yo le ofrecí trabajar a medias, ya que el negocio era rentable, pero él se negó, siempre anteponía su moralidad, así que no me quedó otra que mandar unos sicarios a vuestra casa.

—Maldito hijo de puta, ¿por qué me dejaste viva? —escupió con rabia Aberash.

—Bueno, siempre me gustaste. Desde tu adolescencia me empezaste a llamar la atención; yo tenía la esperanza de impresionarte y que en el futuro tus padres me concedieran tu mano, pero tras la llegada de Sipho, y tal como se dieron los acontecimientos, vi la oportunidad de quitarme a todos del medio. Mientras cruzabas África, tracé un plan para buscar un culpable y coronarme como tu salvador. Cuando di con Sullivan, vi al chivo expiatorio perfecto, él solo se dedicaba al blanqueo de dinero, me ofrecí a ser su abogado. Después de salvarle el culo un par de veces, empezó a confiar en mí; en ese momento comencé a expandir mi poder poco a poco, escondiéndome en el entramado de sus empresas de blanqueo, llamé tu atención en Almería con los asesinatos, y cuando Ariadna me contó que había perdido el móvil y que posiblemente estuviera en poder de la Policía, tracé un plan para atraeros. Lo de Dani y María Juana en Cádiz me vino al pelo, ya que estaba intentando introducir fentanilo en la zona y los mexicanos eran la mejor opción, así que vino todo rodado. —Su voz se tornó más seria—. Todo iba bien hasta que se ha torcido, pero hay una salida. —Me clavó una dura mirada—. Tenéis el cadáver de Sullivan, podéis culpar a esas dos zorras de Ariadna y María Juana. Eso sí, Aberash es para mí —gritó riendo como un loco.

Joder, todo se había complicado un montón, no sabía qué hacer, la vida de Aberash estaba en peligro, estaba pensando cómo actuar, cuando uno de los guardias empezó a bajar por la escalera.

—¡Maldito seas! —gritó con fuerte acento ruso.

SERGUÉI

Ariadna había aparecido de repente en casa, un hombre de color bien trajeado la seguía, no sabía por qué, pero desprendía algo que no me gustaba. Me ordenó que metiera a todos los guardias y a las chicas en la habitación desde donde emitían los vídeos en la *dark web*, así que subí y empecé a dar órdenes a los hombres.

Entré en la habitación de Raluca. Últimamente estaba muy asustada, más de lo normal, por lo que esa sádica de María Juana le estaba haciendo. Desde que la salvé de la violación del que había sido mi mejor compañero, la idea de escapar de esta vida cobró fuerza en mí. Había sido criado y preparado desde la infancia para ser un *soldata*,[1] fui subiendo de rango con el tiempo y en mi cabeza solo existía una idea, complacer al jefe.

Cuando llegamos a España, esa zorra de Ariadna se puso al mando, y empezaron a traer chicas jóvenes, entonces comencé a dudar sobre lo que estaba haciendo. La idea

(1) Así se hacen llamar los que entran en la mafia rusa; es el rango más bajo y cumplen funciones de protección, intimidación y ejecución.

de dejarlo todo se hizo cada vez más fuerte, sobre todo tras la llegada de la mexicana y viendo cómo trataba a las chicas. Tras salvar a Raluca, la luz que vi en sus ojos ese día hizo mella en mí; cada vez que la veía fantaseaba con la idea de irme de esta casa con ella de la mano, aunque no sabía qué podía pensar ella al respecto. Después de dejarlos a todos en la habitación salí de allí echándole una última mirada a Raluca, por su gesto al mirarme a los ojos noté que algo pasaba; yo intenté tranquilizarla antes de darme la vuelta y salir de la habitación cerrándola, aunque me coloqué guardando la entrada de la habitación.

Permanecí ahí hasta que hoy gritar al señor Sullivan abajo. Mientras corría hacia la escalera oí un disparo, llegué al final del pasillo y me quedé petrificado: el que era mi jefe, al que le debía lealtad, estaba tirado en el suelo con un tiro en la cabeza y un charco de sangre alrededor. En ese momento oí gritar a una chica, así que me escondí detrás de la pared del pasillo.

Después de oír la historia de este cabrón y confirmar que él había matado a mi *pakhan*, me armé de valor: si todo salía bien lo vengaría y quizá podría salir de este mundo; en el caso de que no, mi vida acabaría aquí.

ABERASH

El miedo recorría mi cuerpo, mientras Siyabonga me tenía agarrada por el cuello con su fuerte brazo, y el frío cañón de su arma apretaba mi sien.

Lo que confesó ante la presencia de Rafa sí me cuadraba más. Mi padre no podía haber estado metido en el sucio negocio del tráfico de personas. Durante mi huida por África no me di cuenta de las influencias de Siyabonga, ya que solo pensaba en salvarme y escapar de allí, en cada país que cruzaba solo veía miseria, pobreza y guerras —aunque sus gentes eran felices con lo poco que tenían—, pero pensándolo fríamente era muy extraño imaginar hasta dónde llegaba su poder. Que hubiera querido casarse conmigo me produjo repulsión, así que eso era lo que buscaba con ayudarme... Siyabonga acababa de hacer su oferta, era la única forma de que saliéramos de allí todos con vida.

—¡Maldito seas!

Al escuchar aquel grito a su espalda, noté como Siyabonga se sobresaltaba y por un instante bajó el cañón que apuntaba a mi cabeza; era mi momento: le di un fuerte pisotón, él chilló y me soltó del brazo que me tenía agarrada del cuello. Yo aproveché para correr hasta Rafa. Ya estaba llegando cuando escuché el estallido de una pistola.

SIYABONGA

«¡Mierda! Por culpa de aquel guardia Aberash se había escapado.» Y mientras movía mi pie dolorido por el pisotón, reaccioné lo más rápido que pude.

—Esto acaba aquí y ahora —grité enfurecido mientras empuñaba mi arma en dirección a ella—. No voy a permitir que salgas con vida después de todo lo que he hecho por ti.

Iba a accionar el gatillo de mi arma, cuando el estallido de una pistola sonó a mi espalda. Al momento sentí un dolor agudo, como si algo caliente y metálico atravesara mi cuerpo a una velocidad de vértigo, me sentí mareado, todo empezó a dar vueltas a mi alrededor, el tiempo se ralentizó y sentí una sacudida por todo el cuerpo, este entró en modo de emergencia, a la vez que mi corazón se aceleraba y latía sin cesar hasta que mi vista se nubló.

FINAL
(Algunos días después)

—¿Por qué les hemos dejado a ellos elegir adónde ir? —preguntó Aberash a Vane al oído mientras no paraban de reír, viendo como a sus parejas se le había unido más gente coreando, la canción que sonaba de Envidia Kotxina.

—Porque ahora elegimos nosotras dónde ir a cenar, pero no lo saben —le respondió Vane.

Ya en la puerta del Chester Punk, en pleno centro histórico de Málaga, todos se miraban a ver quién era el primero en hablar.

—Bueno y ahora para acabar esta noche de celebración *to perita*, podíamos ir a la Tranca a comer algo —soltó Vane.

—¿Qué estilo de música ponen allí? —preguntó Dani guasón, levantando una ceja.

—Un poquito de todo —rio Vane.

—Ya, eso de un poquito de todo, ya me lo conozco. —Rio—. Pero vamos, ya que nosotros hemos elegido este. —Vane, mientras sonreía, le guiñaba un ojo a Aberash.

Por el camino fueron hablando de todo lo que habían pasado estos últimos días. Después de que Serguéi matara a Siyabonga, Rafa habló con este y el ruso le contó todo lo que pasaba en la mansión. Llamó al capitán para que se personaran los compañeros, deteniendo así a Ariadna y a María Juana, y acompañados de ambulancias para que atendieran a todas las chicas secuestradas.

Ya en comisaría Rafa le dio detalles al capitán de todo lo acontecido, Serguéi decidió que era el momento de cambiar el rumbo de su vida y le contó a Aberash, en calidad de abogada, que tenía mucha información no solo de la gente implicada en los negocios de blanqueo de Sullivan, sino también de Siyabonga. Ella lo comentó con Rafa cuando salió del despacho del capitán y él le dijo que hablaran con él.

—*Mira lo que se avecina a la vuelta de la esquina viene Diego rumbeando* —cantaban Vane y Aberash.

—¿Ves?, un poquito de todo *asereje ja deje.*

Vane no podía parar de cantar el *Aserejé*, al ver la cara de Dani y su padre, al que tendría que empezar a conocer y con el que tenía muchas conversaciones pendientes. Pero hoy era un día de celebración, entró en el local bailando seguida de Aberash y Judith que la imitaban. Vane no quería pensar en su madre.

Una vez ya sentados todos se veían más tranquilos después de todo lo ocurrido, excepto Judith que estaba algo más abstraída.

—¿Qué piensas? —le preguntó Aberash tiernamente.

Ella suspiró, en estos días desde lo ocurrido habían hecho buenas migas.

—Estoy preocupada; por una parte, quiero volver a mi país, por otra quiero buscarme un futuro por aquí, y también está el tema de mi hermana.

—Te puedo adelantar algo que quizá pueda resolver todas tus dudas, aunque todavía está en negociaciones con el juez. La información de Serguéi es muy buena, puede caer mucha gente importante; una vez se verifique, podría entrar en el programa de protección de testigos, tu hermana dice que lo quiere acompañar, así que te podrías unir a ellos.

—Qué buena idea —gritó llena de alegría, abrazando a Aberash.

EPÍLOGO

—¿Cómo dices que se llama el pueblo donde han ido Judith, Raluca y Serguéi? —soltó Dani, mientras cogía una sardina para hincarle el diente.

—Juviles —le dijo Aberash al oído—, pero deja ya el tema, no se sabe quién puede escucharnos.

—Vale, lo siento —se excusó mientras intentaba quitarle las espinas a la sardina, con cuidado de no dejarse ninguna.

—Con tanto tiento parece que estés desactivando una bomba —rio Rafa fuertemente mientras lo señalaba.

—Muy gracioso —le respondió este, tirándole parte de la raspa que ya había quitado.

Todos rieron. Ya habían pasado unos meses después de los hechos y decidieron quedarse en Málaga. Dani había encontrado el amor en Vane, y Rafa a una hija, aunque ya estuviese criada. Poco a poco iban tendiendo puentes y el capitán los acogió con los brazos abiertos después de que desmostraran su valía.

Justo en ese momento, sonó el teléfono de Dani, que se quedó mirando la pantalla sorprendido.

—Ostras, Paco, ¡cuánto tiempo! Te hacía ya jubilado —soltó de buen humor.

No obstante, le cambió la cara según transcurría la llamada. Dani apenas decía nada, solo escuchaba.

Al colgar, se guardó el móvil muy serio y miró a Rafa.

—Necesito tu ayuda.

—Eso por descontado, pero me tienes que decir para qué.

—Me acaba de llamar Paco, mi antiguo compañero en Cádiz. Un narco de la zona que detuvimos decidió hacer un trato para pillar a un clan gallego que se está haciendo fuerte en Huelva a cambio de una reducción de su condena. Paco estaba a punto de jubilarse, pero, cuando se enteró, se presentó voluntario para ser uno de los policías presentes en la operación, ya te contaré el porqué, pero necesita a alguien de confianza.

—Podemos hablar con el capitán, a ver si hacen una excepción y podemos ir.

—De eso ya se ocupa Paco, al ser una colaboración con la Policía de Cádiz y Huelva nos harán hueco.

—Qué guay, yo nunca he ido a Huelva —gritó Vane, a la vez que Dani y Rafa le echaron una mirada reprobatoria—. ¿Qué os creéis? ¿Que nos vais a dejar aquí? —rio abrazándose a Aberash.

—Nunca se sabe si necesitaréis ayuda legal —sentenció esta.

Dani y Rafa movieron a la vez los brazos en plan rendición, lo que provocó las carcajadas de todos en la mesa.